تيرَّانوفا
في يومها الأخير

رواية

تِيرَّانُوفا
في يومها الأخير

مانويل ريفاس

ترجمة
حسني مليطات

دار جامعة حمد بن خليفة للنشر
HAMAD BIN KHALIFA UNIVERSITY PRESS

دار جامعة حمد بن خليفة للنشر
صندوق بريد 5825
الدوحة، دولة قطر

www.hbkupress.com

© 2015, Manuel Rivas Barrós
© 2015, María Dolores Torres París, por la traducción
© 2015, de la presente edición en castellano para todo el mundo:
Penguin Random House Grupo Editorial, S. A. U. Travessera de Gràcia, 47-49. 08021 Barcelona
© Diseño: Proyecto de Enric Satué
© 2015, Tamara Feijóo por la ilustración de la cubierta

جميع الحقوق محفوظة.

لا يجوز استخدام أو إعادة طباعة أي جزء من هذا الكتاب بأي طريقة دون الحصول على الموافقة الخطية من الناشر باستثناء حالة الاقتباسات المختصرة التي تتجسد في الدراسات النقدية أو المراجعات.

إن الآراء الواردة في هذا الكتاب لا تعبر بالضرورة عن رأي الناشر.

الطبعة العربية الأولى عام 2022

الترقيم الدولي: 9789927161551

تمت الطباعة في بيروت-لبنان.

مكتبة قطر الوطنية بيانات الفهرسة – أثناء – النشر (فان)

ريفاس، مانويل، 1957- مؤلف.

[Último día de Terranova]. Arabic

تيرانوفا في يومها الأخير : رواية / مانويل ريفاس ؛ ترجمة حسني مليطات. الطبعة العربية الأولى. – الدوحة، دولة قطر : دار جامعة حمد بن خليفة للنشر، 2022.

264 صفحة ؛ 22 سم

تدمك: 978-992-716-155-1

ترجمة لكتاب: El último día de Terranova.

1. المكتبات -- القصص. 2.الكتب والقراءة -- القصص. 3. القصص الإسبانية -- المترجمات إلى العربية. 4. الروايات. أ. مليطات، حسني، مترجم. ب. العنوان.

PQ6254. R5125 2022

202228554851 863.03 – dc23

المحتويات

الإهداء	7
التصفية النهائية	9
فيانا وثاس	22
إنني أختبئ الآن	34
المؤسسة	46
العجوز نايك	57
الرجل المحذوف	69
الرئة الحديدية	76
غاليثيا، خريف عام 1957	76
البعث	84
الحصان	86
تصريح الجسد	91
سماء الكاتدرائية	95
محطة الشمال	98
حجر البرق	107
تحليق في السماء	118
مهرِّج بورخيس	125
رحلة داخل رحلة	129
المُخبر	141
الأضواء الستة	153

إكسبكتيشن	166
دومبودان	175
طرد الخوف	181
شبح في الليل	191
الأظافر الزرقاء	196
داء التعلق بالآفاق	210
سيدة النار	213
ثلاث عشرة شجرة إجاص، عشر شجرات تفاح، أربعون شجرة تين	217
إمبراطورية الفراغ	226
أصل العالم	242

الإهداء

إلى ذكرى بائع الكتب موليست،
إلى إلسا أويسترهيلد والذكريات عند خط الأفق،
إلى بائعات الكتب: لولا، وبيغونيا، وسيلبيا، وأمبارو، ومارتا،
إلى مونيكا ساباتيو، ونعومي فيرنانديث، وسوسانا فالكون، وتاتي،
وماريو غريكو، وفرانسيسكو لوريس، وكارلوس إكس. برانديرو،
إلى طلبة وردة البوصلة من بوينس آيرس،
إلى لورينا باستوريزا، من جمهورية الجراحين،
إلى الحاضرين في القاعات من كاباليتو،
إلى الإغريقية الجديدة كارمن راما.

التصفية النهائية

غاليسيا، خريف عام 2014

كلاهما هناك، عند سفح المنارة، عند الصخور المتاخمة. هو وهي. يصطادان من دون إذن بعيدًا عن الأعين.

أما أنا فأقف قبالة البحر، أخشى أن أدير لهما ظهري، ويختفي كل شيء إلى الأبد؛ وهما يخشيان ذلك أيضًا. وعندما أعود، فلن أجد سوى فراغ هائل منقسم عند خط الأفق، ذلك الخط المغرق في القِدم، بلا ذكريات تتحرك فيه مثلما تفعل غاروا، وهي تقود دراجتها حاملة في حقيبتها مجموعة من الكتب.

فجأة، ومض برج المنارة في وضح النهار، بضوء معتم ضبابي كأنه دخان، وجال فوق مدينة تيرَّانوفا، عابرًا واجهة مكتبتنا التي تحمل الاسم ذاته تيرَّانوفا، وكاشفًا لوحة الإعلان «الاتهامية» التي كتب عليها: **تصفية نهائية على الموجودات بسبب الإغلاق الوشيك.**

لا، ما كان ينبغي لي أن أكتب ذلك الإعلان.

أتخيل النظرات المتفحصة لما تبقى من الموجودات، والتدقيق في قيمتها، وفي حالتها الصحية، واللون والعضلات وصلابة الظهر، والمحتويات المُدهشة، التي بدأت كلها تفقد توازنها. إنها في حالة من الفناء.

عليَّ أن أعود وأسحب ذلك الإعلان.

أفضل أن أكذب وأكتب: «**تصفية بسبب الوفاة**». ولتكن هذه العبارة في السطر الأول.

«ماذا تفعل هنا يا سيد فونتانا؟»

«أنتظر الموت مثل جميع الناس».

لعل هذا الأمر سيثير التصفيق؛ إذ إن ما هو أقل من التصفيق وأقل من الهتاف، سيكون بمثابة شرارة أمل. لقد عشتُ تلك النبوءة، وحملتها مثل الشارة عندما تخليت عن كوني الدوق بلانكو؛ فلا مستقبل. أجل، ليس هناك مستقبل. أن نعرف أننا كُنا على حق يجعلني أرتجف، وكوننا كنا على حق هو الشيء الأخير الذي نريده، كما لو أننا اكتشفنا للتو بأن بشاعتنا المتعمدة كانت شكلًا من أشكال الجمال؛ كانت طلاءً من الأوساخ، وبمثابة طبقة واقية.

الفقر مسكين

إلا أنّه ساكن في الجنة...

كم أشعر بالسعادة حيال تلك الأبيات! يا شاعري جاكوبوني دا تودي[1]. كانت تلك القصائد هدية من خالي إليسيو عندما كنتُ قابعًا في جهاز الرئة الحديدية، وقد قال لي يومها:

«سأعطيك الخبز والماء والنعناع وحفنة من الملح، ستكون لأي شخص سيأتي».

يجب أن أعود وأسحب ذلك الإعلان، إلَّا أنني خائف من مغادرة المكان.

مرة أخرى، أنا مخلوق من الماء والهواء والخوف أيضًا.

عندما كنتُ هناك، في جهاز الرئة الحديدية، في المصحة البحرية، كانت بقبقة الأمواج تهدئ خوفي من الموت. أصابني شلل الأطفال، نعم، شلل الأطفال! كان ذلك المرض مثل قذيفة مدوية سقطت على تيرَّانوفا؛ ولكن بصعوبة حُكي لنا عن ذلك الوباء العظيم. وعندما ضرب المنطقة المجاورة،

---

(1) شاعر فرنسيسكاني إيطالي من القرن الثالث عشر، ألَّف نحو مائة قصيدة ذات إلهام ديني [المترجم].

اكتشف الناس، مذهولين، أنه كان كامنًا منذ فترة طويلة. أما أنا فلم يصبني الشلل في ساقيَّ وذراعيَّ، وإنما جعل جهازي التنفسي ينسى أن يتنفس.

أنقذني جهاز الرئة الحديدية.

كان مثل خزان للجسم، شكله أسطواني.

إن الآلة تجعل الجسم يعمل ويتذكر؛ يزفر من أجل إخراج الهواء، ويشهق كي يوسِّع القفص الصدري ويحفِّز الهواء على الدخول. أما الرأس فهو العضو الوحيد الذي يبقى خارج الخزان، موثوقًا من الرقبة. كم هو أمر غريب أن تلاحظ العالم الخارجي، بينما الحياة، حياتك، تصارع في الظلام! شعرت وكأنني في غواصة، في سفينة تشبه الكبسولة، وقد صُنعت على مقاسي. أما المرآة المعلقة في الأعلى، والتي تجعلني أرى دون أن أحرك رأسي، فكانت منظاري الخاص؛ ففي الموقف الذي يكون فيه المريض مشلولًا ومتألمًا، يراوده، في بعض الأحيان، شعور بأنه يرى ما لا يراه الآخرون، يرى ما هو غير مرئي.

ما كان عليَّ أن أكتب ذلك الإعلان. ما كان عليَّ أن ألصقه على الزجاج إلى جانب لوحة النعي الجنائزي تلك.

في الطريق إلى المنارة، صادفت عددًا من الملصقات المتشابهة؛ فعلى كشك سقراط للصحف، عُلِّق ملصق: **تصفية بسبب الإغلاق**؛ وعلى متجر بوريال لبيع المصابيح: **تصفية على الموجودات**؛ وعلى محل حلويات أمبروسيا: **تصفية إجبارية**؛ أما حانة أوبيديو فكانت دون إعلان. أهكذا تحتجُّ عيناه كلما استعادت الماضي؟ أما محل لادونًا موديرنا لبيع الملابس الداخلية للنساء، فكتب على واجهته: **تصفية على كل شيء**. لقد كانت تلك التصفية أكثر التصفيات التي توقفت أمامها. يقال إن باعة الكتب عندما يخرجون للتنزه سيرًا على الأقدام، يقضون أوقاتهم في التركيز على المكتبات. إلَّا أن هذا

الحال ليس حالي. فقد كنتُ، على الدوام، أمعن النظر أكثر في واجهات متاجر بيع الأجهزة الكهربائية، ودكاكين البقالة، ومتاجر بيع الألعاب، ومحال الملابس الداخلية، خصوصًا الملابس الداخلية المعروضة على العارضات البلاستيكية. آه، مساري معبّد بالحرير، لوحة «لا ماجا»، والمسلسل الكرتوني «التوائم الثلاثة»، ودليل السلع «فخر الجوارب»، وكتاب «لا كريساليدا». بالإضافة إلى مصنع القبعات «داندي» أيضًا.

«جرِّب قبعةً يا سيد فونتانا!»

«أنا بحاجة إلى رجل عصابة، إلى بلطجيٍّ يا سيد بينيون».

«لا مشكلة. نجعلها مناسبة لمقاييس بيئة شيكاغو إذًا!»

واليوم، لا يوجد في واجهة محل لادونًّا موديرنا الزجاجية سوى العارضات العاريات، وعلى الواجهة إعلان: **تصفية على كل شيء**. كانت تلك الملصقات خطوة على الطريق المقلق.

أنا في حاجة إلى مُتنفَّس. ذاكرتي بمثابة امتداد لجهاز التنفس. وفي هذه الحالة، لا مسافة كبيرة تفصل بين العجوز الذي أنا عليه اليوم والطفل الذي كنته. ثم في نهاية المطاف، أتكئ على الشجرة التي علِّقت عليها المشنقة، في تلك الحديقة التي شهدت شنق بطل المدينة، الجنرال الليبرالي خوان دياز بورليير[1]، مثلما يليق بأكثر الأبناء معزَّة، إنه الإعدام. ومن أجل تدفئة قدميه والتقليل من انزعاجه، أحرقوا تحت جسده المتأرجح كالبندول أوراقه وذكرياته وبياناته، بالإضافة إلى رسائل الحب الخاصة به. لقد منحتني تلك الشجرة الشَّجاعة. لذلك لم تزعجني. وفرحتُ مثل بطل في ذلك اليوم حين سمعت تلك الهمهمة المؤذية خلفي: «يعرج جيدًا ذلك الأحمق!»

---

(1) قائد عسكري قاد انتفاضة ضد ملك إسبانيا فرديناند السابع، دفاعًا عن الدستور الإسباني. تعرض للخيانة وأعدم شنقًا في لاكارونيا في 3 أكتوبر 1815. [المترجم]

أشعر الآن بالذنب حيال كل عمليات الإغلاق، وكتابة ذلك الإعلان، وحيال العيون المتمردة، وتلك اليد البائسة التي خطَّت الكلمات بحميمية ومودة؛ ينبغي لتلك المحال والمتاجر أن تكون مفتوحة ليلًا نهارًا، مثلما ينبغي تثبيت أضواء للقوارب. لم أر شُبانًا يسرقون الكتب منذ فترة طويلة، ذلك الفعل الذي يحفز الإثارة والهياج في الجسد وفي النظرات معًا. ومع ذلك عليَّ أن أعود مسرعًا إلى المكتبة، فربما هناك مَن يريد أن يسرق كتابًا. يا لها من خيبة أمل ستصيبه. يا لها من خيبة أمل.

إنهما الصيادان. إنهما رفيقاي إلى الأبد.

نحن الثلاثة متميزون. فذاك المحارب مثل سيف مجرد من غمده، ينتزع بقوةٍ محار البرنقيل الملتصق على الصخرة التي يطلقون عليها اسم غايفوتيرو. ذلك الشخص عندما ينثني، يشبه رأسيات الأرجل، وفي كل مرة يستقيم فيها يبدو أكثر طولًا، كأنه يمتد أمتارًا مثل خط عمودي في الأفق. وفي وسطه يحمل بعض الأكياس من الشبك ويحتفظ فيها بصيده. وعندما يمتلئ أحدها، يلقي به نحو رفيقته صغيرة الحجم. ما أراه طبيعيًا أنهما يتحدان بسرعة عالية، وأنا معتاد على رؤيتهما هكذا، برمائيات غريبة بجسدين اثنين. وفي الوقت نفسه، أراني أرصد خط الأفق، فماذا سأكون بالنسبة لهما؟

أعرف ماذا سأكون.

سأكون ذلك الذي لا يجب أن ينظر إليه، فهو موجود حيث لا ينبغي أن يكون موجودًا!

ملاك هابط على عكازين. تصفية!

إنَّ سبب وجودهما وحدهما على الصخور، واستفادتهما من غياب صيادي المحار الآخرين، ومن غياب الحرفيين، هو الوقت. فإن العاصفة تقترب.

في الوقت الحالي، لا أحد يمكنه الإعلان عن ذلك؛ لأن البحر مضطرب، على ما يبدو، إلا أنه أكثر هشاشة وامتعاضًا من أن يُظهر قوته وغضبه. إن الانطباع السائد بأن العاصفة على وشك أن تُحيل البحر حطامًا، تجعله يرتجف ويتكسر ويبصق وينزُّ زبدًا.

أما الآن، فكل التوقعات ترِد بدقة أكبر. قريبًا، وأحسب أنه في غضون ساعتين ونصف الساعة، سيأتي من ممر أورثان، مع بانوراما الخليج كله، حشد مُسلَّح بأدوات التسجيل. من المتوقع أن يتشكل إعصار متفجر، بمعنى عاصفة أو حتى زوبعة هائجة. إلا أن هاتين التسميتين غير مستعملتين، عفا عليهما الزمن مثل المخاوف القديمة.

ومع ذلك، فإن ما يوشك على إغراق تيرَّانوفا هو إعصار، إنها الكلمة التي أستخدمها عندما يسألني أحدهم، وذلك يحمِّلني عناء طرح تنبؤ مأساوي، إذ تبدو لي تلك الكلمة مستثناة للغاية، حتى أنها تجعلني أخجل، في بعض الأحيان، من استخدامها. لكنني عندما أقول ذلك، أكون مدركًا من أعماقي أنه لا يوجد أحد أو شيء يمكنه أن يغيِّرها، باستثنائي أنا نفسي وتيرَّانوفا. إن ما يحدث، يحدث في الحاضر، لكنني عندما أعبِّر عمَّا يحدث لنا، وفق ما أرى، فإنني أدرك أنهم يستمعون إليَّ كأن كلامي همس من الماضي.

أنظر إلى خالي في خط الأفق حاملًا مظلةً من مظلاته المائة. يبدو عليه القلق خشية أن أسقط:

«مرحبًا يا فتى، إياك أن تنهار!»

«أنا أكبر من أن أقتل نفسي».

كان دائمًا يعاملني بهذه الطريقة؛ كولد، ربما لأنه يراني من جديد أمشي على عكازين؛ فمنذ أن بدأ حصار تيرَّانوفا، احتجت إليهما مرة أخرى.

«إنها متلازمة ما بعد شلل الأطفال»، قالها الطبيب.

إن العاصفة هي العاصفة.

«لماذا لا تشتري يا فونتانا كرسيًا من تلك الكراسي الآلية؟»، سألني العجوز نايك، صاحب البناء، ذلك الرجل الذي يريد أن يطردني من المبنى، إنه هو بالتحديد.

أجبته مثل إغريقي جديد، مثل الابن الجدير بأبيه «متعدد الانعطافات»:

«لأنني أريد أن أثير الإعجاب بساقيَّ العجوزتين حين أعرِّيهما».

«هل هذه العكازات جديدة؟»، سأل خالي إليسيو، وهو يعبر خط الأفق.

«يا خالي إنها كندية، انظر إليها، إنها عصيٌّ كندية».

«رائع، إذًا، لا تُهلك نفسك يا ولد. ماذا يقول ويل عن **الإعصار**؟»

«إن الماضي ليس سوى تمهيد... مقدمة يا خالي».

وفي النهاية، غادر مرتاحًا، وكان مُقتنعًا بأن الشبكة الشعرية تحمي البشرية من السقوط.

مسكين ويل، مسكين إليسيو.

وهكذا تتحدث كل التقارير الإخبارية عن تشكُّل أعاصير متفجرة، في بحر مُشجَّر بالأمواج قد يصل ارتفاعها فيه إلى أكثر من عشرة أمتار. بخلاف ذلك، أظن أن عدم تجاوب البحر مع تلك التوقعات، سيجعل الناس تشعر بالخذلان، ولكن هذه المرة تأتي مع وجود الكاميرات والهواتف المحمولة المستعدة لتوثيق كل شيء: يا له من احتيال! أي اعتذار من الطبيعة! لذلك، قرر المستقبليون أنه في عصر ما بعد الإلكترونيات، ستفقد الطبيعة كل الاهتمام. لقد ضرب أحفاد الزعيم فيليبو توماسو مارينيتي[1] حرب الألعاب في بلاي ستيشن. **الحرب جميلة!** كان عليَّ أن أكتب حروف هذه العبارة كما هي، كي تنجح فرقة «القنافذ».

(1) فيليبو توماسو مارينيتي: شاعر إيطالي (1876-1942) وباحث ومؤسس الحركة المستقبلية. [المترجم]

إبوبي بوبي بوبي! صرخ ناتشو، رئيس الفرقة التي كانت تصعد إلى برج بيريدا مع أحد الكلاب المُصنَّفة شديدة الخطورة.

غيَّرت اتجاهي، إلا أنني أجبته. أجبته للمرة الأولى. كان زميلًا محافظًا على سعادته وابتسامته. لا بدَّ أنه واحد من القلائل في هذه المدينة ممن يتذكرون بأنني كاتب أغنيات لفرقة «القنافذ»، وهي مجموعة حققت بعض النجاح في بيئة **الهيفي**[1]. إن أغنية **لكمة على الفك** كانت استعارة، إنها غلطتي، إنها الثقافة المهلكة. لقد عبَّرت عن ذلك كله في مقابلة أجريت معي، وقلتُ فيها: «إنَّ أغنية **لكمة على الفك** ليست سوى استعارة فقط».

«كيف؟ ماذا تقول؟ استعارة؟»

في الأداء التالي، طرح أحدهم استعارةً، فتحتْ فجوة في ذهن المغني، وهناك، ذهبت الأسطورة إلى الجحيم، إلى مزابل الأساطير. أما الآن، فإني أؤلف الأغاني وأنا سائر، مُعتمدًا على إيقاع العكازين، وأنا أرتِّب الهدايا المتراكمة في منزلي عشوائيًا، ليصبح مثل وصف زميل خالي إليسيو، المجنون فيخمان:

نُزلٌ حزينٌ في حياتي

حيث أوت الصدفة وحدها دون غيرها!

إنهما يصطادان البرنقيل. فهو يتحرك دائمًا بأمان مثل كائن برمائي. وعندما ينحني ويضرب الحجر بالمِجرَد لكشطه، يبدو وكأنه قادم من البحر ليتصارع مع اليابسة، مرتديًا بدلة قاتمة مصنوعة من المطاط. كان يُحرِّك ذراعيه بنشاط عند انحنائه، وكأن فيه شيئًا من طائر الأطيش؛ أما حين يقفُ، فيبدو فارع الطول، ويستحيل أن يستقيم بعد ذلك، فهو مرنٌ ونحيف ويغطيه ذلك الجلد السميك، لكن لا شيء يُثبّته على اليابسة. البحر نفسه، لو كانت

---

(1) موسيقى «الهيفي» أو «الميتال» لون من ألوان موسيقى «الروك». [المترجم]

له عيون، سيكون على علم بذلك الأمر المُخالف للقاعدة، فالبحر يدرك الأمور برمتها.

أتصوَّر الموجة، ولكنها ليست كأية موجة، وإنما موجة لا غولوسا على وجه التحديد، بحركتها المتعرجة وقوتها المُباغتة، متنبهة لنفسها، مموهة في الماء. أستطيع سماع هديرها بالموجات فوق الصوتية، عبر ذلك الترس الهيدروليكي، تحت سطح البحر الهادئ.

أستطيع رؤيتها، تلك الفتاة تبتعد، لكن ليس كثيرًا، فقد كانت مثل مشلولة من الدهشة حين أدركت أنَّ الواقف أمام الموجة العملاقة غير المتوقعة، وقفة المُصارع أو المُجالد، لم يعد له أثر في الموقع الذي كان فيه، لم يعد موجودًا، ولم يعد إنسانًا حتى، وما بقي في المكان رغوة تركتها الموجة فقط.

اتصلت عبر هاتفي على رقم من الأرقام الثلاثة المشفرة. إلَّا أن الأصابع خرقاء. لا أملك أصابع صاحب مكتبة، بل أصابع حمَّال في ميناء. أصابعي لا تفلح في نقل كتب علم التاروت مثل كتاب **سانكتوم ريغنوم**. وللذاكرة استراتيجيتها. أطلب رقم الشرطة 092. أنا متوتر جدًّا، لدرجة أنني لم أكن في حاجة إلى إظهار أي تعبير بطريقة مسرحية، لكنني اكتفيت بالقول إن كليهما مختفيان: رجل وامرأة.

وصلت إلى هناك مروحية الإنقاذ البحري.

ها هي تجلس على الحافة، والرغوة تداعب قدميها، وتصرخ وهي تلوِّح بيديها. إلَّا أن الرياح وضجيج المروحية يحدان من سماع الكلمات والأسماء، فتتقطع سُبل الأصوات في الهواء، وما يصلني ليس إلا أصوات شكاوى وصراخ ونشيج مهترئ.

أما هو فبدا كأنه اختفى، التهمه الموج؛ يطفو، وينهض، ويتسلق الصخور، قدماه هما يداه، ويداه هما الأظافر. صار بالقرب منها. لفَّ يديه

حول بطنه. أظن أن العالم توقف هناك لحظةً. الطيور غاضبة من البحر، ومن المروحية، ومن صافرات سيارة الشرطة. ينبغي للحياة أن تتيح إمكانية وجود سطح مُتجمِّد.

المنقذون يَجْرون عبر ذلك البحر الآخر من العشب، والريح تحرك رأس المروحية الدوار؛ يتصافحون، يتنقلون، يتصافحون... يسقطون، ينهضون... يهبطون في مرج مغمور بالمياه المتدفق من شاطئ «لاس لابس».

اختفيا...

إنهما لم يختفيا من أمام ناظريَّ فقط، بل إنني أدرك جليًا أنهما قد اختفيا عن أنظار الجميع أيضًا؛ بسبب جولات الذهول والارتباك التي تقوم بها مروحية الإنقاذ. يبدو أنها الجولات الأخيرة، قبل عودتها فارغة إلى قاعدتها. إنها تدور حولي، مع ذلك التحليق الغاضب للحشرات المجنحة، لا سيما بعد أن فشلت المهمة، مهما كانت طبيعتها.

كان البحر على وشك أن يحملهما بعيدًا، وها هي اليابسة تبتلعهما الآن.

نظر إليَّ الحارس الأول الذي ترجل من سيارة الشرطة نظرة قلقة، وحاول تهدئتي.

«لا تقلق عليهما. إنهما مثل قناديل البحر، شفافان. وإن كانت لديهما يومًا مشاعر كره، فلن يكون كرهًا للبحر وإنما لليابسة. لا يوجد لديهما أوراق ثبوتية، ولكن في حوزة هذين الشجاعين بطاقة، يمكن أن تجلب لهما الحظ والضحك».

اقترب الرقيب، وألقى عليَّ التحية، بوجه بشوش هذه المرة:

«إذًا أنت السيد فونتانا، بائع الكتب في تيرَّانوفا؟»

يبدو أن الرقيب لم يقرأ، على الأقل، الإعلان المكتوب: **تصفية نهائية.**

ظل ينظر نحوي بفضول:

«إن ما يتم تداوله بشأن اختفاء نهر مونيلوس مأخوذ من نص أنتولوجي».

«كان شكوى»، قلتُ.

«نعم، لقد احتفظت بنسخة. أنا أحتفظ بنسخة من كل شيء، شكواك، اختفاء شاطئ «باروتي»، طرد طيور الزرازير من سماء المدينة، إخلاء السفن التقليدية في «لا دارسينا»، هجر البيوت المبنية على طراز الفن الجديد[1]، حالة خراب أصابت السجن القديم... أنت محقٌّ، كان من الممكن أن يكون السجن القديم ورشة ثقافية كبيرة ورائعة. نعم سيدي، إنها فترات تاريخية، أقصد فضائح تاريخية. إنها الذاكرة الأخرى للمدينة. ذلك ما نتعلمه مع تلك الأحداث! إنني أشعر بسعادة كبيرة في كل مرة تتقدم فيها بشكوى».

«شكرًا جزيلًا على اهتمامك وأسلوبك أيها الرقيب، لكن، في بعض الأحيان، يجب أن تسهلوا عليهما الإجراءات».

«بالطبع، إنهما سيواصلان مسيرهما»، قالها، وهو يشير إلى مكان ما في المرتفعات.

بالحديث عن الإجراءات، تدخَّل نائب العريف، قائلًا:

«سيتعيَّن عليك دفع النفقات».

كان مظهره قريبًا أكثر إلى جندي قديم مُجرِّب، بشعر أشيب، ولا يبدو أن نبرته الآمرة تشير إليَّ، وإلى كل ما يحيط بنا فحسب، وإنما تشير إلى رئيسه أيضًا.

«أية نفقات؟»، سألتُ.

---

(1) الفن الجديد (Art Nouveau) مصطلح يشير إلى أسلوب من الفن والهندسة المعمارية والتصميم بلغ ذروة شعبيته في الفترة (1880-1914). [المترجم]

«أية نفقات؟ كل ما نتج عن هذه العملية. هل تعرف كم يكلف تحريك المروحية؟»

«نعم، إلَّا أنها كانت تلبي نداء إنسانيًا، فهما كانا يغرقان، كانا شخصين، منهما فتاة حامل».

«سأعمل على كتابة تلك الرواية، كي أقدمها فور صدورها مع الفاتورة إلى وفد الحكومة».

«كان هناك شخصان في خطر»، بقيت مُصرًا على هذا القول وأنا أنظر إلى الرقيب.

«بالطبع فونتانا. فأنت أديت واجبك المدني، إلَّا أن تلك التناقضات الظاهرية ستحفظها الجهات القانونية لأن لها وجهين: الأول إنساني والآخر... أقل إنسانية».

«وأنا استدعيتكم انطلاقًا من الوجه الإنساني!»

«لا تلم نفسك»، قالها الرقيب.

سجَّل نائب العريف أرقام لوحة الدراجة النارية التي تخلَّى عنها اللاجئان، آلة قديمة مهترئة، متسخة ولا أحد يرغب في اقتنائها. وعندما أنهى ذلك، نظر إلى الصخور. كان البحر هائجًا، والعاصفة تقترب.

والآن، وبما أن الرقيب لم يعد في المقدمة، ينبغي لي أن أعترف بأنني أحب التبليغ كثيرًا، وأنا أعتذر لطيور الزرازير عما حدث. لم أكن أرغب في أن أكون طلقة المدفع حتى لا أفزعها. وعلى الرغم من أنني أعارض مسألة النهر المفقود، إلا أنه كان عبارة عن مجرى مائي، كان نهرًا من السوء.

«كورو، كورو»[1]، قلتُها بعصبية.

(1) جان بابتيست كامي كورو (1796–1875) رسام فرنسي، وهو مبتكر فن الرسم الانطباعي في الهواء الطلق. [المترجم]

وأضفت:

«لقد رسم كورو جداول مائية كهذه، إنها أعمال فنية».

تمطَّق الرقيب بلسانه وقال:

«حسنًا، ليس لديه شيء آخر ليرسمه».

واصلت المسير، إلا أن اضطرابي لم يعرف الاستسلام، واستندت تلك الذكرى على عكازين. وبين حين وآخر كنتُ أدخل موقفًا للسيارات تحت الأرض، حيث يمكنني أن أسمع من إحدى الزوايا هناك، ومن خلال الجدار الإسمنتي، غناء تيار ماء جارف محاصر مبحوح.

التفتُّ إلى نائب العريف ووبخته مشيرًا إليه بالعصا الكندية:

«يا هذا، ألا تعلم أن ذلك صوت خرير نهر مفقود».

فيانا وثاس

ستكون عملية سريعة جدًا.

أوقفا الدراجة النارية أمام مطعم، وبقي هو راكبًا، وممسكًا بمقود الدراجة ذات اللون الأحمر القاني. الدراجة قديمة مزعجة، وينبعث منها دخان، تبدو وكأنها تقاوم حب مالكها بحقد. أخذ ينظر حوله في حركة دائرية، يترقَّب ما يُقال عادة خلف الخوذة التي يردتيها، خوذة كبيرة سوداء، شكلها صدفي، تلمع لمعات براقة، ومن الأمام زجاجها شفاف، إذ يبدو مرتديها مثل رجل فضاء بزيه البرمائي المدهش. منذ ذلك الحين، يواصل ارتداء ملابس المطاط، مثلما بدا سابقًا وكأنه يقفز عند خط الأفق. إنه الحضور الأسطوري للمحارب الخفي، للجسد الذي ينادي: **الخبز الذي أتناوله يعتمد على الرمح الذي أحمله**، والذي يتناقض مع السرج الميكانيكي المتهالك وارتعاشة المحرك قبل خموله. شخص ما يُطل عند باب المتجر، ربما يكون صاحبه، لا أعرف، هو الرجل الوحيد الذي يرتدي ملابس النادل. ينظر إلى جانبي الشارع، يمسح وجهه بكفيه، ويعود إلى داخل محله. أومأ سائق الدراجة بالموافقة إلى الفتاة التي تركب خلفه، فنزلت بخفة. نعم، بخفة، وبسرعة كبيرة. إنه حَمْلٌ مدهش، فمنذ ساعات كانت تركض في المرج مثل الغزالة، وأسرع من الذكر أيضًا. إلا أن الانتفاخ ظاهر على جسدها. إنه حَمْل كبير في جسد صغير ونحيل. في حالتها، كانت الخوذة أكثر ما يُضحك في هيئتها. خوذة معدنية لها غطاء أذنين مصنوع من القماش، مع أبازيم رخوة. ترتدي فستانًا فضفاضًا، وتمشي كامرأة حافية مع أنها تنتعل حذاءً كأنه شبشب. أما حقيبة الظهر التي كانت تحملها،

فلم تكن صغيرةً، ولذلك كانت تحني ظهرها حتى تضبط وزنها. ومثلما كان متوقعًا، اتجهت إلى باب مطعم غامبيرينا، إلَّا أنها استدارت فجأة، وأشعلت سيجارة، ثم أطلقت نفخة بركانية. انتبهت، جاءت تمشي مسرعة في اتجاهي بكل عزم، إلَّا أنها اكتفت بنظراتها المحدقة إليَّ وحدي، كانت تفعل ذلك بثبات، وعندما أصبحت قبالتي، وجدت عينيها مثل جمرتين، ربما لم يكن الدخان النافذ من سيجارتها هو السبب. شاهدت ذلك بالفعل، لكن ما يهم من ذلك كله، أنها قالت لي:

«كان علينا أن نتخلى عن كل المال الذي في حوزتنا، حتى يُعيدوا لنا الدراجة من نوع دوكاتي».

وأطلقتْ، دون مماطلة، العبارة الرئيسية:

«لقد كان خطأك أيها الوغد!»

نعم، في بعض الحالات، يكون التلعثم لغتي الخاصة، ويستغرق مني الأمر وقتًا أطول للبدء بالكلام. فتحت الحقيبة، وقرَّبتها منِّي، حتى شممت رائحة زنخة شبيهة برائحة الحيوانات البحرية.

«لأننا فقدنا بسببك البرنقيل أيضًا، فعليك أن تفتح وكالة للنحس. أنت واحدٌ من أولئك الذين يحشرون أنفسهم لملء الفراغ».

أثارت تلك الصورة فضولي. الفراغ الممتلئ وملء الفراغ. كان صوتها خشنًا أجش نوعًا ما، إلَّا أنه لم يكن مُزْعِجًا. شعرت بأن الذنب يجلدني على ركبتي وأنا أضغط على عكازيَّ. كيف تجرح الكلمات؟ فجسدي على حاله لم يُصب بأي أذى، ومع ذلك، فقد جرحتني بلسانها للتو وأصابتني إساءتها بما يشبه البثور. لم يخطر لي على الإطلاق أنَّ بإمكاني أن أكون مغناطيسًا جاذبًا للحظِّ السيئ. أنا الذي كنتُ مصدر الضرر لما حدث في المنارة. خطأ آخر يدرج في سجلي غير المرغوب فيه. وعند الانتقام، سيُكشف عنه في

فنِّ الخطيئة. سأروي لهم الحكاية الأكثر حُزنًا. حتى أنها أكثر حُزنًا من قصة الأرنب للكاتب بيدرو أوم[1]، الأرنب اليتيم الذي كان مقتنعًا أن أمه كانت كرُنبة جميلة، وعندما وقعت المجاعة التي تسبب بها الجراد، راح يأكلها ببطء... ببطء. أنا منهمك في جهاز الرئة الحديدية، وخالي إليسيو الرفيق البغيض لـ«بيدرو أوم»، جعلني أبكي؛ أنا وأبطال الأرغو[2] الآخرين المصابين بالشلل، والفتيات الثلاث المحدبات؛ والممرضات، ومن هم في المصحة جميعهم. كم كان إليسيو واثقًا من نفسه عندما لعب دور الأم كرنبة! وذلك ما قالته الأم الجميلة كرنبة للأرنب: «مثلما عشتَ بعض الوقت في رحمي، سأعبرُ الآن للعيش في داخلك». كنتُ سأجعلها تبكي من قصتي البائسة، حتى لا أبقي لها دمعة واحدة في تاريخ البكاء.

إلَّا أنني لم أقل شيئًا، ولم أتلفظ بكلمة، ماتت الكلمات. وبدلًا من أن أثير شفقتها، كنت أمضغ لثتي. يُقال إن الكُتب لا تُغيِّر العالم، وأنا لا أوافق على هذا، فبالنسبة لي، يمكنهم أن يشبعوني ضربًا، على سبيل المثال، وسأسامحهم، نعم سأسامحهم، من أجل الحصول على بعض النسخ الأصلية وأمهات الكتب. كم عدد الكتب التي سيتسع لها صندوق المهاجرين، من كتاب «**الحيوات الجافة**»، الذي يتحدث عن تلك العائلة الجائعة التي تعيش في **منطقة نائية** منكوبة أجبرت على أكل الببغاء، لأنه الشيء الوحيد الذي بقي معهم؟ أكلوه لأنه لا يتحدث، تلك كانت حجتهم حتى يتمكنوا من هضمه. فلماذا لا يتحدث الببغاء؟ لأنهم، الوالدان والأبناء، لا يتحدثون أيضًا حتى لا يجوعوا. ومع ذلك، فقد كان الببغاء ينطق، مقلدًا الكلبة باليا.

---

(1) بيدرو أوم: كاتب وشاعر سوريالي برتغالي. [المترجم]

(2) نسبة إلى بحارة الأرغو وهم مجموعة من الأبطال الإغريق في الميثولوجيا اليونانية، أبحروا إلى مملكة كولخيس بحثًا عن الأغنام المجنحة. [المترجم]

لماذا لم يأكلوا باليا؟ لأنها علاوة على كونها جلدًا على عظم، فإن لها اسمًا، فالحيوانات التي تحمل أسماءً لا تؤكل. ومن الكتب التي سأضعها في صندوق الرحلة أيضًا، كتاب يوليوس فوتشيك[1] وعنوانه **تحت أعواد المشنقة**. لقد غيَّر هذا الكتاب حياتي، لأنه يتضمن المسار نفسه: الحزن لا يرتبط باسمك على الإطلاق.

تبًا، لماذا كتبتُ ذلك الإعلان «**التصفية النهائية**» على واجهة تيرَّانوفا؟ فجأة، جلس بطل الحزن مباشرة على إبرة في كومة قش.

هذا ما كنتُ أشعر به منذ فترة، منذ أن وصل الإنذار الأخير. صورة إنسان يُرثى له، محبط لا يملك سوى عكازيه فقط، وفوق هذا كله، يعيش حالة نزاع مع ذاته. فتاة حامل، تسترق النظر نحوي بنظراتها النارية الخارقة. لقد أردت مساعدتها من قبل، لكنها تُحدق في وجهي، وتستخدم لسانها مثل شفرة موس الحلاقة.

نظرت إلى السماء. قديسون وموتى. الناس تملأ المقابر، لكن اليوم كان عظيمًا بالنسبة لي، مع عودة طيور الزرازير. أتذكر أمارو جالسًا على شرفة البيت، ينظر إلى أسراب تلك الطيور، ويُحدِّث نفسه: «ربما جاءت من ستونهنغ»[2]! ويضحك مفتونًا بالمنظر. يرسم سرب الزرازير الكبير خيالًا واقعيًا في السماء، هل تعرف ماذا يرسم؟ بالنسبة لنا شكَّلت الطيور منظرًا خلابًا مُدهشًا، لكنها في الحقيقة، تموضعت على شكل طائر وحشي ضخم لإبعاد الحيوانات المفترسة وردِّها. منذ آلاف السنين، وتلك الطيور تؤدي العمل ذاته عند الشفق،

---

(1) يوليوس فوتشيك: صحافي هنغاري ضد النازية تعرض للتعذيب الجسدي والنفسي في معتقلات الغيستابو وأعدم عام 1943. وجمعت زوجته كتاباته في المعتقل ونشرتها في كتاب. [المترجم]

(2) أثر صخري دائري في مقاطعة ويلتشير جنوب غرب إنجلترا، وهو الأكثر ضخامة وشهرة في أوروبا، وضمته اليونسكو إلى قائمة التراث العالمي. [المترجم]

إنها تشكيلات الزرازير في سماء الخليج. ومع موسم الهجرة، نفضل إغلاق تيرَّانوفا، من أجل مشاهدة تلك الرقصة في السماء، نحن وكثيرون غيرنا ممن يرغبون في رؤيتها. إن نحو أربعمائة طائر من طيور الزرازير شكلوا رسم نسر بطريقة تشبه تقنية «بين داي» المستخدمة في القصص المصورة. جميل، هذا أمر رائع حقًا، لكننا عند الشفق لا نرى شيئًا! أين بريق النجوم؟ **النجوم تنتظر في السماء، تهويدة، تهويدة، تهويدة.** إن السماء مُعتمة، نعم مُعتمة، ومثقلة بسحب سوداء كبيرة. إنه أمر مثير للدهشة، كيف للطبيعة أن تهتم بالقديسين؟

لقد أيقظتني وأثارت فيَّ النشاط، وهي تفرك أصابعها.

«ما الذي تكشَّفَ لك فوق، في الهواء؟» سألت مُهمهمة.

وابتسمت لي.

«لقد فقدنا البرنقيل، لكن بعد أن هربنا عدنا من أجلها. لقد عرفتُ بأنها تعجبك، فأنت كتبت كلمات أغان لفرقة القنافذ».

كيف عرفت ذلك؟ ولماذا تعرف أصلًا؟ كلا، لا يمكن أن يكون أنا مَن كتب كلمات من أجل فرقة «القنافذ». ربما لم أكن مولودًا في ذلك الوقت. إنه الشيء الذي يُنشِّط نبضات قلبي المتتالية. إنها قنافذ البحر. اعتاد إليسيو أن يخبرنا عن الفرحة التي غمرته عندما رأى ذلك الإعلان، الذي علَّقه النادل الشاب على نافذة متجر في باريس: «**وصلتنا قنافذ البحر!**» لقد كان شعورًا بالقدرة على قراءة السيد بروست[1] بتهكم واضح من القنفذ الذي ينظر من بين أشواكه، يتقدم ومعه ضوء أرسطو متجهًا إلى مريم المجدلية المُدهشة.

لقد ألهمتني ذاكرتي. حفنة من بحر من أجل ذاكرة عميقة. كان البحر هناك عندما حلمت بالتنفس، أتذكر. من الممكن أن يكون أفضل إعلان بالنسبة عن تيرَّانوفا: **وصلت القنافذ.**

---

(1) مارسيل بروست (1871–1922) روائي وناقد ومترجم فرنسي. [المترجم]

قلت: «ليس معي مال. أمشي مثل ملك، لكن جيبي فارغ تمامًا».

ضحكت ساخرة. آه، لقد ظننت الليل نهارًا. إذًا كان هذا مشهدًا من مسرحية.

قالت: «في الواقع، أنت منحتنا الحظ طوال الوقت».

وأضافت: «كنت أنظر بين الصخور المحاطة بالزبد والرغوة، حيث رأيتُك هناك، على قمة الجرف الصخري، وأنت تحمل عكازيك، فشعرت بالأمان لوجودك؛ ملاكنا الأعرج».

«أنا بوسايدون[1] العجوز، يا عزيزتي، أو الملك لير، لو أردت ذلك، المجنون المشلول الذي يمسك البحر. أردت الاتصال بوحدة الإنقاذ، لكن مثلما هو الحال دائمًا، عبثت بشيء في هاتفي النقال ورحت أطلب الأرقام عشوائيًا، وإذا بي أطلب رقم 092، وكان رقم الشرطة. أنا دائمًا، صاحب الفعل العشوائي، أحصل على مكافأة بالصدفة. فعلت ذلك، لأنني ظننت بأنكما في خطر، وبأنكما على وشك أن تغرقا».

نعم، لقد كانت سريعة جدًا في حركتها وفي حديثها وفي رمش عيونها. حتى جلدها نفسه، يعطى إحساسًا بالحيوية، لا سيما مع وجود الوشوم مختلفة الأشكال على ذراعيها. ألوان وعصور. حروف وجناس وزخارف قَبلية باهتة جدًا تلاشت بين النباتات المتسلقة. ما زال بالإمكان التمييز بين رسوم الكهف مثل لغة فرقة رولينغ ستونز، والقطة السوداء لفرقة لوس سوابيس. أما الحصان المُجنَّح فلم يكن «بيغاسوس» وإنما كان شيئًا مصممًا تصميمًا جيدًا للأطفال، وربما يكون أبركسان في ملحمة هاري بوتر. كُنا نبيع نسخًا كثيرة منها؛ إذ إنه في عصر الفقاعة العقارية: كانوا يجلبون الكتب الأكثر مبيعًا، ويعرضونها على منصات الترويج. أتذكر ذلك جيدًا، لا سيما وأنها المرة

---

(1) إله البحر والعواصف والزلازل والخيول في الميثولوجيا اليونانية. [المترجم]

الأخيرة التي يدخل فيها مجموعة من الأطفال إلى تيرَّانوفا. كثير من الأطفال، حتى أن الشخصيات ليثامي وأنتيغونا وكابتن نيمو، والقطط التي تتجول ليلًا في المنزل باحثة عن طعامها، لم يكن أمامها جميعًا سوى الاستيقاظ في الصباح الباكر، ليتحولوا إلى نجوم ومشاهير. أما الكلبة باليا فقد توقفت لفترة عن الحنين، قانعة بالتخلي عن تلك العظام. إن لدى حيوانات تيرَّانوفا شيئًا من عدوى الفقدان. وحيث تكون الحيوانات بخير يكون الناس طيبين.

كلا، الناس لا يستحقون الإعلان. ومع الأزمة والمطالبة بمراكز تجارية كبيرة، تمضي الوجوه شاحبة، على الرغم من احمرار بشرتها. ثم إن هناك الشركة الهمجية. ونبات العُلّيق المُذهل تسبب في إحداث صدع في الجدار الجانبي، بارتفاع طابقين، وتسلَّق من المزراب ودخل فتحة السقف في العليَّة. كان من السهل عليه أن يتسلل ويدخل إلى البيت؛ فنبات العلَّيق شغفه معروف، كما أن زجاج النافذة كان مكسورًا أيضًا. في الحقيقة، مضى البيت على هذا الحال عدة سنوات، لأن الزجَّاج حين كان يأتي ليستبدل اللوح المكسور بزجاج جديد، كان خالي إليسيو يوقفه. إن كسر الزجاج لم يكن من قبيل الصدفة، بل كان هناك نية مُدبَّرة للإقدام على ذلك. لا أدري أمن الممكن تصورها أم لا، إلا أنها في نهاية الأمر، كانت بمثابة إشارة. إنه عمل طليعيٌّ ضعيف. لذلك أكنُّ كل التقدير لقصة **الزجاج المكسور** للكاتبة إيميليا باردو باثان، تلك القصة التي تتحدث عن الهجرة إلى أمريكا. تطابقت بالصدفة مع الثلاثة، أمارو وكومبا وإليسيو، وذلك أفضل ما في هذا الموضوع. ومع الحكاية المُختصرة لقصة الشباك ذي الزجاج المكسور، رُويت ملحمة، وكانت في الوقت نفسه لغز الإنسان غير القابل للنقل، والمتعلق بعلة البشر. الملحمة التي تتحدث عن المهاجر الذي عاد غنيًا وعنده اشتياق وهوس وحيد بالنوم، فاعتاد أن ينام إلى جانب الشباك المكسور، كي يلفَّ البرد أحلامه،

وينخر صوت عواء الريح رأسه. وبعد شجرة العلّيق، التي عملت جاهدًا على مدِّها كالعريشة، جاءت طيور أبو الحناء. في البداية، تأتي الأنثى، التي تبني العُش. أنتظر طيور الزرازير بفارغ الصبر. فإذا لم تأت على شكل سرب كامل، فلتأتِ في نصف سرب. لذلك ينبغي إحداث فتحات وفراغات في الفضاءات التي ما زالت من أصول تيرَّانوفا. إن مكتبة تيرَّانوفا حاضنة عالمية. وفي منطقة شبه الظل يوجد نقطة تفتيش للخفافيش تحمي الكتب الأكثر تشويقًا من العث. وحسب إليسيو، فإنهم ينتمون إلى مدرسة الخفافيش في مكتبة خوانينا في جامعة كويمبرا البرتغالية. لقد كان الاكتشاف الأخير عبارة عن ضفدع، في الزاوية تمامًا، حيث تُحفظ كوكبة قديمة ومتهالكة عن العوالم، وقطع أثرية تالفة، وطواحين هواء، وبعض الألعاب التالفة والمجسمات المُحطمة، مع رعاة مشوهين، ونساء فقدن جرارهن وحيواناتهن، مذهولات من جراء نبذهن. هل هو الشاعر مانويل كوروس إنريكيث؟ فكرتُ بذلك عندما نظرتُ إلى ضفدع الطين، أو هو الشاعر بابلو نيرودا؟ آه، عرفت، ربما يكون الشاعر فرانسيس جيمس المنعزل العظيم؟ أي إخلاص يكنُه والدي لذلك الشاعر! يقول: «إنه الشخص الوحيد الذي أعلن عن القصيدة «الجيمسية»، رافضًا التبعية لأي مذهب». له كتاب في الغرفة المظلمة عنوانه «**من لمسة الفجر إلى لمسة الصلاة**»، وقد ترجمه الشاعر الإسباني دييث كانيدو عام 1920... وكان إلى جانبه كتابٌ آخر عنوانه «**قارب من دون أضواء**» للشاعر لويس بيمنتل. وكلا العملين موجودان بين متعلقاتي الشخصية وصندوق المهاجر.

«ألستَ بيمنتل؟»

«لا أنا تيكسيرا. تيكسيرا دي باسكوايس[1]».

---

(1) تيكسيرا دي باسكوايس: شاعر برتغالي (1877–1952)، ترشح خمس مرات لجائزة نوبل للآداب. (المترجم)

«يا رجل! تيكسيرا، كم أحبه خالي. كان شغوفًا بأعماله، كان يُصرُّ دائمًا على الذهاب إلى أمارانتي ليصعد إلى جبال دو مارياو. يروي أنه عندما كان في مقهى خيلو في لشبونة، وبينما كان جالسًا بين السرياليين، قال ماريو سيزاريني[1]:

إن باسكوايس هو الشاعر العظيم، وليس لدي أي شيء ضد فرناندو بيسوا مطلقًا، لكن من وجهة نظري، إن باسكوايس شيخ الجبل وسحره».

وكان هناك فلاح، أثنى عليه ثناءً يليق بكاتب مثله: مَنْ هو ذلك الرجل الذي يخمد النار من أعلى؟ إنك محظوظ بوجود الضفدع في بيتك. فضفدع الطين يعيش مائة عام. لا تصفية نهائية! سأبحث من هناك عن قصائدك، لا سيما تلك القصيدة بعنوان **الحنين**، ينبغي لك أن تمشي في بينومبرا. سنشرب معًا بضع جرعات كبيرة من الحنين والاشتياق: **الذاكرة القديمة تولِّد رغبةً جديدة.** الذاكرة تولد الرغبة. ينبغي أن يكون ذلك هو الإعلان. أوكل الأمر إلى هيلينا، في مطبعة فيرمان، للقيام بذلك في مينيرفا، حيث آلة الطباعة القديمة وذراع التدوير الخاص بها، من النوع الروماني القديم، مع ذلك التفاوت المستقبلي في إفريز الشفرات.

التوقيع: تيكسيرا باسكوايس، بحروف منفصلة وكتابة مشابهة لشعار فرقة سيكس بيستولس الإنجليزية.

نعم، بالعودة إلى الحصان المُجنَّح، فقد قرأت تلك القصة الملحمية. وقرأتُ أيضًا أفضل الكتب مبيعًا، أكثرها أو أقلها، فذلك يتوقف على نوعية الكتاب نوعًا ما. أحب أن أعرف ما الذي يباع، إذا كان قمحًا أو زوانًا. أما سيسيلو، فهو صحفي آخر، لم يظهر في تيرَّانوفا منذ فترة طويلة، أخبرني أنه في

(1) ماريو سيزاريني: شاعر برتغالي (1923–2006) ورسام سوريالي. (المترجم)

الآونة الأخيرة كان منشغلًا بفصل حبوب القمح عن القش، بهدف نشر القش. جاء ليأخذ كتاب **الأيام الأخيرة للجنس البشري** لمؤلفه كارل كرواس[1]. اتصل بي هاتفيًا في اليوم التالي. كان دائمًا، في رأيي طبعًا، يلقي نكتة «المكالمة المصيرية» التي عذبت والدي طوال سنوات: أنت تعيش في إجازة يا فونتانا!

لكنه هذه المرة كان دون ذخيرة، خائب الأمل واهمًا وغارقًا.

«استمع إلى كرواس يا فونتانا: أُخطُ خطوة واحدة إلى الأمام واسكت».

«لا تُطفئ الضوء يا سيسيلو. اللعنة على شركة الكهرباء».

هذه المرة، تفوح من الهاتف رائحة احتراق حقيقي.

إنها الصحافة اللعينة! أسوأ من حيوان خُرافيٍّ، من شيطان، يا للشؤم! ذلك أن الكلبيين (أنصار الفلسفة الكلبيَّة التشاؤمية) لا يصلحون لهذه المهنة. يا له من فشل يا كابوشنسكي[2]! أراد القيام بمفارقة سخيفة، وأخذه جميع العاملين في هذه المهنة على محمل الجد. إنها المهنة الأجمل في العالم. تردد وصخب، مع غارسيا ماركيز[3]! سيبقى عظيمًا مثل رسم استفزازي على جدران كلية الصحافة. أتعرفُ ما أول شيء يجب على الصحفي أن يتعلمه اليوم؟ إدخال الأصبع في القفا. وأن يكون بطلًا في التشاؤم، أي أن يكون كلبيًا.

«اكتب كل هذا يا سيسيلو. غدًا صباحًا!»

«لتحل عليك لعنة سمكة أبو سيف». وأنهى المكالمة.

نعم، مضى وقت طويل دون أعرف عنه أي شيء.

إنها ما تزال هناك، يا للحظ. شعرها غامق وعيناها صافيتان. أظن أن فيهما حَول، وعين تميل إلى الداخل أكثر من الأخرى.

---

(1) كارل كرواس: كاتب نمساوي (1874-1936) وشاعر وناقد وصحفي. [المترجم]

(2) ريشارد كابوشينسكي (1932-2007) كاتب وشاعر وصحافي ومؤرخ ومصوِّر بولندي. [المترجم]

(3) غابرييل غارسيا ماركيز (1927-2014) روائي وصحافي وناشر وناشط سياسي كولومبي، وحائز على جائزة نوبل للآداب عام 1982. [المترجم]

«هل أنتِ بخير؟» سألتها.

«نعم، لكني أشعر أحيانًا أني فقدت عقلي».

«عليك أن تلقي نظرة على خوذتك، ربما تضررت».

«لا، إنه ليس ضررًا، أنا مقتنعة جدًا بأنه انحراف. هل تتذكر عندما كانت أسراب طيور الزرازير فوق الخليج؟»

ثم نظرتْ إلى فوق. لم تجد ما تذكرته. هزت كتفيها.

وأضافت: «لا، بل أقصد نعم، قد تكون هناك».

قلت: «لو رأيتِ ذلك السرب فعلًا، فإنك لن تنسيه أبدًا».

وأضفت: «أنا أتولى رعاية القطط عند السد. أعتني بها وأحضر لها الطعام. يقولون إنهم سيدمرونه».

ونظرتُ إلى وشم القطة السوداء.

«هل تعجبُك؟» سألتْ.

«نعم، ولكن مع الحصان المجنَّح، لا أعرف في الحقيقة، فأنا أفضل الأحصنة من دون أجنحة».

«إن الهدف من وجود الأجنحة هو تغطية الاسم الموشوم»، قالتها في صوت منخفض وأجش، يوحي بالثقة.

«اسمعي، ينبغي أن تكوني شديدة الحذر. إن البحر خطير حتى وهو نائم. يحب ابتلاع الشجعان».

اقتربت مني قليلًا مع شيء من التطفل والاستكشاف. لم تلمسني. شعرت كما لو أن شعيرات القطة الموشومة احتكت بي.

«نحن دائمًا نعيش في خطر»، همست في أذني. وبعد ذلك، قالت بصوت أعلى وأكثر بهجة: «على مروحية الإنقاذ أن تحلق فوق رؤوسنا طوال اليوم».

صرخ الشاب الذي يقود الدراجة النارية.
«اتركي العجوز وشأنه يا فيانا!»
أشارت إليه بيديها كي يصمت.
قالت لي:
«إنه لم يُخلق ليموت».
«مَنْ؟»
«ثاس، خطيبي».
شعرت بالألم يتسلّق بصعوبة جدار «الذاكرة العميقة». كنت أعرف تلك العبارة. كان التشخيص مألوفًا بالنسبة لي.
«كيف عرفت أنه لن يموت؟» سألتها.
«لا أعرف... إنه لن يموت. وما قاله الدكتور حرفيًا: إنه لم يُخلق ليموت».
«عجبي، ينبغي لي زيارة ذلك الطبيب! أي طبيب، هلّا أخبرتني؟»
«كان موجودًا في السجن يومها، هو الذي ينظر إليك الآن، لقد كان في السجن حتى فترة قريبة. كان هناك، وقابل الطبيب وجهًا لوجه».
وضعت يدها على بطنها وضربت بأصابعها، مثل شخص استيقظ وأيقظ زميله الخفي.
«ما ينقصنا هو أن نكون نظاميين»، قالتها باستخفاف.
وأضافت: «فقريبًا سيأتي دوره في الذهاب إلى المعارك!»
«إلى المعارك؟»
الآن نعم. الآن تحرك بسرعة. وصل إلى غامبرينا. اختفى في ظلام يقطعه وميض شاشة التلفاز. إن محارب الدراجة دوكاتي يحتفظ باستقامته وثباته. والخوذة تلمع.
وبالنسبة لي، فقد حان الوقت للذهاب إلى المعركة أيضًا.

إنني أختبئ الآن

مدريد، خريف عام 1975

هذا المكان الليلة هو الأكثر أمانًا في مدريد للبقاء على قيد الحياة.

نمنا دون أن نخلع ثيابنا، على السجادة الخضراء الرثّة، تقاوم تلفها الشديد، حتى باتت تشبه أرض التاندرا، أو كأنها جزء من عشب أو طحلب أو نبات الحزاز، كأنها سينوغرافيا مسرح مهجور لم يتبق منه سوى ستارة تطل على العالم الخارجي. بضع ستائر رفضت أن تفتح، بألوانها السوداء القوية والثقيلة، والتي بدت وكأنها تحمل كراهية للضوء. وفي الصباح، تسمح بإنارة ضوء بسيط على مستوى الأرض، وتحديدًا في محيط النوافذ.

كُنّا في شقة تقع في شارع مانويل سيلبيلا في مدريد. وكان ذلك اليوم فجر 22 نوفمبر من عام 1975.

استيقظت، ومشيتُ بخطوات مفاجئة، باحثًا عن جسدي. ذهبت إلى الحمام، وأول شيء أخذته معي هو المُنبّه. أمر آخر، إذ لم أكن أريدها أن تراني ومعي المنبّه، ولا الضوء المُشع، ولا أن ترى أي إيماءة مني. سأغذي نفسي من الهواء والماء والضوء. فأنا على وشك أن أكون سمكةً أو طائرًا أو حتى حيوانًا برمائيًا. ومع ذلك، فإنني أحتاج في هذا اليوم إلى مُنبّه أو اثنين.

في اليوم السابق كانا هنا، في الحمام، يحمِّضان صورًا لها ولصديقها. كان بإمكانهما رؤية الأواني ومُكبِّر الصور والدلاء والمصباح المغطى بالورق الأحمر.

قالت لي: «إنه صحفي أرجنتيني، وعليه أن يُرسل هذا العمل على وجه السرعة، ولا يمكنه تجهيز الصور في المكان الذي يُقيم فيه، حيث ينزل حاليًا في فندق يقع في شارع بيث».

قلتُ: «بالطبع، ولِمَ لا؟ زملائي في الشقة كلهم طلاب، وقد غادروا مدريد. وأنا أريد أن أغادر بقطار أتلانتيك إكسبرس، فهذه هي خطتي».

لقد خططت للمغادرة من قبل مثل البقية. غادرتُ دون أن آخذ خُبزًا لآكله في الطريق. لم أقم بذلك، لأن المغادرة، في الحقيقة، ظهرت لي فجأة. ظهرت، ثم اختفت، وعاودت الظهور من جديد.

غدًا جنازة فرانكو.

عليَّ أن أعدَّ وجبة الإفطار، لكن مضى وقت طويل ولم أدخل المطبخ لفعل ذلك. لقد كان المكان الأكثر سوءًا في البيت كله، بخزائنه الكبيرة، ورفوف الخزف الصيني والزجاجيات... الخزائن الممتلئة بالفراغ الخانق والذي يجعلك تشعر بالذنب مثل منادٍ ينادي من شدة الجوع. بدا الحمام الرئيسي تواقًا ليكون منتجع استحمام فاره، هرب شاحبًا وعاريًا ما إن فتحت الصنابير، ومعها تسمع صرير الأنابيب القديمة كأنها مصابة بالربو. وبخلاف ذلك، بدت الشقة القديمة الفاخرة مهيأة لحياة بوهيمية. لقد ترك الأثاث واللوحات المفقودة علاماتٍ دالة على الفراغ، مع ملامح باهتة من الكمال الهندسي الذي بدا بعد مرور وقت طويل كأنه مصنوع عن قصد، مع إرادة جمالية تتماشى، إلى حد بعيد، مع المُلصقات والتصميم الفني الرديء لأرجل السرير والرفوف التي قمنا بنقلها للمستأجرين الجدد. ذهبنا إلى هناك باتصال من مانويل دي إينيس، أحد الزملاء في الشقة. أما بقية المبنى، فكانت تسكنه عائلات الورثة. لم نكن نشاهد بعضنا بعضًا. كان في الدور الأول درج وباب يؤدي إلى المرحاض، كنا نستخدم الدرج بدلًا من المصعد. كُنا أطفال الليل،

ومن كوكب آخر. مثلما غنَّى دافيد بووي، أغنية الدوق بلانكو، شخصيتي الثانية. ولدينا بيت في غنومار، بلد الأقزام.

«لم يكن المكان الأكثر أمانًا في مدريد»، قالتها إستيلا.

وعندما ظهرت في حياتي، نعم في حياتي! كان اسمها بياتريس. أما الصديقة التي جاءت لتعرض الصور فكان اسمها ميكا. معذرة تانا. ولقبها تشاو، تشينيتا!

كنتُ في المقهى التجاري متقمِّصًا شخصية الدوق بلانكو، أقرأ رواية سالنجر[1] **الصياد الخفي**، المهرَّبة من تيرَّانوفا، وكنت بمثابة عين تقرأ وأخرى تلاحظ الأرواح التي تشق وهج الغروب. أما هي فكانت متوجهة إلى الطابق العلوي، كانت بالفعل قد صعدت بضع درجات من السُّلم، عندما استدارت فجأة وأقبلت نحوي. لم ترم نفسها في أحضان الدوق بلانكو، ولم تبد إعجابها بخصلة شعره الخضراء اللامعة، ولم تكن شفاهها مرسومة، ولم تضع حتى مكياج العيون. لقد حدقت في الكتاب فقط. تلك الطريقة في التحديق. العينان واسعتان كأنهما ستتمزقان من شدة الإمعان. كأنها لا تصدق ما ترى، والغلاف يشد انتباهها، فتصوب بؤبؤ عينها وترصد الهدف.

قالت: «إنه أحد كُتب ميراسول! دعني أراه»، وانتزعته من بين يدي.

وأضافت: «نعم، إنه من دار فابريل للنشر في بوينس آيرس. أنت مَن جلبه؟»

قلت: «لا، فأنا لست أرجنتينيًا، ولم أذهب أبدًا إلى هناك. إلَّا أنني وجدته في مكتبة، ويمكنني القول بأنني وجدته في مكتبتي أنا، مكتبة تيرَّانوفا. إنها مثل ميناء بحري، فالدوق بلانكو يُحب الألغاز».

قالت: «لقد عمل والدي في دار فابريل للنشر. كان يطبع، ويلمس الحروف بأصابعه فيجعلها تشعر بأنها تنتمي إليه؛ ليس هذا ما ظننته،

---

(1) الكاتب الأميركي جيروم دايفيد سالنجر. (المترجم)

أو ما فكرت به، بل إن ذلك ما أشعر به. طبع كتب ميراسول، وجون كالفِن، وبرتولت بريخت، وآرثر ميلر، وديلان توماس، ورافائيل ألبيرتي، وبيير باولو بازولوني، والمارغريتين، مارغريت دوراس ومارغريت يوسنار.... أما الأغلفة فكانت من أعمال كوتا الفنية».

قلت: «يمكنك أن تحتفظي به إذا أردت».

وفي النهاية عثرتْ على الدوق بلانكو. في الغلاف. في وجهي.

كانت متحمسة، إلا أنها مرتبكة.

قبل أن تقول أي شيء، أضفتُ متكاسلًا:

«لديَّ الكثير من كتب ميراسول».

«لكن، مَنْ أنت؟»

«مُهرِّب كتب».

كانت في البيت، تتعرف على كتب ميراسول.

«لديك مجموعة من القصائد أيضًا!»

«نعم، منها تلك التي أصدرها الشاعر بيليغريني[1] عام 1961، أفضل ما في القرن الماضي»، قلتها بنبرة المهرِّب.

كانت تقرأ قصائد جورج تراكل، ثم نهضت وقد علق الأثر الذي تركته في عينيها كالفجوة العميقة. ودون أن تقول شيئًا، ذهبت إلى الصالة، وألقت بنفسها على الأرض، وبدأت تتدحرج على السجادة القاحلة. في البداية كانت بطيئة، لكن بعد ذلك بدت طريقتها جامحة حتى اصطدمت بالجدار. انتظرتُ في الغرفة، غير قادر على تحرير نفسي. استمعتُ إلى التنهدات. بعد ذلك بفترة، دخلت بابتسامة مؤلمة، إلا أنها كانت، في النهاية، ابتسامة.

«من الأفضل أن أضع شيئًا من الموسيقى»، قالتها.

---

(1) دومينغوس بيليغريني، شاعر وروائي وكاتب وصحفي برازيلي. [المترجم]

بدأت في البحث في مجموعة من أسطوانات موسيقية مكدسة.

«دايفيد بوي، بوي، بوي، أليس كوبر، كوبر... أثمة أغنية تعني لك؟»

«في الوقت الحالي، أغنية واحدة فقط، لفرقة اسمها «القنافذ». في الوجه (أ): أغنية **تومباديوس**، وتعني مشروبًا ذا خليط جهنمي. وأغنية الوجه (ب): **إبوبي بوبي بوبي**».

«آاه».

سمعت الأغنيتين، وأعادت الاستماع إلى الثانية **إبوبي بوبي بوبي**.

«أنا أحب إبوبي أكثر»، قالتها.

«نعم، فكل الناس يحبُّون **إبوبي** أكثر»، قلتُها بسخرية.

«أكيلاري»، «إنبيسبلي»، «سوي خينيريس»، «إسبنيتا»...

كنت أتفحص الألبومات الموجودة، إلا أنني كنت أتلاعب بعناوين الألبومات الأخرى التي لا أعرفها.

«عليك أن تهرب أسطوانات الموسيقى أيضًا»، قالتها هي.

لقد كانت مستمتعة بتلك الأخبار التي رويتها لها عن تيرّانوفا وعن الكتب الموجودة في حقائب السفر وصناديق المهاجرين.

«يمكنك أن تنشئ اسمًا خاصًا بك، تجعله كالختم، «**برمائي**» مثلًا».

أجل، لقد كررتْ كلمة «**برمائي**».

قلت: «إن اسم **برمائي** سيكون مناسبًا لأغنية **الحب المجنون**، إلا أنه غير ساحر، وليس وجدانيًا، مثل الممثلة ديتا بارلو في فيلم **الأطلنطي**، إنه الحب البرمائي!»

نظرت إليَّ نظرة خاطفة، وعادت إلى الغوص في نهرها: **قصائد لرجل مجنون**؟ هناك حقائب سفر كثيرة ومليئة بأسطوانات **قصائد لرجل مجنون**، للمغني الأرجنتيني روبيرتو غوينيتشي!

«أنت شاعر غنائي، أليس كذلك؟ إن ذلك سيساعدك كثيرًا، بالإضافة إلى التانغو، التانغو الخطير، وكلمات الشاعرين أنريكي ديسسيبولو وأوراسيو فيرير. وتانغو **أكوافورتي** للمغني الأرجنتيني خوان كارلوس مارامبيو. أتعلم أن موسوليني أصدر قرارًا بحظره في إيطاليا؟ قال إنها رقصة تانغو فوضوية».

إنه منتصف الليل، يستيقظ الملهى... نظرت باهتمام إلى ألبوم فرانك زابا بعنوان **حيوانات ابن عِرْس مزقت لحمي** وأدت أغنياته فرقة الروك الأمريكية **أمهات الاختراع**، إنه أحد كنوزي، وعلى غلافه صورة رجل يمسك حيوان ابن عرس ويستخدمه كآلة حلاقة، يحلق بها ذقنه. استمعت إلى أغنية **سُلَّم إلى الجنة**. جلستْ على السرير تتأمل الألبوم الرابع لفرقة الروك **ليد زيبلين**. وتنظر إلى رسم الغلاف التي يظهر فيها رجل يحمل حزمة من الحطب، معلقة على حائط مُقشَّر الطلاء. كانت تدندن، فهي تعرف كلمات الأغنية.

«ألا توجد لديك أغانٍ للأرجنتينية ميرسيدس سوسا؟ أحب أن أسمع أغنية لتلك السمراء».

ضحكت، فقالت وهي تداري انزعاجها:

«ما الذي يضحكك؟»

«لا أحب موسيقى الفولك، أي أنني لا أحب كل ذلك الفولك، وليس هذا الفولك فحسب، وإنما كل ما ينتج عنه أيضًا».

والآن هي التي ضحكت علانية:

آه، ما أسرعها في إظهار سوء فهمها!

«أردت أن أقول، أعني، قصدت بأنني لا أحب أسلوب المغني الذي يكتب أغانيه، فاحتراف الغناء فيه مواجهة مع تلك المقدمات المُعبَّر عنها بنبرة الموعظة المملة، إلخ... إلخ. إن ذلك ما كنتُ أريد قوله».

أدركت في الوقت المناسب بأنها كانت تعبث معي. لماذا حاولت استفزازها؟ لقد تطورت الأمور بيننا كثيرًا. إنها اللدغة الذي جذبتني. وما أظهرته الآن كان يشبه آلة الإيقاع المُخشخشة التي أزعجتني أيضًا. سمعتُ ذلك، وكان عليَّ أن أكبت صراخي: يحيا فيردي[1]! وذلك ما فعله الأمير غالين[2] في حفل موسيقي محظور في سانتياغو. إذ تم اعتقاله بأمر حكومي عندما كانت الصالة مليئة. إنها طريقة استفزازية، نتج عنها، مثلما يحصل دائمًا، سلسلة من التداعيات المتكررة. أطلقت الشعارات بين الجمهور ومنها شعار: لتسقط الديكتاتورية! له بديل ساخر تهكمي في إحدى الأغنيات: لتسقط الأسنان المتعفنة! ما زاد من غضب السلطة. شنت الشرطة هجومها. المتظاهرون يتفرقون. ووقوع إصابات، ثم البدء بالضرب، وسحب الأجساد وإزالة الشعارات وتكسيرها وتحطيمها. تنظر إلى الأرض، فلا تجد إلا أجسادًا متورمة فقط. إنه الذل بعينه. الأمير غالين أوقف في لحظات تلك الماكينة الثقيلة الجاثمة على أجساد المواطنين. لقد كان ليبراليًا، ومنفيًا إلى باريس، مع بعض النجاح في ممارساته العملية. إنه نموذج الحياة والمقاومة الطلابية التاريخية التي أطلق عليها اسم أوقات الفراغ المثمرة، تلك المجموعة التي شاركتُ فيها أنا نفسي قبل تلك الأحداث، بالصعود الخارق إلى سطح الكاتدرائية، ذلك المكان الذي أدى إلى هجرتي من مدينة الله. لذلك، فإن الأمير غالين، الذي تمتع بصفات المساعد في إنجاز نشيد لمقاطعات الحكم الذاتي في مدريد، ذكر خمسة عشر موقعًا بصوت محسوس وملموس، أظهر منذ البداية ملخصًا واضح الفكرة والأسلوب عندما أعلن مندوب الحكومة تعليق الحفل الموسيقي. صرخ: «يحيا فيردي!» وكان من المثير كيف صعدت

---

(1) جوزبي فيردي (1813–1901) مؤلف موسيقي إيطالي، رسخ تقاليد الأوبرا الإيطالية. [المترجم]

(2) خوان ماري سوليرا، المعروف بالأمير غالين، مغني وشاعر بوهيمي. [المترجم]

أشهر أوبرا لفيردي **جوقة العبيد اليهود** في تلك البيئة الصلدة القاسية، وكيف حلقت العبارة: **أفعال، أفكار، فوق الأجنحة المذهبة**، إنه ذلك الشعور بأن للهواء روحًا، وغناء الناس التلقائي هو تلك الروح الموجودة في الهواء، إنها إرادة وأسلوب مندمجين مع المواجهة والاحتجاج، أي ما ينبغي أن أقوله: أنت على حق. يحيا فيردي! وماذا تفعل القيثارة المعلقة بشجرة الصفصاف؟

كانت تُحرِّك أقراص الموسيقى بأصابع تعمل بالفطرة، بينما كانت تُدندن لحنًا عرفته الآن، فقد أوحى لي بأصوات خط الأفق.

عندما أكون حزينًا

أجلب صندوق الموسيقى خاصتي

لا أفعل ذلك لأجل أحد

بل لأنني أحب ذلك

تبحث الأصابع بكل عناية وإيقاع. ظهر أمامها ألبوم ديلن توماس. لقد وجدتْ شيئًا تريده. لوحت به تحت أنفي وهزَّته، فتحرك الهواء مع ذلك الاهتزاز.

«ديلن إنه ديلن. موسيقاه ليس من نوع فولك!»

قالت بحماس: **أغنية وودي، أقصد وودي غاثري**!

قلتُ بنبرة إذاعية: «كان وودي يغنِّي أغانيه على سطح عربات السكك الحديدية. فقد كتب رسالة على غيتاره: **هذه الآلة تقتل الفاشيين**. كانت رحلته شاقة. إن ذلك، على وجه التحديد، فولك».

إلخ... إلخ...

لقد كشفتني. يمكنني أن أدلي باعتراف: عندما أسمع ميرسيدس سوسا وهي تغني قصيدة «إلى أخي ميغيل» للشاعر ثيسار بايخو: **أنا مختبئ الآن، كما كنتُ من قبل**... أنسى بأنني أتنفس، وأرغب في ثني ركبتيَّ، متمنيًا العودة إلى جهاز الرئة الحديدية. **أتمنى ألا تجدني**. إلا أنني أحد أولئك

الذين يحتفظون بالضجر. ما هو الشيء الذي يقضي على جهازي؟ **جهازي يقتل الأوقات السعيدة.**

يا للبلاهة!

لم يبد لي الصوت حميميًا مع تلك الكلمات.

حاصرتني الكلمات وجالت حولي إلى أن عبرت إلى داخلي. أعجبتها النغمة، أعجبتها اللهجة، وأعجبها العبور، بل أعجبها كل شيء.

ضع أغنية نيكوليتا مرة أخرى.

سأكون مرآتك.

خرجت من الغرفة، وتركت الباب مشقوقًا، وإلى الصالون الفارغ والمظلم، دخلت زاوية من الضوء مع الموسيقى التي غيَّرت المكان، أما أرضية السجادة الرثة فأضفت إحساسًا شبيهًا بمنتزه حي الفقراء، حيث العشب المسحوق والتمزقات والبقع الظمأى.

كانت ترقد هناك، مرتدية ملابسها، في ذلك الخلاء. دفعت الموسيقى الضوء، بشكل باهت وبطيء. يمكنني أن أرى وميض عينيها.

سأكون مرآتك.

استلقيت إلى جانبها، ويداي تحت رقبتي، مثل وسادة.

كيف سيكون حال السماء التي كنت تنظرين إليها؟

عرفتُ الأغنية، التهمتها. كنت ذلك الشاعر الغنائي الذي لا يأمن كثيرًا لمهنته، ويشك بمواهبته.

اسمح لي بالبقاء لأبرهن لك بأنك أعمى.

كيف تتنفس المرايا عندما تنام؟

ذهبت لإحضار بطانية؛ حتى تغطي المرآة. مرَّت بعض الأيام، والطقس فيها متقلب. فالجو في مدريد بارد.

مضت أيام متتالية ونحن نتقابل، ولكن حصل ذلك، بوتيرة دائمة، خارج غنومار. تقابلنا في مكتبة الأفلام الوطنية لمشاهدة فيلم **الأطلنطي**. وفي معرض «السريالية في إسبانيا»، في صالة «الحشد»، حيث العيون مذهولة أمام وهج مخفيٍّ، وهناك مَنْ يُتمتم: لقد أخفوا بمهارة عقلنا الباطن. حتى أننا عملنا معًا لبضعة أيام، وأجرينا استطلاعات لصالح شركة لبيع الأجهزة الكهربائية. رحَّب الناس بالدوق بلانكو الأعرج وبالفتاة الأرجنتينية. بعد ذلك ذهبنا لتناول الطعام في مطعم بيت الأحد، خلف ساحة إسبانيا، وكان المطعم عبارة عن كوخ يقع خلف ناطحات السحاب الأكثر ارتفاعًا في مدريد. كان النادل الذي يعمل هناك، قاصرًا برتغاليًا، يتحدث مثل كبار السن، وأخذ يعاملنا بسعادة وفرح ونُبل، كما لو أنه يعامل فنانين في رحلة. بعد ذلك اختفت الفتاة فجأة. إلا أننا عدنا والتقينا مرة أخرى في منتصف شهر نوفمبر. لقد قصَّرت شعرها، وأصبحت نحيفة أكثر، وبدا لي صوتها متغيرًا، وكذلك صمتها، وكأن فقدان وزن الجسد سحب معه الكلمات.

«إن أكثر الأماكن أمنًا اليوم في مدريد؛ داخل الكنائس»، قالتها هي.

الصديق تيرو، تيرو صاحب البشرة الداكنة، كما قدم نفسه، عاد لِيُظهر لنا المزيد من المواد الفوتوغرافية، مع زميل وفريق عمل أفضل. كانت مدريد مركز الاهتمام الإعلامي. كان لديه عمل رائع بين يديه، عمل استثنائي عظيم، لم يستطع أن يخبرني بأكثر من ذلك.

وأنا لم أرغب بطرح المزيد من الأسئلة. لقد تحمَّست. لكن، نعم، بشرط واحد.

قلت: «لن أذهب لأرى المومياء. فقد قرأتُ في الصحيفة عن حدوث كثير من النوبات القلبية، وأصيب الفرانكويون بنوبات قلبية، أتخيل ذلك».

«لا، لن نتورط في ذلك أيها المجنون. خلال النهار سنكون في الشارع، في الموكب الجنائزي، مثل زوجين. لكن لا بد أن تنسى أمر الدوق بلانكو. ارتدِ معطفك».

لقد ساعدني البرق، مثلما ساعدتني تمامًا.

لقد اتفقنا على أن نتحدث قليلًا. نشاهد ونستمع، ولكن نتجنب تلك النظرات المشابهة لعيون قناصة يكمنون في تلك الغابة الكئيبة والمحزنة، وهناك سياح مهووسون يزورون الميت الطاغية. ندعي، بين حين وآخر، التعاطف عبر إظهار بعض الإيماءات المناسبة. نضع وجهًا حزينًا. لقد كان عرضًا، وكان علينا كلنا أن نتصرف. كاستيانا، ثيبيليس، ألكالا، سول، أرينال.... لقد كان الجو باردًا. نقترب من بعضنا بعضًا، شيئًا فشيئًا. اليدان، الذراعان، الكتفان. قبل الوصول إلى «قصر الشرق»، نغير مسارنا ونتجه نحو حدائق «ديل مورو».

هناك، عند الغسق، نحو الغرب، عند خط الأفق، خط السماء.

قالت بسعادة: «أحب الذهاب إلى هناك على دراجتي الهوائية. أترك الحدائق خلفي».

وكانت هذه المرة الأولى التي أحدد فيها مكان تيرَّانوفا.

إنها هناك، عند حافة الأفق، مسقوفة بالسحب الحمراء، أرأيتها؟

عندما وصلنا إلى الشقة في شارع مانويل سيلبيلا، هرب آخر ضوء منير أسفل الستائر. لم يكن هناك أحد. الاستثناء الكبير سيكون حاضرًا.

خلعنا معطفينا.

وضعت كفَّيها على جبيني لثوانٍ. وفجأة، ضغطت بقوة إلى درجة أنني فقدت توازني وسقطت إلى الوراء. نزلت على ركبتيها. كشرت عن أنيابها، قفزت نحوي، ورفعت يديها مثل المخالب. زحفتُ إلى الخلف، حتى وجدت

مكانًا يمكنني الاتكاء عليه. حاولت التذمر، فخرج من حلقي صوت تأوه. ضحكتُ، لكنها لم تضحك. تقدمت نحوها وأنا أعرج وأتلوَّى. فعلت الأمر نفسه. كم كان هذا لطيفًا. صاحت صيحة فرح. هرب أحدنا من الآخر. طاردنا بعضنا، ثم أرهقنا.

استلقينا على ظهرنا.

«لنذهب إلى تيرَّانوافا من فضلك».

كان ذلك أكثر ما أرغب في سماعه.

وكنت خائفًا.

المؤسسة
غاليثيا، صيف عام 1935

هناك زجاجة وسط الطاولة.

بينما يُبحر الأب عبر المستقبل، ينظر خالي إليسيو داخل الزجاجة، محاولًا أن يطفو فوق الماء، ومتمنيًا أن يكون بحارًا؛ بحارًا ماهرًا يبحر بأقصى سرعة. كان أسلوبه في الكلام، أسلوب بونتي، شكلًا من أشكال الدقة الشخصية. بحار وربان ماهر، وليس خادمًا يوثق الحبل على الدوام حول رقبته. ولذلك كان رفاق العمل يقولون: «ثمة أحياء وموتى وبحارة».

سحرتني قصة إليسيو، حين رأيته على تلك الحال، عالقًا في الزجاجة، يرفع رأسه فوق الماء. يقضي معظم وقته على هذه الشاكلة. فما كان يرويه كان يحدث فعليًا... كان سيحدث. وفي ذلك اليوم تحديدًا ولد الحلم بإنشاء تيرَّانوفا. مكتبة تيرَّانوفا.

في غاليثيا، وتحديدًا في زمن ديكتاتورية بريمو دي ريفييرا، ألغيت دراسات الملاحة البحرية. أما جدي أنطون، فقد كان يفضل العمل في صيد الأسماك على متن القوارب الباسكية؛ لا يعاملون العمال كعبيد على تلك القوارب، بل العبودية أقل حدة هناك. كان أنطون يبذل كل ما في وسعه، في تلك الأثناء، في البحث عن عمل لخالي إليسيو في بيلباو، حيث يوجد مدرسة بحرية. وأراد أن تتلقى كومبا الدروس أيضًا، في أي مجال، المهم أن تدرس. سكت إليسيو. وهم يهمهمون أكثر مما يأكلون. كان يدرس أكثر من أي أحد آخر. لقد اقترح عليه أن يقرأ كل الكتب والمجلات الأدبية التي

تقع بين يدي أستاذه وبين يدي الصديق أمارو فونتانا، «متعدد الانعطافات»، وكانت كثيرة، فقد كان أستاذًا لمادة اللغة اليونانية الكلاسيكية في المعهد، والأهم من ذلك، أنه كان عضوًا فيما يُطلق عليه اسم **جيل النجوم**، ومتعاونًا نشطًا في الندوات الدراسية عن اللغة الغاليثية، والتي يحضرها مجموعة من الشباب الجامعي المتخصص في المجالات كافة، على طريقة الموسوعيين الطليعيين. وكان المقر الرئيسي لتلك الندوات في فونسيكا، في جامعة سانتياغو، وكانت بمثابة شبكة بحثية في كل أنحاء غاليثيا. كان أمارو وإليسيو متلازمين ولا ينفصلان أبدًا. قاد الأستاذ باهتمام إحدى المجموعات على شاكلة «قوس قزح»، وذلك عبر إلقاء الضوء على الجغرافيا، وعلم الأحياء، واللغة، وعلم الموسيقى، وعلم الأجناس البشرية، وعلم الآثار. كانوا يخرجون في مجموعات كل نهاية أسبوع وفي العطلات. فكل الساعات متاحة، والعمل هو وقت الفراغ.

«ماذا عليَّ أن أفعل للتعاون معكم؟» سأل إليسيو.

«كيف مضت زيارتك؟» سأل أمارو.

«على نحو جيد»، ردَّ الشاب مغترًا بنفسه.

«حسنًا، إن الشيء الوحيد الذي ينبغي لك إحضاره هو أجهزة الرؤية».

إن أمارو معروف في الجامعة بشغفه بملحمة **الأوديسة**. وكان قد مُنح لقبًا فخريًا بوصفه «أكثر إنسان يعرف عن يوليسيس». إلا أن اللقب لم يكن يخلو من سخرية، ومع ذلك لم يخف أمارو معرفته بذلك. كان مثل حال يوليسيس، يتحدث كلما أتيحت له فرصة. يحب أمارو هذا العمل أكثر من تناول الشراب؛ فبينما يشرب الآخرون، يمضي هو مستمتعًا بالسرد. أما إليسيو، فيشرب وينعم بالمتعة والفرح. وفيما يتعلق بالسريالية التي انفجرت مثل غبار اللقاح في الهواء، فقد أخبرهم أمارو فونتانا عن طليعة من روَّج لها في البرازيل،

إنه أوزفالد دي أندرادي[1] عبر البيان الأنتروبوفاجي «آكلي لحوم البشر». وقال إن تاريخ البيان وُقِّع في الذكرى 374 لواقعة التهام الأسقف بيدرو فرنانديز ساردينها، إذ أقدمت مجموعة من هنود توبي على التهامه. لقد وردت هذه الحكاية على لسان أمارو على النحو الآتي: كان الأسقف في مقدمة السفينة الأولى، وبيده منضحة يرشُّ ما تحويه من ماء طاهر؛ بهدف تثقيف أولئك المختبئين في تلك الأرض. إلا أن العيون المراقبة لدى شعب توبي المخفي عن الأنظار، كانت تعاين الأسقف، وتراقب تحركاته جيدًا، وقد وجد هؤلاء أنه مناسب للأكل. فقال الرقيب بينهم: ها هو طعامنا يقفز بسرعة على قدميه، كم نحن سعداء!»

«ذلك ما أفتقده في حديث أندريه بريتون[2]»، قالها أمارو لإليسيو. قليل من الفكاهة نيابة عن تلك المجموعات البدائية.

إن أكثر من ضحك على قصة الأسقف ساردينها كان إنريكي لايرا وينادونه أطلس. كان يوم أحدٍ مُشمس. ومع الصباح الباكر بدأوا العمل على الحفريات الأثرية. لم يكن أطلس طالبًا جامعيًا مثل معظم مَن كانوا معه، بل كان معروفًا وبارزًا في الدوائر الثقافية التابعة لمركز الدراسات. ووفق مقياس أمارو المعتد به، فقد كانت معارف أطلس أكثر من كونها رؤية تكميلية. كان أطلس جاره في تشور، حيث ولد فونتانا أيضًا. إنهما صديقان منذ الطفولة، مع الاختلاف في نشأة أحدهما عن الآخر؛ فقد نشأ أمارو في بيت كبير، أما أطلس فقد ترعرع في ذلك المنزل الحجري الأزرق، والمحكم الإغلاق، وكانت نوافذه وأبوابه مدهونة بلون أزرق نيلي قريب من لون دهان القوارب. عمل في بناء الحجر،

---

[1] شاعر ومنظِّر برازيلي (1890-1954) وأحد قادة الحركة البرازيلية الحداثية في الفنون. [المترجم].

[2] أندريه بريتون: كاتب وشاعر فرنسي (1896-1966)، منظِّر السوريالية الرئيسي وأكبر المدافعين عنها. [المترجم].

ولهذا، استطاع الجميع في ذلك اليوم رؤية ذلك الإنسان المعجزة: لقد كان قادرًا على تحريك صخرة، عن طريق دفعها بكل نعومة بأطراف أصابعه.

إنه الشخص الذي عثر على حجر البرق. الأداة المنحوتة ذات الوجهين. كانت فأسًا من العصر الحجري القديم.

وكومبا؟ قالت كومبا إنها تحب أن تكون بائعة كتب. هل تتمنى أن تكون لديها مكتبة شبيهة بمكتبة La Fe (الثقة)؟ أتحب المكتبة؟ ألم تكن تفضل العزف على البيانو؟ هكذا تحدَّثَ في تلك النقطة المحددة، وعلى طريقته الخاصة، إلا أنه كان يعرف دائمًا ما عليه قوله.

«ما هذه النقطة المحددة؟» سألت إليسيو.

«إنه المكان الذي نتحدث فيه نحن السرياليون، يا فتى». نقطة محددة من الروح، من الداخل. لم يكن العجوز سرياليًا، إلا أنه تحدث في نقطة مركزية محددة.

وواصل الحديث عمَّا كان يحدث في صيف 1935.

أصرَّ أنطون على فكرة البيانو؛ لأن كومبا، في فترة طفولتها، كانت تنبهر بآلة البيانو الموجودة في منزل زميلة لها. وبدأت ماما نينا بالضحك. كانت خياطة، وتمتاز بمهارة خاصة: كانت تصنع في الكرنفالات ملابس فاخرة خاصة بالأطفال. فقد استطاعت في الكرنفال الأخير أن تخيط نصف دزينة من أزياء المهرجَيْن[1] هارلوكان وكولومبين في مقر دائرة الحرفيين.

«بيانو؟ يتعيَّن عليها أن تخفيه عن سكان المدينة كلهم. وأنت تعرف ما الذي يتطلبه المكان عندئذ. إذ يحضر رجال النوادي والملاهي الليلية والراقصات».

(1) شخصيتان رئيستان ضمن المسرح الإيطالي الكوميدي الارتجالي Commedia dell'arte الذي اشتهر في أوروبا ابتداءً من القرن السادس عشر.

«من الأفضل أن تغني أيتها الطفلة. فأنت تمتلكين الموهبة، وقادرة على إظهارها».

إلا أن أنطون يمتلك مدونة في مخيلته، ويُبقي في ذهنه كل شيء مسجلًا. وإذا جاز التعبير، فقد ألقى الشِّباك في البحر، على أمل أن يكون في صيده القادم آلة بيانو.

مكتبة؟

ذهبوا في ذلك المساء لرؤية مكتبة الثقة، الواقعة في شارع فيرمين غالان. كانت المرة الأولى التي يدخل فيها جدي أنطون بونتي إلى مكتبة. لقد أراد بالفعل رؤية كل مقتنياتها. وقف مُنبهرًا أمام القصيدة المعروضة على واجهتها.

«الخشب جيد... خشبها جيد»، تمتم مكررًا.

بالنسبة له، لم يكن هناك معمار مماثل للمعمار البحري. ولذلك ينبغي أن تكون المكتبة على شكل قارب. بعد ذلك زاروا مكتبة «لينو بيريث»، وقد أبدى رأيه بشأن دهانها أيضًا. وفي مقابل المكتبة كان هناك متجر «كانوتو بيريبا» للآلات الموسيقية، أول متجر موسيقي في غاليثيا، افتتح عام 1836. كان مبناه منخفضًا وواسعًا، مع وجود ظلال كثيفة في الداخل، لكن ليس لدرجة حجب الضوء المنبعث من خشب البيانو اللامع. وهناك، انطلق ضابط الصف البحري التيرَّانوفي مسرعًا مثل الذاهب إلى موعد طال انتظاره. لقد تعايش في البحر المتجمد مع آمال الفتاة ورغبتها المُعدية. لم يكن حامل المرساة يحمل بيانو هناك، إلا أن بعض اللحظات كانت تكسر روتين العمل، وكانت لمسة الإصبع على الجليد تُصدِر نغمة صغيرة، يتردد صداها في إسكتلندا الجديدة، فيتغيَّر لون البحر.

نظر أنطون إلى البيانو، ووجد نفسه مدفوعًا بأمل كامن، ليس لأنه رآه فقط، وإنما لأنه مناسب، لكن البائع تقدم إلى الأمام وأخذ الكلمة كما لو

أنه يخشى من عدم الاتفاق على السعر. ذلك البيانو، مثل حال المعروضات في متاجر الآلات الموسيقية غالبًا، بدا وكأنه ضيف أكثر من كونه آلة معروضة للبيع.

«يا سيد، إنه صناعة كورلاد وكورلاد[1]. إنه **الأفضل**...

بل إنه أفضل الأفضل».

«يبدو أنه مصنوع من خشب جيد».

«يمكننا أن نقول، دون مبالغة، بأنه محصَّن ضد اختلال النغم».

«ما نوع الخشب الذي صنع منه؟»

«في هذا النوع من آلات البيانو، يا سيدي، تكون الماكينة فوق مستوى لوحة المفاتيح مباشرة، ما يعطي العازف أكبر قدر من الأمان».

استند إلى كلمة «**الأمان**»، ما جعله، على الأرجح، يبدو أكبر سنًا مما كان عليه. كان مرتديًا بدلة، يُذكِّر لون قماشها بلون الحجارة ونبتة الحزاز (كشة العجوز) والطحالب. كان ذلك من التفاصيل التي لاحظها كل من نينا وإليسيو. كانت نينا مولعة بنسيج الأقمشة، وكان عليها أن تكبح نفسها ولا تلمسها. أما إليسيو، كما أخبرني، فكان يفكِّر بمثل تلك البدلة لبعض الوقت، حيث يكون قماشها من هبريداس[2].

لقد تجرأ على الدخول إلى متجر الخياط إيغليسياس في ريكو دي أغوا، وفي ذهنه سؤال عن الكلفة. قال له الخياط إن عليهما التحدث أولًا قبل أن يجيبه على سؤاله، فجلسا. وعلاوة على وجود عيِّنات من النسيج محاكة على شكل كتاب من قماش فقد وُضع إلى جانبه على الطاولة الزجاجية أيضًا،

(1) العلامة التجارية Collard & Collard لصناعة البيانو اليدوية، أسسها صانع البيانو البريطاني فريديريك كولارد (1734-1829). [المترجم].

(2) Hébridas أرخبيل واسع النطاق قبالة الساحل الغربي لجزر إسكتلندا. [المترجم].

عدد من مجلة **ألفار**، كان مقرها في الجوار، ويقع تحديدًا في كانتون؛ أخذ إليسيو يقرأ النص الأول باللغة البريتانية[1]، شعر بأن صوتًا من بطنه كان يتحدث بالنيابة عنه، ويقرأ ما كان مطبوعًا في ذاكرته، فكان يتمتم قبل أن يقرأ، وكأن النص الذي بين يديه وثيقة معتمدة: أنا أعرف اليأس في مساراته الطويلة، ففي تلك المسارات، لا أهمية لليأس نفسه. نعم، كان عليه أن يترجم لنفسه وبنفسه تلك الأفكار التي يحملها في رأسه، ثم يكتبها، ويقدمها إلى مجلة «**ألفار**»، وتحديدًا إلى مكتب المدير خوليو كاسال[2]، وقنصل الأوروغواي أيضًا، فيقدم له نصَّه الأول، ويقول له: «هذا هو عملي **وردة الريح** يا سيد كاسال، فأنا قبطان الزلازل. كان النص مطبوعًا في ذهني، ولا ينقصني سوى كتابته فقط».

كانت المجلة عبارة عن زلزال من الأخبار، ولكن كان فيها شيء خاص أسر إليسيو وجذبه: صفحات الإعلانات الخاصة بالشركات العابرة للمحيطات. مثل: «رويال لويد» الهولندية، و«ليفربول»، و«البرازيل وريفر بلايت»، و«جنوب الأطلسي للملاحة» الفرنسية، و«الباسيفيك»، «ونورث لويد» الألمانية ومقرها بريمن. كل تلك الإعلانات كانت تعلن عن: **الرحلات المغادرة من ميناء لاكرونيا**. ولكن إلى جانب مجلة **ألفار** كانت هناك مجلة أخرى لا يعرفها، مع غلاف من تلك الأغلفة التي تجعلك تنسى كل ما يحيط بك، وتفتح لك الباب الوحيد الذي يرغب المرء في فتحه في مثل تلك اللحظات. إنها مجلة **مينوتاوري**[3]. نسخة من عمل منجز من عدة طبقات من المواد:

---

(1) تنتمي إلى عائلة اللغات الهندية الأوروبية القديمة، ويقدر عدد الناطقين بها اليوم بنحو 200 ألف نسمة. [المترجم].

(2) خوليو كاسال: شاعر وناقد من الأوروغواي (1889-1954)، ومؤسس المجلة الأدبية «**ألفار**». [المترجم].

(3) مجلة Minotaure، ذات طابع سوريالي، تأسست في باريس، ونشرت أعدادها بين عامي 1933 و1939. [المترجم].

رسم على الورق للشخصية الأسطورية «الرجل الثور» على قصاصات مخرمة وأوراق نباتية، مع خلفية من الورق المقوى والمموج، والمثبت بالمسامير. شعر بالرغبة في لمسه.

«إنه العدد الأول من مجلة **مينوتاوري**، ويُعدُّ نسخة تاريخية»، قالها الخياط إيغليسياس، البالغ من العمر ثلاثة وثلاثين عامًا أو اثنين وثلاثين تقريبًا.

وأضاف: «إن العدد بمثابة لقاء تزاوج بين بيكاسو والسرياليين. ماذا فعل بيكاسو؟ لقد منح حياة جديدة للميثولوجيا. إن مينوتاوري في حالة ترقب، والخنجر ما يزال في اليد».

ثم رفع المجلة، وقال: «سينتمي دائمًا للحداثة! يمكننا أن نذكر ما قاله تريستان تزارا[1]: أحب العمل القديم بسبب حداثته».

«إنه حجر البرق»، قالها إليسيو فجأة.

وأضاف: «الحجر المنحوت المدبب. إنه عبارة عن منحوتة طليعية خالدة».

وضم كفيه محاكيًا الحجم اللوزي المتناسق للحجر، فبرزت بوضوح خطوط الأصابع والمفاصل والأوردة، وحدود التقاء الكفين المنتهييْن بأظافر مثل الأسنان.

نظر الخياط إيغليسياس بفضول إلى إليسيو، وكأنه يرى الاكتشاف الذي ظهر للتو في مخيلة الأخير وجسَّده بحركة من يديه.

«عمَّا حدثتني؟»

«عن فأس من العصر الحجري، عثرنا عليه في إحدى الحفريات التي قام بها معهد الدراسات. في الحقيقة، يبدو أنه قلب الحجر، مركزه، إنه شيء صُنِع لكي ينال الإعجاب، لا ليقتل».

---

(1) تريستان تزارا: شاعر وكاتب فرنسي (1896-1963)، وأحد مؤسسي الحركة الدادائية المناهضة للحرب عبر مناهضة الفن السائد. [المترجم].

«إنَّ الشيء الغامض ينطوي على الجمال دائمًا»، تمتم إيغليسياس.

حلَّ الظلام، فنهض الخياط، وأشعل الأضواء. باعد إليسيو بين كفيه وبدا كأنه استفاق من نشوته. عاد الخياط للجلوس مرة أخرى، نظر إليه متفحصًا، وسأله:

«قل لي أيها الشاب، لماذا تريد بدلة؟»

أمضى أنطون يومًا كاملًا برفقة إليسيو، وذهبا إلى الميناء لإلقاء التحية على الرفاق على متن القارب الباسكي، الذي كان يتوقف في طريقه إلى تيرَّانوفا. كان آتيًا من التمرين على عمل مسرحي. سار على طول رصيف الميناء وهو يلعب دور شارلي شابلن، ويتدرب. كان وجهه ما يزال مطليًا بالبياض، وحاجباه يظهران شكله كالمهرج.

قال الأب: «ابتعد، لا ينبغي لك أن تصعد إلى القارب!»

وضَّح له من أين أتى، وأنه لم يكن لديه وقت لتغيير مظهره، وأخبره عن تشارلي شابلن وفيلمه **المهاجر**، وما إلى ذلك، وعن ضربات البحر وكل مسبباتها، في مرحلة معينة.

«أجل، أنا لا أريدك أن تصعد، لا تصعد إلى القارب».

كان رجلًا هادئًا للغاية، ولغته صعبة:

«ابتعد، لا أريدهم أن يروك أيضًا».

ماذا كان يحدث؟ علم إليسيو أن صعود الكهنة على ظهر السفينة أمرٌ غير مرغوب فيه. لكن لم يكن على علم بأنَّ تلك الخرافات أثرت على المهرجين. لم يستطع التفكير بأن ذلك كان بدافع الازدراء أو الشعور بالتفاهة أمام الرفاق. أما والده، فكان يُحب الموسيقى كثيرًا، ويحترم الفن. كانا يذهبان مع الجدة نينا ومع كومبا، لمشاهد تشارلي شابلن في كيوسكو ألفونسو. وكان أنطون بونتي حينها يضحك أكثر من الآخرين.

«لم يكن يريدني أن أصعد إلى السفينة متخفيًا. وقال شيئًا غريبًا جدًا كان نابعًا من ذاته؛ لأنه عدَّ وصفهم للكهنة بالمتشردين الذين يعيشون على القمامة بمثابة إهانة خطيرة، لا سيما وأن صيادي تيرَّانوفا كانوا يطلقونه على غير القادرين منهم على صدِّ الضربات».

إنَّ تلك الصفة مستمدة من التعبير «ممشِّطي الشواطئ»، وتطلق على الهائمين في البحر، وذلك بالنسبة لهم، توق نما لديهم منذ طفولتهم، والأسوأ بالنسبة لهم أيضًا، والذي يشكل وصمة عار: أن تبتعد وتختفي دون أن تتبلل.

كل ذلك تم قبل أن يذهب إلى ما سيكون آخر مدٍ له.

قال: «أقسم لي بأنك لن تُبحر! ولن تفعل ذلك أبدًا يا إليسيو!»

إنَّ ما نبع من داخله كان تعبيرًا مزعجًا، خرج منه هكذا، من بين أسنانه وتصلّب حتى العظم. خشي إليسيو أن يكون في أعماقه نموذجًا لتلك الحالة، **ممشط الشواطئ**، عديم الفائدة. إلا أن ما جعله يتلفظ بها كان نتيجة قلق ظاهر من أعماق عينيه، كان شيئًا آخر. كان بمثابة أمر.

أجاب أنطون متعجبًا: «سأعيش مثل فنان يا أبي!»

لقد تحدث بعبارة ملتبسة أيضًا، إلا أنها بدت لأنطون مثالية.

«ذلك ما أردت سماعه».

سعل أنطون سعالًا قويًا. سعال يطلقه الإنسان من جوفه. ذلك ما تذكره إليسيو عن الوداع عند الرصيف البحري. كيف توقف عن السعال؟ لأنه كان يضغط على كل ما فيه: على قبضتيه وأسنانه. يتحكم بأنفاسه. أهو مصاب بداء السل؟ طلبوا وسائل للكشف جيدًا عن أسباب تلك النوبات والقيام بمعالجتها. فجاء رد الشركة: إنه قارب صيد، وليس عبّارة لنقل الركاب.

كان يقوم بعمله وبأعمال الآخرين، مع مهام إضافية أخرى، مثل: تنظيف الأسماك وانتزاع أحشائها، علاوة على إدارته لمكتب ضابط الملاحين.

كانوا يدفعون له مقابل تلك الأعمال بالدولار. وفي كل مرة يقومون فيها بملء الميناء بالفحم، يحاسبونه. أما هو فقد كانت لديه حصَّالة لجمع المال. كان لديه مهمة. وعليه أن يستعجل. بعد كل سعلة كان يلاحظ وجود دم في فمه، فيضم أطراف أصابعه لتدفئتها. كان سريعًا، تطيع اليد نظراته.

«أنا معروف بشجاعتي وبسالتي!» قالها.

إلا أن تلك اليد اللامعة كانت تتجمَّد في بعض الأحيان. كان الرجل المتجمد عبارة عن كتلة لا حراك فيها على متن السفينة. لذلك كان الحل الوحيد هو أن يخز نفسه بإبرة. يخز أصابع اليدين والقدمين، ليبث الحيوية في دمه من جديد. كانت يد أنطون اللامعة تنتزع الأحشاء مرة أخرى وبكل شجاعة. حتى أن الدم الذي يُنقط على الثلج، والذي مُزج مع دم اليدين ودم أحشاء السمكة هو دم خارج من الصدر.

سيدفن هناك، في تيرَّانوفا. بعد ذلك بسنوات، وتحديدًا في عام 1946، وبفضل وجود المدخرات، وبفضل تلك الأعمال الإضافية، استطاعت كومبا أن تفتح مكتبة.

هناك، وسط معرض الصور المعلقة على الحائط، بين الشاعر المبحر مانويل أنطونيو والكاتب إرنست همنغواي، توجد صورة أنطون فيلار بونتي.

«ماذا كتب؟»، سأل أحد الزبائن عن بونتي يومًا.

إنني أتذكر خالي إليسيو لمرة واحدة لم يعرف فيها بماذا يجيب. كان كمن علق في زجاجة ويحاول أن يطفو. أما تشارلي شابلن فكان وحيدًا في قفص الاتهام، غارقًا في المطر. أما النهر المختفي فكشف عن تجاعيد وراء المكياج. كتب ذلك الرجل عبارة: **تيرَّانوفا في يومها الأخير**.

العجوز نايك

غاليثيا، شتاء عام 2014

«ركِّز نظرك على إعلان تيرَّانوفا، فذلك الخط الكئيب خطِّي».

«نعم، لا بد من إزالته قبل وصول المواكب الجنائزية، حتى لو كانت الجموع هناك».

عددهم لم يكن قليلًا، بل كانوا جمهورًا غفيرًا، وفق ما رأيت. وتلك ليست سيارة، بل دبابة. الآن يتجمع الكثيرون هكذا. عندما تمشي في زقاق ومعك المشاعل الكندية، يظهر لك أحدهم، وتلاحظ عند الالتفات إلى الخلف وجود مجموعة من الآليات الثقيلة المهدِّدة للتاريخ. تلاحظ نفاد صبر ساتورن[1]، وصلابة فك كرونوس[2]، وبعد ذلك، تحاول أن تزيد سرعة خطواتك، لترى مَن الذي يحمل الراية البيضاء على ظهره! ومتى تمكنت من الوصول إلى المدخل، يواصل مَن هو خلفك طريقه، تاركًا وراءه رسالة غير واضحة: أنت في إجازة!

يرتدي كل من الأب والابن نظَّارات «راي بان» بعدسات ملوّنة. كانا معًا في الموكب الجنائزي. كان حضورًا مهيبًا.

«لم يجِب الأب على اتصالاتي. وكانت محادثتنا الأخيرة، حين جاءا لإبلاغي بعدم تجديد عقد الإيجار، وقد أعطى الأب الوصاية على العقار لابنه بالفعل. وحدها باليا مَن نهضت لاستقبالنا بلطافة وكياسة. إن الحيوانات لا تُحب النظارات الداكنة».

---

(1) إله الزراعة عند قدماء اليونان. [المترجم]

(2) ابن العملاق الأسطوري أورانوس في الميثولوجيا اليونانية. [المترجم]

كل تلك المخلوقات!

«والكتب؟»

«لا تسخر يا فونتانا. إن الوضع لا يسمح بذلك».

بدلًا من أكون الشخص المتضرر والضحية، صرت على وشك أن أكون المُستغنى عنه، المنبوذ، المبُعد **المتشرد**، التابع، المنفي، المهاجر، المنسي، المحذوف. وبدا هو الشخص المُساء إليه، ملقيًا في وجهي كل مشاعر العداء وما يحمل من ضغائن. كان يقف صامتًا خلف والده.

«اختر كتابًا يا نيكولاس! ينبغي أن نمنح تيرَّانوفا الحياة؛ أحدنا للآخر. أنا أحضرت معي كتابًا من مجموعة «نادي الغموض»[1] القصصية، فهل لديك أي جديد يا سيد فونتانا؟»

أشار والدي إلى الخال إليسيو، الذي دخل وخرج من المكان الخافت ليسير بقدمين مرتجفتين.

«كتاب **قَبِّل واقتل** للكاتب الأمريكي إليري كوين!»

كان من عادة إليسيو أن يُلحِّن عناوين الروايات الغامضة المتسلسلة، بصوت رتيب يحاكي خشخشة المنشورات. وكان باعة الكتب الجائلين في الأزقة يحملون طاولات العرض وعليها ألواح خشبية مسنودة على حوامل. فقد عمل إليسيو في هذا المجال لفترة من الزمن، وكان يعرض الكتب على الرصيف، بالتزامن مع فتح تيرَّانوفا أبوابها.

«من أين يحصلون على تلك الكنوز؟»

«إنها مما يحمله البحر يا سيد هادال، فشركة فابريل إيديتورا، بإدارة السيد موتشنيك، أنجزت في غضون عامين ما قد ينجزه آخرون في مائة عام. وهذا ما يجعل الهجرة أمرًا جيدًا، لا سيما وأننا بلد ممتلئ بالحقائب».

(1) السلسلة القصصية البوليسية Club del Misterio. [المترجم]

«علينا العودة إلى بوينس آيرس! حتى لو كانت الزيارة من أجل قضاء ساعة واحدة في زوايا مدينتي كورينتيس وإيسميرالدا».

ومن هناك عاد المنتصر إليسيو: فبوينس آيرس عاصمة محلية وعالمية في آن معًا.

بقي العنوان **قبِّل واقتل**، عالقًا في ذهني مثل نسخة عن الوداع المعتاد لخالي إليسيو، وخاصة عندما ينظر إليَّ عابسًا، وينقر على الطابعة القديمة «أولمبيا»: **اكتب واقتل** يا بيشينثو! قبِّل واقتل. اكتب واقتل. أما أنا فقد أحببت السيد هادال. كان صاحب مزرعة، وجاء ليستحوذ على كل شيء، ويستطلع طريقة انتقال أملاكه إلى ابنه. ولكنه عرَّف فعله بأسلوب أوحى لنا بأن شراء إحدى تلك الروايات الغامضة من سلسلة «نادي الغموض» هي السبب الحقيقي من وراء الزيارة. وأنا أحب كثيرًا تلك القصص وألغازها. قبِّل واقتل. اكتب واقتل. بعد ذلك بسنوات، بدأت أقرأ في دفاتر ملاحظات والدي السرية، وعنوانها **نيموزين**[1] **في إسبانيا**، أما الوخز المؤلم فقد أصابني بعد العثور على ذلك المقال غير المنشور، وعنوانه: **ميغيل دي ثيربانتس**[2] **والسلسلة الغامضة**.

إنني أفتقد وليم، **المتشرد** الذي كان يأتي بين حين وآخر، ليبيعني بعض الكتب «المُهملة»، وهو نفسه الذي كان يضع على الطاولة بعض الكتب الجديدة، وكان من عادته، أنه يقرأ الكتاب أولًا، وبعد ذلك، يبيعني إياه.

«إنها صفقة مربحة يا أستاذ».

ويواصل حديثه معي، قائلًا بصوت مدوٍّ:

(1) Mnemósine إلهة الذاكرة والتذكر في الأساطير الإغريقية. [المترجم]

(2) كاتب ومسرحي إسباني (1547-1616) ومن الشخصيات الرائدة في الأدب الإسباني والعالمي. [المترجم]

«وأنت يا فونتانا، لماذا لا تكتب كتابًا يلقى رواجًا، ويصبح أكثر الكتب مبيعًا؟»

إنها موهبة الشاعر الغنائي النابضة في داخلي. وفي المقابل، اكتشفت في الأغنيات مكمن القصائد ومخابئ الشعر. ولكن هذه المرة صار الأمر مثل سباق المسافات المتقطع، ولم أعد قادرًا على نسج الكلمات. وهناك سطر ما، تعذَّر عليَّ أن أستشف منه المعنى؛ كان ينبغي لي أن أتجاوزه، إلا أنني عجزت عن فعل ذلك، فقد خانتني الشجاعة. ربما لو كان معي حجر البرق لرميته. إلا أن حجر البرق مدفون، حيث ينبغي له أن يكون. كان بإمكاني أن أتخصص في الكتابة المذهلة، وحتى في شكل الكتابة السخيف. أما الموسيقى، فكانت في ذلك الوقت، بمثابة غطاء يحجب الكلمات. إلا أنني حاولتُ، وانفجرت الكلمات بين يديَّ مثل انفجار شريط من الألعاب النارية.

أطلق والدي على السيد هادال اسم «المالك».

وكان يسعد حين يطلق عليه لقب «العجوز نايك»[1]!

«لماذا أطلق عليه هذا الاسم؟»، سألت كومبا.

«إنه اسم من الأسماء التاريخية للشيطان. ألم تدرك بعد بأنه شيطان؟»

في إحدى زياراته، وتحديدًا بعد وفاة أمارو، قال لي هادال العجوز: «أنا أعرف أن والدك أطلق عليَّ ذلك اللقب»، فسكتُّ. كان يعرف جيدًا ما كان والدي يتحدث عنه: «كان والدك ماكرًا، على الرغم من كونه مثقفًا. حتى أنه ينسجم بأفعاله مع الشيطان نفسه».

«هناك شياطين كثيرة»، قلتُها.

«نعم، إلا أنه يعرف التسلسل الهرمي الديني، وكذلك أمك، فانتبه لهذا».

---

(1) Old Nick لقب الشيطان، والروح الشريرة الأساسية في الديانة المسيحية. [المترجم]

بعد ذلك بدأت الخلافات بيننا فعلًا. كان أبي وأمي يُعدَّان خطة مناسبة لإجراء بعض الإصلاحات اللازمة من أجل فتح تيرَّانوفا، وذلك بالاتفاق مع المالك. حتى أنهما اكتشفا الكنوز التي كانت مستترة خلف الذوق الرديء الظاهر في المكان، مثل أرضيات السيراميك من طراز **الفن الحديث**. إلا أن الزمن يؤدي وظيفته، والرطوبة في شارع أطلنطس لا تستريح. كانت الأمور تتدهور. فطالما عاشت كومبا، وكانت العيون متيقظة، وكان حسن المعاملة سائدًا وكذلك الاحترام. في أحد الأيام، صعدت كومبا إلى العليَّة، ولم تنزل مرة أخرى. لم تفقد الذاكرة، بل اختارت ذكرى موسمية، ذكرى ربيع الحياة. كانت تجلس إلى جانب زجاج النافذة المكسور، تخيط الأزياء، وأزياء لي أيضًا، وأزياء للقطط؛ أزياء للجميع.

عاشت كومبا مرحلة الشباب، في الزمن الذي كانت تخيط فيه مع أمها، في بيت يقع في شارع سيناكوكا. وفجأة قالت أمها منزعجة:

«هل يختفيان وراء الحائط؟»

«مَنْ هما يا أمي؟»

«مَن غيرهما؟ إليسيو وأمارو. فهما لا يخرجان من داخل الجدار إلا حين أخطرهما بذلك».

عاشا بضع سنوات مثل «حيوان الخلد»، دون الخروج من المنزل، كانا يرتديان دائمًا ملابس نسائية، فهما لا يريان ما له علاقة بالرجال على الإطلاق، ولا حتى عندما يستحمان أو يستلقيان. وفي لحظات الهدوء، كانا يصنعان بعض الحرف اليدوية، مثل القباقيب الخشبية أو الصناديق الصدفية أو الألعاب الأولية جدًا. تلك الورشة توسعت بعد افتتاح تيرَّانوفا مع مصنع الكرات الخاص بهما. كان ينبغي لها أن تعود إلى صناعة الكرات والقباقيب والقوارب المعبأة في زجاجات والمنارات، بالإضافة إلى خياطة الألبسة.

«هما متحابان متآلفان».

«بالتأكيد ماما».

«إنهما يمتلكان إرادة قوية، هما في الحقيقة، متحابان».
كان صوتها ينساب مثل انسياب الخياطة، وهي تجمع قطع الثوب المنفصلة. «أنا أيضًا أحبهما، ولهذا السبب عليَّ أن أعتني بهما. ولذلك تزوجت من أمارو، حتى نكون معًا دائمًا».

كان والداي قد تزوجا بعد عام واحد من افتتاح كومبا للمكتبة، أي في عام 1947. كانت لجنة التصفية قد أمرت في عام 1942 بطرد المدرس أمارو فونتانا، وإصدار أمر «فصله من الخدمة، وتخفيض رتبته». ومن ثم فلن يعود على الإطلاق إلى قاعات التدريس. أما إليسيو فذهب للعيش معهم في تيرَّانوفا، في 24 شارع أطلنطس.

كان العجوز نايك حاضرًا. أدركت ذلك عندما بدأ هادال العجوز يقول «لا» لكل شيء، وعلى كل مقترح لتصليح البيت. اعتذر عن أية ترتيبات مقترحة، ولم يسمح لأي أحد كان بأن يلمس أي شيء. هو لم يفعل ولم يسمح لأحد غيره أن يفعل. لكن العجوز تنشَّط واستمد كل القوة في اتحاده مع ابنه، إنه نايك الصغير الذي تحول من شخص خائف خانع إلى آخر متسامح في تغيُّر مدهش. فلا منبه ولا صاعقة ولا كرسي ولا فقاعة صغيرة ولا مجموعة من المسكنات مع مقدار من المخدر يمكنها أن تُحدث مثل ذلك التأثير. مضت فترة زمنية تخليت فيها عن كل ذلك العبث، وتحديدًا عندما اكتشفت نظام جهاز التنفس، والذي ساعد على صعود هواء البحر إلى رأسي. لكن عندما أكون أمام نايك الابن أتساءل عن المادة الكيميائية الجديدة التي تم تصنيعها في العالم الآخر، من دون علمي بها. إنه سؤال بلاغي. سيكون لديَّ القليل منها في الأيام المقبلة.

إنها توليف مثالي. وهو من أنبأني بأن الزمن يمضي بسرعة.

«إن الزمن لا ينفد يا هادال»، قلتُها وأنا أنظر إلى السماء.

فقال: «حسنًا، ما نفد هو الصبر».

«إن البذور التي تتركها الخيول وتسقط على الأرض كانت للعصافير»، قلت هذا كي أقول شيئًا آخر.

وأضفت: «إنهم يأكلون كل شيء، حتى البذور المخصصة للعصافير».

قال العجوز نايك بأبوية: «كُن واقعيًا يا فونتانا، فأنا أيضًا يؤلمني كثيرًا إغلاق مكتبة مثل تيرَّانوفا. لكن القطار فاتها بالفعل. فنحن في زمن آخر. دعونا ننهي هذه الدراما، ونتجنب فضيحة انتزاعها بالقوة. لماذا لا تذهب إلى القرية؟ فأنت تستحق حياة هادئة. لديك منزل في تشور، أليس كذلك؟»

لقد كان العجوز نايك يعرف معرفة تامة، ماذا يجري في تشور. كان يعرف أن العمة أديلايدا والقبطان باعا البيت الكبير. وربما يكون هو نفسه مشتركًا في عملية البيع هذه. كنت أعرف، وكان عليَّ أن أعرف، بأنه لم يبق لي شيء من الميراث. وعلاوة على ذلك كله، كان عليه أن يكون ممتنًا. فقد تكفلا بكل النفقات منذ موت الجدين وقبل موتهما أيضًا. كانت كلفة سقف القرميد الجديد تفوق قيمة العقار بأكمله. ولولاهما لتحولت تشور إلى أكوام من الحجارة. وسألت عما يتعلق بنفقات الكهرباء، مَن كان يدفع فاتورتها؟ وسألت عن اللوحة، عن تلك اللوحة الصغيرة، وذلك المنظر الطبيعي لشجرة بلوط ضربتها صاعقة، والتي قال والدي إن من المحتمل أن يكون الرسام الرومانسي أوفيديو مورخيا هو الذي رسمها، وضحك القبطان ضحكة مجلجلة.

ثم قال: «سعر هذه اللوحة سدَّ تكاليف عملية إعتام العين. ألم تخبرك العجوز الشمطاء عن ذلك؟»

«لا، فما قالته لي إن القيمين على برنامج المراقبة قبل العملية أخبروها بأنها لن تحب العالم حين تراه بعد الجراحة».

«وماذا حدث لصور جوقة الترتيل؟ ففيها تتجسد شخصية ذات قيمة، السيدة العذراء، سيدة البشارة[1]».

ضحك مرة أخرى، وقال: «صورة السيدة الحامل؟ إنها نسخة... نسخة مزيفة، لم يكن عمرها أكثر من خمسة وعشرين عامًا. من يعرف أين يمكن للنسخة الأصلية أن تكون؟ في سوق الصور غير القانوني الموجود في بروكسل أو في أماكن أخرى مشابهة ربما! وقد تكون اللوحة في منزل أحد رجال المافيا».

بالنسبة لي، لم تعد تشور موجودة، إلا أنني لم أخبر العجوز نايك بذلك، بل استطعت أن أقول له فقط:

«سأسحب ذلك الإعلان».

«أي إعلان؟»

«إعلان التصفية».

كان التوليف مثاليًا بيني وبين والده. نظر إليَّ من أعلى، مع تغيير نبرة صوته المتصاعد على بعد عدة أمتار.

وفي هذه المرة، غرَّد الابن قائلًا:

«انتهت الحكاية يا فونتانا. إما أن تغادر بطريقة سهلة وهادئة، أو نبدأ عملية الإخلاء. وأنصحك بأن تغادر بهدوء. لقد حوَّلتَ المكان إلى محمية للحيوانات وإلى مأوى لـ... المشردين».

أصبح لدى رجل العقارات هادال شريك جديد. مشرف ومتابع، وله سلطته والمزيد من القوة. وهذا ما يطلق عليه في مجال الأعمال وصف «المصارع».

---

[1] بشارة الملائكة للسيدة مريم العذراء بحملها بالمسيح عيسى عليه السلام. [المترجم]

التفتَ نحو العجوز نايك، وقال: «لنذهب يا أبي! فولي الأمر لم يأت إلى هنا كي يستمع إلى تفاهات عن الخيول والعصافير».

«ولي الأمر؟»

في تلك الليلة سمعتُ أنين الكلبة باليا.

ينبغي القول إنها باليا الخامسة. فمنذ افتتاح مكتبة تيرَّانوفا، كان هناك دائمًا باليا.

وبالنسبة لأبي، فإن رواية **الحيوات الجافة**، والتي ظهرت فيها الكلبة باليا، الوالدة العظيمة لكل «الباليات»، كانت مُطعَّمة بعبارات من الكتاب المقدس. وكذلك كانت قصص **السهل يحترق**، و**حكَّام الندى**، و**مملكة هذا العالم**. كان يدس الطعوم في كتابه المقدس ذاك. كان من الكتب التي تسكنها أُلفة من الظلال الحميمة.

كان أنين باليا منخفضًا، ولكن أمده قد طال. وكانت في بعض الأحيان تئن وهي نائمة، ربما بسبب كابوس تاريخي، تخزنه الذاكرة العالمية لتلك الكلاب. لم تكن تنبح، بل تعبِّر بلغة العيون والأذنين والذيل، إنها وسائلها في التعبير. ويبدو أنها تخلت عن لغة النباح. ولهذا السبب كان الأنين أكثر إزعاجًا من العواء.

في تلك الفترة، نمتُ في العليَّة، على سرير نقال، إلى جانب النافذة بزجاجها المكسور. وبين حين وآخر، كانت كرة تتحرك على الأرض. تمشي هناك، في الليل، حيث أعاد ضفدع تيكسييرا[1] الصغير ترتيب النجوم.

إلا أن باليا تحاول الإبلاغ عن شيء ما في الطابق السفلي من المكتبة، دون إحداث أي ضجيج، كنوع من العويل والمناداة. قلقتُ، فدخلت منجمي، وأخرجت منه مصباحًا ثبته على جبهتي، فهو يساعدني على تجاوز

---

(1) لاعب البيسبول الأمريكي راين تيكسييرا أصدر كتاب The Toad's Code للأطفال بعد إصابته الثانية بالسرطان، وتوفي عام 2017. [المترجم]

الليالي اللامتناهية، وأمسكت المشاعل الكندية ونزلت درجات السلم وأنا أرنِّم أي ترنيمات، بهدف تهدئة باليا وطمأنة بقية مَن في المنزل. على الرغم من عدم ظهور علامات القلق على أحد. كان سيبيليوس وغوا نائمين، وإذا جاز التعبير، فقد كانا غارقين في أعماق أحلامهما. لقد وجدا في تيرَّانوفا مأوى، حيث يمكنهما استرداد الراحة بعد معاناة الليالي.

لا، لم يكن هناك أي أثر للعنف على الخزانة ولا على الباب. التصقت باليا بي، وتقدمت إلى الأمام وهزَّت رأسها. كانت تخبرني بشيء ما، تدلني على الطريق، فتبعتها، حتى توقفت أمام باب الغرفة المظلمة.

كانت تتشمم، وكلما تشممت أكثر كلما تنهدت أكثر، هكذا صارت باليا نحيفة، وشعرها منتصبًا، وأنفها مُدببًا. وفي محيطها، لم تتورط مع قطط المنزل التي تطوف ليلًا كالأصنام.

فتحتُ الباب.

بدا لي أنها أكثر شبابًا. مثل طفلة تقريبًا.

«رجاء لا تتصل بالشرطة يا فونتانا».

«لا، لا تقلقي، لن أتصل لا بالشرطة ولا بطائرة الهليكوبتر»، قلتُ لها.

استلقت على الكنبة، وأدارت رأسها تجاه المنارة وخيوط الشمس الوردية المتسللة التي تسبق انبلاج الفجر. عيناها وأنفها وعظام وجنتيها وفمها، لاحظتها كلها بوضوح في الليل، وساعدني في ذلك مصباحي المثبت على جبهتي. بدا لي جسدها قد صغر في غضون ساعات، منذ أن رأيتها حاملة حقيبة الظهر برسوم القنافذ. أبرزت ثناياها خطوط الوجه والكتفين والذراعين والشكل الكروي للبطن. وبدت يداها الممدودتان نحيلتين، مثل أعواد نبات الخوص.

«سيتعيَّن علينا استدعاء سيارة الإسعاف. نعم، سيارة إسعاف»، قلتُ لها.

«لا، لا يا فونتانا أرجوك. انتظر».

«أين صديقك يا فيانا؟»

«هرب، اختفى. إنه مُطارد».

«من الشرطة؟»

«لا، هذه المرة ليست الشرطة مَن تطارده. يريدون منه أن يكون بديلًا مرة أخرى».

«بديلًا؟»

«أي يدخل السجن بديلًا عن شخص آخر، هل فهمت؟ هذا هو البديل. هكذا تعرفتُ إليه في السجن. فأنا أيضًا كنتُ بديلة».

«أنت! هل كنت في السجن؟»

«لا. فأنا كنتُ بديلًا من نوع آخر. نفذت دور خطيبته. وكان ذلك جزءًا من الأجر الذي عرضوه عليه، أي أن يكون في السجن عوضًا عن الآخر، وهو ما يسمونه «بوكا دي فومو». وقد قبِل تاس التهم، وأشار الشهود إليه، وكان هو من يُنفذ عقوبة تاجر المخدرات. ذلك ما تم الاتفاق عليه».

«لكن، هل دفعوا له؟ وكم دفعوا لكِ؟»

«طلب منهم غيتارًا إلكترونيًا. فمنذ طفولته وهو يحلم بالغيتار المزدوج ستراتوكاستر. مثل ذلك الذي يعزف عليه جيمي هندريكس».

قلت: «غيتار له، وأنت؟»

«بالطبع، قد دفعوا لي لقاء مقابلته، مرة واحدة في الأسبوع. تقاضيت المال مقابل لعب دور بائعة الهوى، إلا أنه أعجب بي منذ لقائنا في المرة الأولى. لقد عاملني بكل حب، كما لم يعاملني أحد من قبل.

وانتهى بي المطاف بأن تعلقت به بشدة. كنتُ أتشوق إلى اليوم الذي أذهب فيه إلى السجن».

«أنت شجاعة حقًا»، قلتُ لها.

«لا. فأنا أشعر بالخوف دائمًا».

«مِن ذلك الذي يطلقون عليه بوكا دي فومو؟»

«لا أخاف منه وحده، بل إنني خائفة من كل شيء. لهذا تجدني، في بعض الأحيان، شديدة العدوانية. أرغب في أن أنجب طفلًا، إلا أنني الآن أخشى أن يحدث ذلك. فأنا أشعر بالذعر من السعادة. ففي اللحظة التي أكون فيها سعيدة، أستيقظ كما لو أنني عالقة في شبكة لصيد الأسماك. أتعرف ما المقصود بشبكة الصيد؟ بالطبع تعرف، مصيدة من أجل القبض على الأخطبوطات. والأخطبوطات ذكية جدًا. أليس هذا صحيحًا؟ كما أنني أخاف حتى من الجَمال. سأخبرك شيئًا. في أحد الأيام ذهبنا بالحافلة من أكرونيا إلى فيستيرا. كنتُ أنا وثاس وصديق اسمه تابيرنيكولا. عندما وصلنا إلى الشاطئ شرع البحر والسماء يلتهبان. كان المشهد مذهلًا، فتشابكت أيدينا. لقد حدث شيء غريب. بدأ شخص ما بالبكاء. في البداية كان البكاء مثل الفُواق، لكن بعد ذلك، نما شيئًا فشيئًا إلى أن صار بكاء فعليًا. وكان مُعديًا. وبدأ كل المسافرين يحدقون من النوافذ مرتعبين. وطلبوا من سائق الحافلة التوقف. لم يكن أمامه خيار آخر غير هذا. ضرب الركاب الزجاج، ونزلوا. وكان بينهم أناس قد تعانقوا، ومنهم من جثا على ركبتيه».

قلت: «حصل ذلك عندما تحطمت سفينة كاسون، تلك السفينة التي كانت محملة بالمواد الكيميائية. وانفجرت في البحر؟»

«لا، بل حصل بعد ذلك بكثير. إذ لم يكن هناك أي حطام لسفينة محملة بمواد كيميائية. فغروب الشمس وحده، كان رائعًا».

الرجل المحذوف
غاليثيا، خريف عام 1955

كان ينبغي على والدي أمارو أن يذهب إلى البيت الكبير في تشور، بهدف تسوية بعض القضايا المتعلقة بوالده. فاصطحبني معه إلى هناك.

وبين فترة وأخرى، كان يتردد صدى طلقات من بندقية الصيد. كانوا يطاردون الحيوانات التي تلحق الضرر بالماشية.

كان والدي مغتاظًا.

قال إنهم أطلقوا اسم **الحيوانات** على الفارين وعلى الأناس المقيمين في الجبال. ولأنهم كانوا ينهون حياة الناس، فقد واصلوا قتل الحيوانات «الحقيقية» أيضًا، تلك التي تسكن الجبال. دفعوا الأموال في مقابل ذلك. ثم لاحقًا دفعوا المال مقابل التشهير بصائدي البشر. أما الآن فهم يدفعون ثمن الحيوانات البرية. ولا يكتفون بصيد ذئب واحد. فعلى سبيل المثال، كان الصيد الجماعي للذئاب في الخنادق محظورًا في القرن التاسع عشر، وبسبب تلك الفكرة المستنيرة، بقيت تلك الكائنات عبر الأجيال على قيد الحياة. في ذلك الزمن، كانت الحضارة متجذرة بشكل أكثر من كل ما جاء بعدها. لقد دفع الجيران بالذئب تجاه الحفرة، محدثين ضجيجًا، شكلوا حلقة مرعبة، وكانوا يصرخون ويضربونه بالعصي والحديد. ومع حلول الليل، كانوا يحملون المشاعل. ويقودون الذئب إلى المصيدة، ليموت هناك. مطعونًا. في الحقيقة كان موتًا قاسيًا ومؤثرًا. إنه مشهد لا يختلف كثيرًا عن مشاهد من العصر الحجري، في الزمن الذي كان فيه الحجر هو الأداة الرئيسية لكل فعل.

حجر البرق. إلا أن ما يجري الإقرار به الآن هو الانقراض الكلي لتلك الحيوانات. ولهذا أنشأوا المجالس الإقليمية لانقراض الحيوانات البرية. لم يستطع فيليب الرابع التفكير في قسوة تفوق قسوة قتل ثور ببندقية هاركيبوس على سبيل المزاح. وكان هناك أسقف قد حرَّم قتل الفئران أيضًا. ولكن أين توثَّق القرارات المتعلقة بوقف انقراض الحيوانات البرية إذًا؟

كان الجدان يستمعان بصمت إلى كلام أمارو مع نفسه. وفي ذلك الوقت، ركضت باليا لإغلاق أبواب الصالة، فقال لها إدموند: «من الأفضل أن تبقى مفتوحة، حتى لا يختبئ أحدٌ خلفها ويستمع إلى ما نقوله».

وحين غادرنا، قال الجدُّ: «اهدأ يا بُني! فحتى الآن هناك أراضٍ وأحياء تختفي، وثمة أزمنة يتطور فيها الجهل».

مع كل ما حدث بعد ذلك، أظن أننا لم يسبق أن كنا متقاربين مثل ذلك اليوم، أي عندما غادرنا تشور. ذهبنا في الحافلة التي توقفت في ساحة لار دي لاما. كانت الثعالب الميتة تغطي فناء الكنيسة بطوله وعرضه. نظرت من نافذة الحافلة. كانت تمطر رذاذًا. انزلقت قطرات المياه على الزجاج، ما جعل العالم الخارجي يبدو غير حقيقي. فالمطر الذي غبَّش الزجاج كان يحيطنا بغشاء يحمينا. في الخارج كان أحدهم يصرخ قائلًا: «إنهم سبعة وخمسون ثعلبًا!» فنزل كل المسافرين تقريبًا لرؤيتها. أمسكني أبي من يدي. كنت أشعر بالبرد ومع ذلك كنت أتعرق. كان يكتفي بالإيماء لمن يطلب الإغاثة. كنتُ ألتفت إلى نظراته بدقة، إلا أنه يمتلك تحت نظاراته عينين ضبابيتين، مثل سمكة عمياء.

من مقعده، نبهنا السائق بأن زمن الاستراحة على وشك الانتهاء. وبأننا نستطيع أن ننزل لنلقي نظرة سريعة إذا أردنا ذلك. قال إن أكوامًا أخرى من الحيوانات الميتة، وليس الثعالب فقط موجودة في المكان، إذ يوجد بينها

حيوان ابن عرس، وحيوانات الدلق، وبعض الطيور؛ منها البومة والبومة البيضاء وغراب العقعق. والنسر الذهبي! نعم، نسر جبل بيندو. كان له اسم، يطلقون عليه اسم «سوانا». لم ينزل السائق، فقد كان حذرًا، لا يحب رائحة الموت. أشعل سيجارة، نفث دخانها كالسحب الكثيفة. كانت، بالنسبة لي، مثل الدوائر المخصصة للكلمات في قصص الأطفال المصورة، لكنها هنا، كانت دوائر مليئة بالصمت.

قال والدي بصوت منخفض موجهًا كلامه لي أكثر منه للسائق: «لا، ونحن لن ننزل أيضًا، أليس كذلك؟»

وبعد ذلك، تمتم بكلمات انتزعها بالقوة من حنجرته: إيوبي بوبي. أمسك يدي. كانت أصابع يديه مُغطاة بالشعر الأسود، وأظافره مثلجة وطويلة مثل المخالب. عدت إلى مداعبة يديه كي أدفئهما. شعرت بأن عليَّ أن أحمي والدي.

جاء والدي لرؤيتي عدة مرات وأنا في جهاز الرئة الحديدية. أما كومبا فكانت تأتي كل يوم، وكذلك إليسيو كان يأتي يوميًا تقريبًا. في تلك الفترة، لم يسافر خالي، ففي الواقع، أنا الذي كنت أسافر بطريقة ما، بعد أن كنتُ منطويًا على نفسي مثل حيوان **النوتي** البحري داخل قوقعته، وتقطعت به السبل فجنح نحو المصحة البحرية.

«بعث لك والدك بعض القُبلات»، قالتها كومبا.

إلا أنني أعرف جيدًا أنه لم يكن يعانق ولا يقبِّل. كان يدير خده من دون تقبيل. كان يفعل ذلك عندما كان يعانقني، نعم، في بعض الأحيان كان يعانقني، لا سيما في الوقت الذي كُنا فيه في تيرَّانوفا، وكان في معانقته شيء من الاشتياق، مثل شخص يعانق شخصًا آخر كان في الخارج؛ وما هو في الخارج لا حدود له، فهناك كثير من الناس في الخارج. لم نكن نقول في

المنفى ولا في المهجر، بل نقول في «الخارج»، ولذلك فإن هذا النوع من العناق يرسِّخ ذكرى الاحتضان، ويخلِّف جوًا من التعلُّق بعد الانفصال. وقد أقدم أيضًا على تغيير شكله، وتخلص من جسده المترهل، الذي كان يشعر بالضيق منه، وهاج عندما وصل بعضهم حاملين الحقائب والصناديق، رجالًا ونساء مهاجرين، ولم يشك أحد بأنهم قادمون من أمريكا مع تلك الكتب الثقيلة داخل صناديق أرضياتها مزدوجة، إذ كانوا يحملون **زجاجات للبحر**، وأعمالًا محظورة أو أجنبية غير منشورة في إسبانيا. وبالنسبة له، أية حفلة هذه التي يستقبل فيها المسافرين العائدين من البرتغال ومعهم كتب «تورغا»[1] محشورة بين مفارش المائدة، التي تشبه ببياضها الناصع قماش اللوحات.

«تعال لترى كتاب **خلق العالم** يا سيد فونتانا!»

«في أي يوم؟»

«إنه كتاب **اليوم الثالث للخلق**».

«آه، هذا جيد، فالعالم اليوم ينتهي في ثلاثة أيام!»

بالطبع، فهي الكتب نفسها التي نشرها ميغيل تورغا في كويمبرا، تلك «اليوميات»، تمثل الحصاد الذي لا يخيب أبدًا، لم تكن مجرد أجزاء ولا مجلدات، وإنما كانت في نظر أمارو، الأحاسيس المهرَّبة، ومشاعر السعادة عند لمس تلك السلسلة التي عبرت نهر مينيو. وهناك فرحة أخرى، فرحة لا تهدأ، فرحة يقِظة، نشأت عندما عاد سائقو شاحنات التبريد بعد أن شقوا طريقهم إلى باريس، ومعهم كتب ونسخ من «**دفاتر رويدو إيبيريكو**»[2]، ذلك «السمك» الذي ذهب فورًا إلى ثلاجات الأرض المخفية. لكن رواية **رويدو إيبريكو**

---

(1) ميغيل تورغا، أحد أعظم الكتاب البرتغاليين في القرن العشرين. [المترجم]

(2) Cuadernos de Ruedo Ibérico، مجلة أسسها منفيون إسبان في باريس عام 1961، في عهد فرانكو.

صدرت في وقت لاحق، وتحديدًا في عام 1965، عندما كنت أسير في تيرَّانوفا للمرة الأولى مع العكازين.

في المرات القليلة التي أتى فيها لرؤيتي، وعادة ما كانت أيام الآحاد، كان يزين كتفيه بوسادات الكتف. أما إليسيو فكان يحدثني عن قصصه الدنيئة، وعن بطولة الأرنب الصغير الذي أكل كرنب أمه، إلا أنه لم يكن له أب يحكي له الحكايات، حكاية أيوب، وشقاء أيوب، الذي تحمَّل الضربات القاسية التي تلقاها. لم يكن والدي فكاهيًا. فبينما أنا عالق في رئتي الأسطوانية، أخرجت رأسي، كان بإمكاني أن أراه من المرآة، بدا لي أكبر سنًا وأصغر حجمًا وأسمن جسدًا، وبدا بعيدًا مثل مراقب فخور بعزيمته الفاترة. حاولت كومبا أن تضحك، مع مبالغتي في إظهار علامات التحسُّن على جسدي المتصدع، والذي بدا كأنه على وشك الاختفاء.

لقد عاش فترة مماثلة إنسانًا مختفيًا. ذات يوم، في الوقت الذي ذهب فيه لإلقاء محاضرة في «بيت الثقافة» في «الحديقة الرومانسية». كان رجلًا كتومًا. إلا أنهم طلبوا منه أن يتحدث عن روساليا دي كاسترو [1]، عبر وساطة صديقه المحروس بالرعاية الإلهية بيرديليت المقيم في مدريد، فوافق وقرر الاستجابة للطلب، وتبعه الجمهور المتشوق. قوبلت محاضرته بتصفيق كان له أكثر من معنى: كان تصفيقًا مؤلمًا. كان عنوان محاضرته تلك **الغريب وروساليا**. كان عليه أن يُقدم تلخيصًا للرقابة، فاحترم نص الرسالة. إلا أنَّهم قالوه له: إن ما يقرأه شيء وما يجري تناقله شيء آخر. روساليا دي كاسترو كان عمرها ستة عشر عامًا، وكانت شاهدة على سنة الجوع عام 1853، نتيجة انتشار ما أطلق عليه اسم «طاعون البطاطس». فبينما كان سادة الأرض يحتفظون

---

(1) روساليا دي كاسترو: شاعرة وروائية إسبانية (1837-1885) وكانت رمزًا للشعب الغاليسي. [المترجم]

باحتياطي الحبوب، كان هناك الآلاف من عائلات الفلاحين الجائعين يخدشون بأيديهم المتشققة خشب الأبواب الخشنة في سانتياغو، متوسلين بكسرة خبز. وبعد ذلك، أغلقت عيون السلطة الحاكمة والكنيسة، إلا أن عيني الفتاة الشابة تفتحتا، حتى على ما هو غير مرئي. عند باب بيتها سمعت صوت رثاء شجي. إنه طفل شارع، لا يمتلك سوى الجلد والعظام وذلك الغناء الذي يجعل حجارة المدينة المتعفنة تبكي وتهتز. حملته روساليا وأدخلته إلى البيت. ثم أطعمته وألبسته لباسًا جديدًا وملونًا. وطلبت منه أن يغني بعض الأشعار الغنائية الشعبية. فغنتْ له بعد ذلك أغنية باركارول من أوبرا **المرأة الغريبة** لمؤلفها فينشينسو بيلليني. كان عزفها متقنًا على القيثارة الإنجليزية، بالإضافة إلى آلة الهارب والناي والبيانو والهارمونيوم. ومع ذلك كانت تفضل العزف على القيثارة، لكنها توقفت عن العزف عليها، لأنها تثير استياء مانويل مورغيا، الرجل اللامع الذي تزوجته بعد ذلك. ففي أغنية **أوراق جديدة** يكمن صدى مؤلم بغياب الغيتار، تقول الأغنية: «**تلك الأغاني الجميلة، وخطابات الحب، وتلك الليالي الهادئة، لم لا؟ فذلك اهتزاز صوت أوتار آلة الهارب وأنغامها، وصوت أوتار القيثارة الكئيبة، فمَنْ يأخذها؟**» وبعد أداء أغنية **المرأة الغريبة** تخلت روساليا عن القيثارة للطفل، فلم يتخل عنها، محاولًا أن يلتقط روح الآلة بين يديه. فذلك كان كل شيء بالنسبة له. وبعد المقدمة المطولة، والتحية الاحتفالية التي اختارها المقدِّم وعرضها أمام الشخصيات الحاضرة، كشف أمارو فونتانا للتو عن قطعٍ على شاكلة «الأحجار الكريمة». كان ذلك يكفي، لا سيما وأنها المرة الأولى التي يتحدث فيها علنًا أمام الجمهور بعد الحرب. صفقت الأيادي من تلقاء نفسها، بطريقة غير متحضرة. والتقطت له صورة صحفية مع مجموعة من الحضور. وفي اليوم التالي، وبعد نشر الخبر، لم يظهر أمارو في الصورة. فاستفسر عن ذلك من صديق صحفي له، فأخبره أن

مدير الصحيفة طلب حذفه من الصورة. إلا أن الصورة ما زالت موجودة يا فونتانا! لكن لم يجرؤ أحد على أن يشرح له بأنك كنت المحاضر. اعتبر ذلك مزحة. فكان هناك بعض الأصدقاء ممن جاءوا إلى تيرَّانوفا لرؤية «الرجل المحذوف»، وليستهزئوا به؛ لأن في ذلك دليلًا يثير السخرية، إنها السخرية من النظام. لكن، من داخله، كان يعاني نتيجة حذف جسده ووجوده. لقد عاش لفترة كأنه مدفون، مثل الخلد. وعندما أطل برأسه للحديث عن شاعرة ما، أو عن طفل وقيثارة، تم حذفه.

اكتشفت ذلك بعد زمن طويل.

عرفت أن أبي كان محذوفًا من الصورة الجماعية المعروضة في الصحيفة. لكنني في ذلك اليوم زرت المصحة، دون أن أعرف شيئًا عن الصورة، لقد رأيتها محذوفة فعلًا.

«ينبغي لأحدنا أن يبقى في تيرَّانوفا يا بُني»، عبَّرت بذلك كومبا.

وتابعت: «علاوة على ذلك، فهو متأثر جدًا بسبب ما يحدث لك. وينبغي أن يكون لديه أيضًا ما يخصه. فداء السكري تسبب في تغيير مزاجه. وأنت لا تعرف مدى صعوبة محاولته».

لم أفهم ما أراد أن يقول لي. لم يزرني لأنه عانى كثيرًا من أجلي! عندما جاء بدا لي أنه «الرجل المحذوف». فماذا فعل؟ وما ذلك الشيء المهم الذي كان يفعله؟ أعادتني أفكاري إلى اليوم الذي رأينا فيه الحيوانات البرية، ومدى ذعره من الخروج من الحافلة.

نعم، ظننت أنه عانى الأمرين، وأنه جبان.

الرئة الحديدية

غاليثيا، خريف عام 1957

حلَّ الغروب، ولم أكن أتوقع مجيء زوار. انعكس القمر على مرآة رئتي الحديدية، مُظهرًا لي جزءًا من الغموض. كان الأقرب إليَّ، ذلك الجزء السماوي الغامض، وهمس الفتيات الصغيرات.

فجأة! دوَّى في الجناح، صوت الخال إليسيو محتجًا:

«لا تُدْخِلوا الأشخاص غير الآدميين».

جاءت الممرضة المناوبة من خلفه، قائلة:

«من فضلك يا سيد إليسيو اصمت. فهذا المكان ليس صالة «الطاحونة الحمراء» الشهيرة!»

كان كلامها، بالنسبة لخالي مثل شوكة مدببة، لا سيما أنه أخبرها مرةً، بأن جمالها يُذكِّره بنجمة رآها في إحدى زياراته إلى باريس. إلا أن تلك النجمة لم تكن ترتدي رداءً أبيض. تهكمت الممرضة سارة بامتعاض. فأجاب إليسيو، صاحب الباع في الشعر الغنائي: «لا، يا سيدة ألبا، للأسف لا».

وفي النهاية، أصبحا صديقين وهذا أمر جيد بالنسبة لي؛ فما كان يعجبني في سارة، أي «السيدة ألبا»، هو نبرة صوتها ورائحتها كلما اقتربت مني. كانت تتسلى مع إليسيو، لكنها تُعبِّر عن خوفها إذا أراد أن يروي لها قصةً ما، لا سيما إحدى قصص الأطفال. لكنها كانت غاضبة اليوم، لا تريد سماع صراخه مرة أخرى؛ فقد كان هناك أناس مرضى للغاية داخل المصحة.

«هنا حياة يا سارة! في الخارج، إنها «مقبرة» ضخمة جدًا. العالم يغرق مثل طوافة غارقة».

«إنه واقع مثير للشفقة بالنسبة للطفل، يمضي أيامه بطولها ينتظر زيارتك»، قالتها سارة.

وأضافت: «لكن لا بد من أن أطلب منك المغادرة يا سيد إليسيو».

جثا أمامها على ركبتيه، وقال:

«معذرة، فأنا أتيتُ اليوم مُعبِّرًا عما في داخلي. إنه القمر! إنها شرارة صغيرة قادمة!»

«إن زين وسيت في الخارج»، قالها لي بصوت منخفض.

إنني أعرف جيدًا ماذا يقصد.

«إنهما في الخارج، على شاطئ لاثاريتيو، ينبحان للبحر وللقمر، محافظين على وجودهما، ألا تسمعهما؟»

كانا صغيرين، كلب وكلبة، وكانا على خلاف دائم، لكن لا يمكن الفصل بينهما. فإما أن يكونا معًا وإما فلا! تلك هي الطريقة التي كان يتبعها الخال إليسيو لتوبيخهما.

«ومن أي فصيلة هما؟»

«وجوديان»، أجابها بجدية.

كانت باليا في تيرّانوفا، أقصد باليا الأولى طبعًا، أكثر «الباليات» الأخرى ضعفًا. وكان زين وسيت يركضان حولها، ويدفعانها. إلا أن حزن باليا كان لا يُقهر.

والآن، كل مَنْ في الجناح مُعلق على «الوجود» و«العدم».

استمع، استمع، استمع.

نهض، فرأيته في المرآة يختفي متجهًا نحو النافذة. زين وسيت ينبحان، أما هو فعاد ليقول:

«أتسمع يا بيثينثو مرثيات الأيام الأخيرة للإنسانية؟»

«ذلك يكفي الآن، توقف!»

وبعد ذلك، جلس إليسيو إلى جانبي مطيعًا تائبًا. كنت أخشى أن يطردوه يومًا ما ولا يسمحوا له بالعودة مرة أخرى. لكنني لم أتأخر كثيرًا حتى أدركت بأنه يتوق إلى صوته الأجش وخطابه المسرحي في تلك الساعة المقلقة، سواء جاءه النوم أو لم يأته.

«قصة واحدة فقط، من فضلك».

«ولكن باختصار يا سيد إليسيو».

«هذه قصة صبيانية، قصة طفولية جدًا».

«كم هو شيء مرعب!» صاحت سارة، وتأسفت لأنها سمحت له بالبدء.

«هذه حكاية الرجل الذي لا يخاف ويريد معرفة معنى الخوف. قالوا له: أتريد أن تعرف ما هو الخوف حقًا؟ حسنًا، فلتذهب إذن إلى الحرب، وستعرف ما هو الخوف. ورغم كل الفظائع التي رآها هناك: من أنهار الدماء، وأراضٍ تهتز، وصناديق مليئة بالأحشاء، وحويصلات موحلة كبيرة، وحقول مليئة بالعيون المنتزعة، وأيدي مشوهة، وأصابع لا تزال تتحرك... لم يخف».

«من فضلك يا سيد إليسيو اختصر، وأنت تصف موقع المذبحة ذاك». بدا صوت الممرضة، إلى جانب مقاطعتها المتكررة للسرد، طُعمًا ضروريًا في القصة.

وواصل إليسيو الحكاية: «لم يشعر بأي خوف، حتى عندما ظهر له شاعر من دون أنف، صارخًا بالإيطالية: الحرب رائعة! الحرب رائعة!» سألت: «هل هذا صحيح؟»

«إن البقاء من دون أنف دليل على الجسارة، لقد كان لديه أنف مستقبلي جدًا. يصرخ: نريد أن نُمجد الحرب، الفكرة الجميلة التي من أجلها يموت المرء، وتُحتقر المرأة».

«يا له من ذل!»

«لقد قلت بالفعل إنه مُستقبلي جدًا. حسنًا هذا لم يُخِف رجلنا. قالوا له: اذهب إلى بيت الشيطان وسترى بأم عينيك ما هو الخوف! فذهب إلى بيت الشيطان. وصل متعبًا. استلقى على سرير موجود هناك. وبدأوا يسقطون عليه من فوق أجزاء من جسد حيوان بري: أذرع، أكتاف، أحشاء، رأس بأنفه وأذنيه...».

«رأس حيوان بري؟»

«إنها قصة شعبية يا امرأة. فكل ما في الحيوان البري يُستفاد منه، حتى المحادثة. حسنًا، فلنقل إذًا جمجمة. الإنسان الذي لم يعرف الخوف أخذ يُبعد عن سريره قطع اللحم والعظام والأطراف وجميع الأعضاء. وماذا حدث؟ جمع كل الأعضاء المذكورة، وأعاد وصلها وخياطتها. إنه الشيطان نفسه. وكم يمكنك أن تتصوري إلى أي حد كان الأمر مضحكًا بالنسبة لذلك الرجل الذي لا يعرف الخوف! مثل مهرج في سيرك. لم يتوقف عن الضحك».

«ومتى تعرف أنت الخوف؟»

«عندما أنظر إلى المرآة».

«لكن، مَن الموجود في المرآة؟»

«هو وحده. ولا أحد غيره. إنه الخوف».

«أنا لا أفهم ما تقوله»، قالتها سارة.

كان خطأ إليسيو نموذجيًا. الاعتقاد بأن كل العالم يفهمه. وفي تعريف أمي: «أنت تراها سمكة، ويراها الآخرون حذاءً».

كان يرتدي لباس رجل متأنق من زمن آخر. لم يكن من الماضي ولا من المستقبل. بل كان زمنه هو، بِقِدمِه وحداثته. وكان يضع في جيب سترته وردة بلاستيكية، قدمها فجأة إلى الممرضة بعد ذلك.

وقال فرحًا:

«في يوم ما سيمتلئ العالم بهذه الروائع!»

فردت عليه مبتسمة:

«هذا كل ما جلبته معك من الجنة؟»

«سأحكي لكِ سرًّا يا سارة. في الجنة تتساقط الورود على الأرض. وكلها مثل زهرة الكاميليا».

في الجناح، وتحديدًا إلى جانب الرئة الحديدية، كانت هناك مساحة منفصلة بستارة، حيث توجد الطفلات المحدودبات. هن لا يقلن محدودبات، بصوت عالٍ، ولا عندما يأتي الأطباء للكشف عليهن، وإنما هكذا كانت تسميتهن، بالإشارة إليهن همسًا دون أن يسمعن. ولا أعرف إن كان هناك أطفال ذكور حُدْب، لأنني سمعت دائمًا كلامًا عن الطفلات، الطفلات المحدودبات، دون أي إشارة إلى أطفال ذكور. كُن مقيدات بأحزمة على الأسرة، ولا يمكنهن النهوض. إلا أيام الآحاد، وتحديدًا بعد القُداس، يأتي القسيس وصبي المذبح ليتبادلا معهن الأفكار والمشاعر، لكن دون الإفراج عنهن.

كنتُ أسأل سارة دائمًا، لماذا يظللن مقيَّدات. فقد كنت خاضعًا ومقيدًا، بسبب عدم قدرتي على التنفس بمفردي. لكنهن يستطعن التنفس، وقد ظللن هكذا لسنوات مخضعات مقيدات. أخبرتني الممرضة، أن هذا من أجل مصلحتهن، وأنهن يعانين من مشكلات في العمود الفقري، وبهذه الطريقة، يحاول الأطباء تقويم أعمدتهن الفقرية.

«وهل ينجح ذلك فعليًا؟»

سكتت سارة، ونظرت إلى الجانب الآخر. كانت رقبتها ناصعة البياض، حتى أنها أشد بياضًا من ردائها، وعندما تأملتها، رأيت وريدها الأزرق، مثل جوهرة غامضة تتشبث بجلدها.

وفي أحد الأيام التي كان فيها أمارو هنا، أثارت قصة الطفلات المحدودبات فضوله. وتلقى الإجابة نفسها، فصمتَ، ثم سمعته يهمس: «كم هو أمر مرعب! كم هو أمر مرعب!»

وفي إحدى الليالي، نهضن دون أن يعرف أحد كيف تمكنَّ من فك قيودهن. كُن ثلاث فتيات. فقد سمعتُ ثلاثة أصوات، وثلاث همسات مختلفة تعرفتُ إليها. ولأنني في الرئة الحديدية، تناهت الأصوات إلى سمعي ليلًا كأنها مضخمة ومضغوطة. في النهار كنت أسمع أصوات العمال في ورشة أوزو لتصليح السفن. وفي الليل، كنتُ أسمع محادثات الصيادين وهم عائدون من البحر. وفي نهاية الأسبوع، كنتُ أسمع موسيقى قادمة من صالة الرقص. وأسمع أيضًا صوت زوجين، في مكان ما، يكاد يُحدث هزة في المصحة، كان لهاثًا ممزوجًا بصوت لا يوصف لشخص ما، يريد أن يصرخ ويغرق في البكاء، مثل مكابح القطار. وبالمناسبة، يمكنني سماع القطار والبحر، وأوركسترا قاعة الرقص. سمعتُ عناق زوجين عملاقين، واصطدامهما بالجدار، وصرير الفراش في غرفة الحراسة الطبية، وفي نفق القطار، وفي مصب الخليج. وأنا موجود في رئتي الحديدية تحت القمر. لا بد أن الأمر كانت له علاقة بالقمر؛ لأن ضوء القمر كان ساطعًا بشدة، لدرجة أنه ينعكس في الهواء.

إن المسألة متعلقة بما سمعته في تلك الليلة من الطفلات الثلاث المحدودبات. كان همسهن سريًا وحماسيًا في الوقت نفسه. كان مثل شعور الأجساد التي بدأت تتعلم المشي من جديد. فعلن ذلك سريعًا، حتى وصلن إلى النافذة. وتخيلتُ سبب صمتهن: تشابك الأيدي، ورؤية لمعان البحر الخلاب، وقارب الإنقاذ، والفانوس المتحرك.

قالت الفتاة الكبرى:

«إننا التوائم!»

ينبغي أن يُشخَّص ذلك الهروب، المتعلق بالطفلات المحدودبات، بوصفه حدثًا تاريخيًا في إسبانيا. لأن مرضهن كان مرضًا تاريخيًا أيضًا. لقد تغافل التاريخ عن التواء فقراتهن. وتآمر على أجسادهن. شيء ما في داخلي أجبرني على إبقاء فمي مغلقًا، أنا الذي كنت بمثابة إعلان في جريدة، أكشف الكذب والثرثرات، ولا أفوت خبرًا أو كلمة، وأكشف المدفون. لن أفتح فمي على الإطلاق ولن أشي بهن. وما إن بزغ الفجر، حتى بدأ الضجيج. أصوات التنبيه. سباقات. صرخات غاضبة.

لقد سُرقن.

اختطفن.

هل هربن؟

كيف هربن وهن محدودبات؟

وسط الضجة والارتباك، لم تكن هناك عبارات لطيفة ولا تلميحات. كانت تلك الطفلات مشوهات، ومصابات بفقر الدم، سيقانهن مثل العصي، مرتبكات وجاهلات وخائفات من كل ما يحيط بهن، يتلعثمن حتى بلغتهن الأم، تلك المخلوقات التعيسة، هن لحم الدير.

كُن غامضات لفترة طويلة!

قالتْ سارة بصوت عقلاني:

«الآن لا نعرف عنهن شيئًا. لا نعرف ماذا كُن، ولا نعرف حقيقة أفكارهن عنا. إلا أن الشيء الوحيد الذي نعرفه هو أنهن أردن الهروب من هنا».

واحد من الذين يجيدون التحري في إدارة المصحة، والذي كان مجهولًا بالنسبة لي، وصل إلى استنتاج مفاده أنني أنا ومركبي، أي رئتي الحديدية، نشغل موقعًا استراتيجيًا وربما أمكنني سماع شيء ما. لم يكن على علم بأن

سمعي يضاهي سمع طائر البوم المشهور. ولا يبدو أنه كان مدركًا لدور القمر في تلك الليلة، ونوره الذي يتيح لي الرؤية والمراقبة عبر المرآة. لقد كان باحثًا فاشلًا. فالأطفال يدركون بسرعة عدم كفاءة البالغين.

أديت دوري بما يتناسب مع حالتي كطفل لا يتحرك، يسكن في رئة حديدية. فلم أحرك شفتيَّ.

أما مَن كان على وشك أن يفاجئني، فهي سارة التي سألتني:

«أمتأكد أنت أن الكابتن نيمو لا يعرف شيئًا؟»

انطلقت حالمًا مثل شخصيات الأفلام. وأغلقتُ عينيَّ.

«لا، لا يعرف شيئًا».

البعث

كنتُ في الأسفل، وكان هو الوحيد الذي لاحظ ذلك. كنت قد بدأت أفهم عدم رغبتي بالرئة الحديدية. تمنيت أن تتحول هذه الآلة إلى إنسان، أن تتعطل.

كنتُ الأرنب، فأنا اليتيم الذي أنقذته آلة الكرنب، إلا أنها لا تريد أن تفرج عني، ولا تريدني أن أتخلص منها.

أما إليسيو فقد ساعدني بحكاياته البائسة. وما حدث هو أنني شعرت كأنني إحدى شخصيات تلك الحكايات.

كنتُ أرنبًا.

كنتُ إنسانًا مذهولًا بأيوب.

كنتُ الميت المتمسك بحافة الشرفة.

والآن، على ما يبدو، سأكون لعازر.

«أريدك أن تغادر يا خالي. أريد أن أكون وحدي».

لم أستطع أن أقول شيئًا لرئتي الحديدية، لكنه فعل. علاوة على ذلك، فإن هذا ما أراده وأحبه، وكان الأمر مناسبًا لقصة قصيرة بائسة تجرح الكبرياء. إنها المرة الأولى التي يسمعني أقول فيها: «أريد أن أكون وحدي».

كان مذاق الجملة جيدًا، حلوًا ومالحًا، لا سيما حين يتعارض ما تقوله مع ما تفكر به: أريد أن أكون وحدي.

نادرًا ما يواجه خالي أحدًا.

وبدلًا من الرحيل، كان دائمًا على استعداد لوداع الآخرين له.

نظرتُ إليه عبر المرآة. لاحظتُ أن الممرضة متوترة جدًا، ربما هي المرة الأولى التي يطلب فيها طفل ما العزلة، ونظرت إليها نظرة حادة قريبة من الاستياء. ففهمت السبب. كان في طلبي بالفعل شيء من الدناءة، فقد حرمتها من قصة إليسيو.

لم يكن ينوي المغادرة.

استمر في تجاهل رغبتي بالعزلة. كانت المرة الأولى التي أطلب فيها ذلك، ولم يُسمح لي بها. أدركتُ بأنه ليس من السهل أن يكون الشخص وحيدًا إذا أراد ذلك فعليًا. لا ينتج عن طلبي أية تكلفة. ولا يزعج أحدًا. لكني لا أستطيع أن أكون وحيدًا.

فأنت تُحبّ العالم، أليس كذلك؟

وهكذا بُعِثت، بسريالية مطلقة، من أحد فروع الدناءة.

الحصان

عندما كنتُ صغيرًا أهدوني حصانًا، وذلك قبل أن أمرض وأدخل الرئة الحديدية. والحقيقة، أن ذلك الحصان لم يكن من تلك الأحصنة البدائية التي كان أمارو وإليسيو يصنعانها في زمن «الخلد»، أو عندما بدأت الحياة في مكتبة تيرَّانوفا.

أحضر الخال إليسيو ذلك الحصان من إحدى جولاته الأولى. وذلك بعد غياب طويل. لا يمكنني أن أستحضر الوقت بدقة، إلا أنني أتذكر بأن تيرَّانوفا كانت حزينة جدًا. عندما بدأتُ بالسؤال عنه، كانت الرواية الأولى تقول بأنه ذهب إلى فرنسا، ومن هناك إلى أمريكا. إن المواظبين على زيارة المكتبة، كانوا أكثر ثقة، إما لم يسألوا، أو أنهم يبدون راضين عن ذكر أي مكان مألوف، وتكون الإجابة عن سؤالهم من باب المجاملة: هذا الموسم في باريس. آه، هذا جيد، سيكون سعيدًا، فهناك ثقافة أخرى... إلخ... إلخ. لكن في بعض الأحيان، يستعلم بعض الزبائن النكدين بعناد، عن مصير إليسيو، إن كان قد عاد إلى أوروبا، أو أنه في أمريكا؟ وماذا يفعل؟ أما أبي القاسي في التعامل والفضولي أيضًا، فيجيب: «لقد تلقى دعوة من قبل السريالية العالمية».

«آه، واضح، واضح، السريالية العالمية!»

كان إليسيو يعيش دائمًا مع هوس الأحلام. لكن، كان ذلك قبل الحرب، أليس كذلك؟

في تلك الأيام كنت في الخامسة من عمري تقريبًا، لم أكن أعرف أنهم يتحدثون عنه، وأن لقب والدي كان «متعدد الانعطافات» منذ سنوات الجامعة.

ومع الزمن، استيقظ فضولي. فلم يكن هناك أي شيء ظاهر يدل على أن والدي متعدد الانعطافات. وعندما لم نعد نتحدث وبدأنا بعد ذلك نتواصل مع الرسائل المكتوبة، لم أعد أشك فيه، فكان العنوان: «**لا تنظر إلى لقب متعدد الانعطافات على أنه فعل عدائي**»... إلا أنني في ذلك اليوم، كنتُ أفتقر إلى المعلومة الأساسية. كان أبي هو أبي، أمارو فونتانا. كان والدي الحبيب حنونًا مع العائلة، ويحب المزاح مع الأصدقاء وحتى مع الحيوانات عمومًا، مع أن بإمكانه أن يكون لاذعًا وعابسًا، ويمكنه التخلي فجأة عن المحادثة، وتحديدًا عندما يشعر بأنه يسلك الطريق الخطأ. كان يتجادل مع الرجعيين، ويقدِّر من يسميه بصاحب «الذكاء الخطر»، وما كان يثير استياءه، ويجعله يطلق شررًا، حين يتصادم بمن يطلق عليه اسم «الأحمق المستنير».

في ذلك الوقت، لم أكن أعرف أن أبي كان يحمل لقب «متعدد الانعطافات». إلا أنني عرفتُ أن لديه عدة أوجه. وأن أحدها وجه البومة الذي يستيقظ كل صباح صائحًا:

«ستعرف أنه بعد الحرب، لم تُهزم الإنسانية، وظهرت الحضارة مرة أخرى. وهناك، يسير إليسيو مرتديًا قبعة اللاوعي».

في ذلك الوقت تقريبًا وصل عدد كبير من الحقائب. أقصد وصل الناس مع حقائبهم وصناديق مليئة بالكتب. جاؤوا بها من كل أمريكا، وخصوصًا من الأرجنتين والمكسيك. أما أنا، فقد رسخت في ذهني «السريالية العالمية». إنها خلف عمل خالي إليسيو المذهل، حملته إلى أنحاء العالم، وربطته بكل تلك الشحنات.

قال:

«حصان من لا بامبا. أمريكي مبرقع وأصوله إسبانية».

سطع مظهره اللامع أمام عينيَّ: جلد بني مع شعر أسود طويل وبعض البقع البيضاء، فبدا مثل دمية معروضة في متجر سفينة نوح للألعاب، أكثر من كونه فحلًا شجاعًا. ومع ذلك، يظهر في عينيه السوداوين كائن متوحش للغاية.

لم أكن أرغب بركوبه.

في البداية ظنوا أنها لعبة طقوسية من جانبي، حتى أن بعضهم كان يقارن مقاييسي بمقاييس لعبتي، وسرعان ما أصبحت مناسبة لي. إنها نزوة لا معنى لها، فالبالغون لا يتعاملون جيدًا مع صعوبة مراس الطفل. علمًا بأنهم يخلقون الانطباع بأنهم يحاولون ذلك. حاولت أن أجرَّ نفسي. حتى أكثر من كومبا نفسها، التي كانت دائمًا متفهمة لذلك كله.

«إن الحصان كائن لطيف، بل ألطف لعبة على وجه الأرض».

إلى أن أدركوا أن ذلك كله بسبب الخوف. الخوف الذي لا يُقهر. كنتُ متجمدًا من الخوف، وجسدي متصلب، وكأنه مصنوع من المادة نفسها التي صُنع منها الحصان، ولم أكن قادرًا حتى على امتطائه. لا في ذلك اليوم ولا في غيره من الأيام المقبلة. مكث هناك في تيرَّانوفا. وتورط يومًا بعد يوم في ذلك الضوء الخافت، في فضاء المتاهة السحرية. في بعض الأحيان، كان يمتطيه طفل أو طفلة أو ابن أحد الزبائن أو حفيده، فقد كان له مقعدًا وسرجًا ولجامًا، وكان يترنح بهوس مهين وهم فوق ظهره.

«انظر يا بيثينثو، إن الطفلة تركب الحصان المبرقع!»

وذلك إلى أن انتقل من تيرَّانوفا إلى تشور. فقد ظنوا أنه ربما ستكون هناك، في الريف، فرصة أخرى للحصان مع بيثينثو. ومع ذلك، كنت أكثر وضوحًا منهم بشأن وجهة الحصان. فأنا أعلم ما سيحدث، وعلمت منذ اللحظة التي رأيته فيها، بأنه سيسعى للبحث عن دومبودان، حتى لو أن الجميع ظنوا أنه سيتجه اتجاهًا معاكسًا.

«انظر، لا يتملكه أي خوف!»

«لا، لم يعتد دومبودان الخوف مطلقًا».

لم يكن هناك أي شيء لم يقدمه دومبودان من أجلي.

وأول ما فعله هو مشاركتي حليب أمه. حسنًا كانت السيدة إكسبكتيشن تستحق الثناء، والدة تشور، صاحبة الأرض. ولدنا في الوقت نفسه تقريبًا. علمًا، بأنه من المفروض أن أكون قد ولدت قبله، لكنني أظن أن دومبودان قدَّم موعد ولادته ليسهل عليَّ الحياة. كان لدى كومبا مشكلة مع الرضاعة، لم يتدفق حليبها. ذلك ما جعل والدتي توكل أمر إرضاعي إلى إكسبكتيشن في بعض الأحيان. كان لديها حليب لكلينا. كانوا دائمًا يقولون إن طفل صاحبة الأرض لم يبكِ أبدًا. ويبدو أنني كنت أنا من يدَّعي ذلك دائمًا.

حتى اليوم الذي جاء فيه لرؤيتي وأنا داخل رئتي الحديدية، لاحظتُ، من نظرته الصادقة نحوي، أنه إذا ما طلبت منه الدخول معي كي يخرجني، سيسدي لي هذا المعروف.

كان يدافع عني دائمًا. ليس مرة واحدة أو مرتين، بل في كثير من المرات. في كل مرة يسمع فيها «اعوجاج ساقين» أو «كعبين»، أي حماقة من تلك، يضطرب ويكون مثل مدفع رشاش يطلق ما لديه من ذخيرة حلف اليمين. لقد تعلمتُ منه الكثير. وعندما ذهبت إلى الجامعة، أهداني إليسيو شيئًا من كنوزه العابرة للمحيط إلى تيرَّانوفا، كان كتاب **ملهمة الساق الشريرة** لمؤلفها نيكولاس وليباري. إلا أنني أظن أن أول ملهم لي كان دومبودان نفسه. فهو لم يتراجع أبدًا عن التحدي. قال: «نفعل ذلك يدًا بيد».

يدًا بيد!

بالنسبة لي، نفَّذ التحدي في بالومار. فلا تزال هناك حياة تسري فيها. هناك احتياطي من طيور الحمام يحافظ على دروب الجنة. وما زالت الطيور

وزغاليلها تأكل في بيت إكسبكتيشن أحيانًا، تلك العصارة التي أصبحت طعام الفقراء. لقد اختفوا في البيت الكبير وهم على قيد الحياة كالطبيعة الصامتة. ونحن هناك، في بالومار، اثنين، دخلناها للمرة الأولى بأوردة طبيعية جاحدة. سافرنا معًا، نعم سافرت مع دومبودان، أبحرنا من برج الحمام، عبر ذلك المركب المنسي التي سيهرب بنا، لكن بالنسبة لي، فما حدث معي، هو ما كان ينبغي أن يحدث قبل الذي حدث فيما بعد. ارتعاش وتعرُّق. إنها أعراض الانسحاب قبل أن أركل نفسي. وهو، بكل هدوء وطمأنينة، تقدم لينتزع خوفي مني.

في أحد الأيام، بقي الحصان المبرقع في الخارج، على البلاط المرصوف، حيث يجففون الفول. كان ذلك في نهاية فصل الصيف بالفعل. الأيام حارة دبقة. في ليلة الطفولة تلك، هبّت عاصفة قوية. أظن أنني كنت الوحيد الذي تذكر الحصان المبرقع. نهضت وراقبته من الممر. ليُظهِر لي وميض البرق بأنه ما زال على قيد الحياة، يرقد بين مخلفات البقوليات الجافة.

كان الرعب الذي نظرنا من خلاله في الصباح الباكر إلى البقايا مرتبط بخوف مجهول. إنه موت من دون جثة. موت سائل. موت مسحوق. وهناك عينا شخص ما تزالان تراقبان.

تصريح الجسد

لا أعرف متى انقطع الخيط، لكن كانت هناك لحظة ما توقفت فيها عن النظر إلى أبي بتعاطف. لم يحدث موقف ما، ولم يكن هناك، إذا جاز التعبير، إعلان حرب، ولا شعور بسوء المعاملة. يمكن أن يكون أمارو صعب المنال أو كتومًا أو منسحبًا بطريقة يمكن مزجها مع الإهمال والنسيان، إلا أنه في المقابل، لم يكن متعجرفًا في تعامله مع الآخرين. كان يفضل قطع ذراعه على أن يرفع يده ضد أي إنسان. إلا أنه في أثناء النقاش داخل مكتبة بوليتروبوس يكون خبيثًا، عنيفًا، مشبوبًا بالعواطف، لاذعًا، ساخرًا، ولا يعرف الكلل أبدًا، حتى أن كل جسده يتشارك في متعة الشعور بنمو العشب، وبمتعة العثور على الحجة الدوارة، إنها شرارة في مكان منعزل من التاريخ، حجر مَنشوري يهدف إلى تمريره فوق المنصة. كانت تلك هي الرياضة، معركة البطل. لكن بعد ذلك، وفي الحياة اليومية في تيرَّانوفا، كان يتأمل بصمت، أو يختفي في الغرفة المظلمة، أو في حدود المتاهة، في الظل الضعيف بين العتمة والنور، يتحرك داخل المُتحرِّك، أو فيما وراء الأرض الغامضة.

أردت الذهاب في الاتجاه المعاكس. بالنسبة لي فإن الأرض المرغوبة، وغير المعروفة، هي الموجودة على الجانب الآخر من بوابة تيرَّانوفا. فبعد الإقامة في الرئة الحديدية، بدأت صراعًا آخر مع المرض. عانى جسدي من هجوم قاتل. إنها محاولة تدمير، كنتُ على وشك الاستسلام لها. لكن منذ قصة يوم القيامة، كان كل تدريبي وكل استراتيجيتي أن أكون مستعدًا للخروج من تيرَّانوفا والاختلاط مع كل الجمهور الذي لم يدخل المكتبات إطلاقًا.

هؤلاء الناس الذين يدخلون من الباب، ينظرون ويغادرون وكأنهم رأوا وجه الشيطان لوثيفير.

بعد أن مكثتُ في جهاز الرئة الحديدية، جاء وقت واستخدمتْ فيه العكازين، إذ كان ينبغي لي أن أتعلم المشي مرة أخرى؛ صُنع العكازان على مقاسي، من الخشب، وعلى يد نجار بارع جدًا من تشور، نجار خبير في صناعة السلالم الحلزونية. العكازان خفيفان، لأن قدميَّ سريعتان. وهنا أتذكر عندما كنتُ فتى، ومشيتُ بحذاء ثُبتت في أسفله قطعة جلدية تزيد من ارتفاع الفردة اليمنى، لتجعلها أعلى، أعلى بكثير.

على الرغم من أن ذلك يبدو غريبًا، إلا أنه قال لي: «عليك أن تتخلى عن العكازين».

وبعد القيام بذلك، شعرتُ بنوع من الانفصال عن الذات، مثل نجم البحر الذي يفصل جزءًا من جسده دفاعًا عن النفس. لنفترض أنه بسبب الحركات، شعرتُ دائمًا، بتوافق شديد مع شخصيات الرسام «باكون». سلسلة من الحوادث حدثت الواحدة تلو الأخرى. وبعد كثير من التدريب، حققت أسلوبًا محددًا في المشي. كان يحظى بإعجاب الأطفال والمهمشين وغير الناضجين والحيوانات. أي أصحاب النظرة التي ما تزال تستوعب جمال البرية.

أصبحت واعيًا لجسدي، وأشعر فجأة بالرضا عنه. كان جسدي نفسه بيانًا رسميًا يا خالي إليسيو.

«كيف حال والدك يا سيد فونتانا؟» قال لي ماثياس، مدير المعهد، عند وجودي في الممر، بعد أن غادرت الفصل. هل يعقل أنه كان هناك ينتظرني؟ وقبل أن يتلقى مني الإجابة، قال: «أريد منك أن تنقل له تحياتي الودية. وقل له هذا، لا تنس، ابق متذكرًا، فأنا أعرف أنك لا تنسى، قل له:

ثلاث عشرة شجرة من الكمثرى، وعشر شجرات تفاح، وعشرون شجرة تين، وخمسون شجرة كرمة». وأجبرني على تكرار عبارته. وتابع: «قل له أيضًا إننا لا ننسى لقبه: متعدد الانعطافات». أومأت برأسي، دون القدرة على إخفاء دهشتي. كان جادًا للغاية، وغير متجهم، بل كان كئيبًا. قال لي ذلك كله بفرح معين، بروح شخص يريد تعويض زمن ضائع أو مختلس ومشاركته. إلا أنه ربما كشف عن شيء ما، لا بد أنه رأى بأنني لست متحمسًا لمهمة نقل الرسالة إلى أبي؛ والدليل على ذلك كله، أنه أضاف بجدية: «إن والدك رجل حكيم!» فهذه المعلومة ليست موجهة لي فحسب. بل هي معلومة عامة. ليبدو لي أن لكلامه صدى سمعه كل مَنْ في المعهد، ما جعل الطلبة هناك يتوافدون إليَّ، متفاجئين بأن العاجز ذا «القدمين السريعتين» ابن رجل حكيم. وبالمناسبة فإن السيد ماثياس نفسه كان مشهورًا بحكمته أيضًا. وبما أنه كان مدير المعهد، فقد أقرَّ بنفسه الشروط التي تخوله بأن يكون حكيمًا. قال إن فونتانا كان حكيمًا، بالطريقة التي جعلته يكون هو الآخر كذلك، يتطلع دائمًا إلى أعلى، ليصنف والدي ضمن مَن يمتلكون الحكمة الأعلى، حكمة خارج نطاق التدريس، حكمة غير محددة، كما لو كان في تلك اللحظات يقود إحدى الغيوم التي رأيناها تمر في سماء منيرة.

إن صورة والدي الراسخة في بالي لا تتطابق مع صورة أي بطل من أبطال الإغريق، ولا حتى مع صورة أي بطل من الأبطال المحليين. كان الرجل المحذوف. فمدرب كرة القدم المعروف، هيلينيو هيريرا، كان بطلًا وحكيمًا أيضًا، لقد أعطى أهمية كبيرة للهواء، وتقنيات التنفس، بالإضافة إلى ظهوره في الصورة رشيقًا وأنيقًا. حتى أنني تساءلتُ إذا ما كانت تلك المعاملة الحكيمة لوالدي، وتلك السخافة بالإشارة إلى لقبه «متعدد الانعطافات»، ليست سوى كوميديا تُضحِك المدينة كلها. وفكرت فيما إذا كانت كل تلك

الأصوات لا تشارك في النكتة التآمرية، وإنما أرادوا إدخالي فيها، مثل نوع من الدمى، وفوق ذلك لديها إعاقة. متعدد الانعطافات وجبان. الحقيقة أنني كنتُ أبتعد بنفسي، فقد انكسر شيء ما في تيرّانوفا، طوف جليدي كنتُ أسير عليه، وابتعدت دون أن أقول وداعًا لأحد، ومعي منديلي، أبكي بينما كنا نتبادل النظرات.

دخلت إلى تيرّانوفا. كان موجودًا هناك، عند المنضدة. دائمًا كان ينتظر عودتي من المعهد، من دروس الصباح، حتى يغلق المكتبة، ونصعد معًا لتناول الطعام. لديه نوع من الرعشة اللاإرادية. وفي اللحظة التي سمعت فيها صوت الباب خلفي، خلع نظارته، وأمسكها بأصابعه كأنه ينظر نظرة مستقلة، وتملكني شعور بأن عينيه تراقبانني من زمنه؛ كانت عيناه عاريتين وغارقتين، وكأن كائنًا غير مرئي غامضًا كان حاضرًا معه. ربما الحكيم، هو الرجل الأكثر معرفة بأوليسيس. وبينما سعى آخرون إلى إثراء سمات الصورة الفنية، قمت أنا بتحليلها وتفكيكها.

لديَّ أمانة، وعليَّ توصيلها. جلبت رسالة له.

كنتُ طيلة الوقت أحفظ وأكرر كلمة السر: **ثلاث عشرة شجرة كمثرى، وعشر شجرات تفاح، وعشرون شجرة تين، وخمسون شجرة كرمة.** ولا أنسى متعدد الانعطافات. هذه هي كلمات السيد ماثياس.

سكتُّ أمامه. فلم أقل شيئًا على الإطلاق. ضغطت على كلمات أشجار الكمثرى التفاح والتين والكروم بصك أسناني، وابتلعتها. وما زالت في داخلي مع مواسمها وثمارها، والطيور التي تستوطن فيها، والريح التي تهب عليها.

سألني ما إذا كان كل شيء في المعهد على ما يرام هذا الصباح. جلستُ. رفع رأسه وتنفس بعمق قائلًا:

«هيا بنا! هناك رائحة مرق في تيرّانوفا».

سماء الكاتدرائية

غاليثيا، ربيع عام 1974

فرك مفوض الشرطة كلتا يديه. في الوقت الذي كنتُ فيه منزعجًا، وأبدو في حالة يرثى لها، بدا لي سعيدًا مثل شخص اصطاد سمكة ضخمة.

وقال: «إذًا أنت ابن أمارو فونتانا، أليس كذلك؟ ابن تيرَّانوفا. ذلك المكان الذي نصرُّ على تسميته فيما بيننا، تيرَّانوفا، هكذا لا أكثر ولا أقل. ما زال المفوض السابق يتابع الإجراءات ويلاحق والدك العجوز، الذي أطلق عليه لقب متعدد الانعطافات».

وأضاف: «بدهائه، نفَّذ ألف حيلة. لا بد للدهاء أن يكون موجودًا. إنه أكبر مورِّد للكتب المحظورة في غاليثيا. ولا بُد أنه يُمضي أوقاتًا صعبةً، ما يجعله غاضبًا. أما أنت، أيها الابن الطالب فإنك رهن الاعتقال. ما اسمك؟ آه، نعم، بيثينثو».

لم يكن الابن موقوفًا بسبب ثوريته، ولا نتيجة مشاركته في التظاهرات ضد فرانكو، فهو لم يرسم شعارات على الجدران تطالب بالحرية! ما السبب إذًا؟ إن ابنه موقوف بسبب إدمانه المخدرات.

قال: «يطلق على هذا المخدر وصف «الرحلة السيئة»، إنه بمثابة حمولة تثقل الكاهل، إذا جاز التعبير، أليس كذلك؟ أين بدأت الرحلة السيئة؟ على سطح كاتدرائية سانتياغو!»

وتابع مازحًا: «كان يمكن للأمر أن يبقى عند ذلك الحد. الحمد لله أنك لم تكن وحدك في تلك الحفلة. لِم فعلتَ ذلك؟ لنقرأ شهادتك مرة أخرى.

أعلن الشاهد أنه صعد إلى سطح الكاتدرائية من زاوية «بيا ساكرا»، الواقعة عند ساحة إنماكولادا وكيتانا دي بيبوس تحديدًا. وعند سؤاله عن إعاقته، ذكر إنه فعل ذلك بمساعدة رفيقه المعتقل ماتياس لاوريرو باث، المعروف باسم دومبودان، وهو رفيقه منذ طفولته. وأضاف إنه لم يفعل ذلك من منطلق التحدي، ولا بقصد تدنيس المكان المقدس، ولا بهدف إلحاق الضرر بأثر تاريخي، ولم تكن لديه أي نية لإحداث الأذى في المكان. إن سبب قيامه بذلك العمل، وفقًا للشهادة، كان الاستماع إلى أجراس الكاتدرائية عند منتصف الليل، ورؤية السماء من برج الجرس، وأن قرار الصعود إلى السطح لم يُتخذ تحت تأثير المخدر. وعند سؤاله عن ملكية الحقيبة الجلدية التي كان يحملها رفيقه دومبودان عند اعتقاله، ذكر الأخير، أنهما عثرا على الحقيبة المتروكة على السطح، وأنهما قررا أخذها، ظنًا منهما أنها فارغة، ولم يكونا على معرفة تامة بأنها تحتوي على قارورة فيها 22 قرصًا من المادة المخدرة المعروفة باسم إل أس دي، بالإضافة إلى كمية مقدارها مائة غرام من الحشيش تقريبًا».

«لا، أنت لست موقوفًا لأنك ثوري...

أنت هنا لأنك مدمن، ولأنك أهنت الضباط الذين أوقفوكما عند نزولكما من أعلى، من السماوات، بعبارات كان معظمها غير مفهوم، ستشرح لي معنى: اهرب من الموت أيها الكِيانز!، ضع الحدوات للحصان المجنَّح! ارفع يديك عاليًا، سيسقط الملاك! إلا أن الأسوأ من ذلك كله هو الاشتباه بعامل يعمل في مصنع السكر؛ لأن هذه الحقيبة حقيبتك، فلا يسخر مني أحد. إنها الحقيبة السحرية! لكنك اليوم محظوظ. وتبين أن الحقيبة لذلك العامل، ذلك الرجل الهائج مثل ثور. وماذا يقول ذلك المغفَّل؟ يؤكد أنه هو الذي عثر عليها. لقد حملها دون أن

يعرف ما في داخلها. وصدفة، وصل محامٍ مهتم بالقضيتين، أرسله والدك، فجاء إلينا بتلك القصة المتعلقة بالحقيبة السحرية. لقد كانت هدية لحاج من أمستردام، أو من جوارها، وتركها معلقة هناك. وأنت ماذا تقول؟ لا تقل شيئًا؟ هل حدث معك شيء يجدر ذكره؟ ما زالت الأجراس تدق، أليس كذلك؟»

حينها افترضت أنه أصاب الهدف. كان يعرف جيدًا عما يتحدث. وظل الجرس يقرع فوق رأسي.

محطة الشمال

مدريد، خريف عام 1975

اتصلتُ. وعندما ردَّ بقيت صامتًا لأسمع صوته. كنتُ على وشك أن أقول له، في ذلك اليوم، ما لا يوصف. إن ميثاق تيرّانوفا الغريب بين الأب والابن، جعلنا نوافق على أن نتواصل من خلال الكتابة فقط. لا أعرف لماذا ظننت بأنه التقط الهاتف. كان ذلك خطأ، لأنه يوم الأحد، أي يوم الإغلاق، إنه اليوم الذي يشعر فيه بأنه أفضل عندما يكون في المكتبة، في معقله؛ في الحجرة المظلمة، يكتبُ مرة على دفتر ملاحظات، ومرة أخرى يكتب بسرية عملًا لا متناهيًا عن **إلهة الذاكرة والتذكر في مملكة إيبيريا**.

بالنسبة لي، فإن العقوبة الجنائية لم تنفذ على الإطلاق، وليس هناك احتمال لتنفيذها. في ذلك الصباح، كانت جنازة الطاغية في ساحة المشرق، ثم خرج الموكب الجنائزي لدفنه في المذبح الرئيسي في وادي الشهداء. لم نتحرك من مبنى التماثيل حتى حان موعد المسير إلى محطة الشمال. تزامن رحيل القطار السريع مع حلول الظلام. كان ينبغي لي إجراء مكالمة الآن، إلا أنني كنتُ أؤجل ذلك. أنا الجريء والثائر ونصف المشلول، والمعروف باسم صاحب «القدمين السريعتين»، المتهور الذي صعد إلى سطح كاتدرائية سانتياغو لقيادة سيمفونية الأجراس، غير قادر على إجراء الاتصال! حتى أنني وجدت نفسي معها في المحطة، ورأيت ابتسامتها التي لا تُقهر، ورأسها المتوّج فرِحًا بقبعة الصوف الملونة، ترتدي معطفًا من الفرو، وبنطلونًا برجلين واسعتين، وحذاء جلديًا طويلًا، وحقيبة أمتعة خفيفة،

وحقيبة سفر، وشنطة جلدية قديمة تحملها على كتفها مثل التلاميذ. ومعظم المسافرين على رصيف المحطة، كانوا ذوي وجوه نادمة، ملابسهم متطابقة. فقد دفنوا للتو زعيمهم. وفي المقابل، هناك كبار في السن يرتدون معاطف جديدة، يبدو أنهم متحمسون للصعود إلى القطار.

في النهاية، طلبتُ رقم مكتبة تيرَّانوفا.

نعم، فقد كنتُ على وشك إلقاء أسوأ نكتة في أسوأ وقت.

«أنت في إجازة يا فونتانا!»

كانت تلك الجملة علامة على وجودنا، إلا أننا اتفقنا على تجاهلها. ليوم واحد في السنة، نحن لا نعرف متى، لن يتكرر التاريخ أبدًا، ولن يتوافق مع ذكرى سنوية، ولا مع ذكرى انتصار الفاشية. نعم، في يوم من الأيام، وبشكل لا يخطئ، سيرن الهاتف، وإذا كان والدي أمارو فونتانا مَن انتبه إلى رنة الهاتف، فسيأتيني صوته قائلًا:

«استرح يا فونتانا، فأنت في إجازة!»

كل عام بمثابة مسمار حاد.

نادرًا ما كان والدي يجيب على هاتف تيرَّانوفا. أمي كومبا كانت تجيب عادة، أو أنا، أو الخال إليسيو، إذا لم يكن مسافرًا إلى أمريكا أو إلى أوروبا. أوروبا؟ تساءل الزبون الثرثار. وفي أوروبا، إلى أين سيذهب، هل بالإمكان معرفة ذلك؟

«إلى مقبرة الأب لاتشيز، فالأجواء هناك مناسبة كثيرًا»، قاطعته كومبا.

بالعودة إلى المكالمة المصيرية، لم يكن أمارو فونتانا مَن أمسك الهاتف، فالصوت لم يقل شيئًا. كان صوتًا مبهمًا ومُشفَّرًا. إذا كان لكل نوتة موسيقية صمت مختلف يتوافق معها، فأنا أقول أيضًا، سيكون لكل عبارة منطوقة صمت خاص بها، بل وأكثر من ذلك، ستمثل الترهيب الأشد إذلالًا:

كن الشخص الذي يتحمل في الحياة. وهذا له صمت النحَّات على شواهد القبور أو الأحجار الكريمة. بعد فجوة الصمت تلك، سألت: «مَنْ على الهاتف؟» إنها شدائد الصمت اللزجة. إنه الزمن الميت. حتى أنني كررت السؤال: «مَنْ على الهاتف؟» ثم انقطع الاتصال.

مع تلك المكالمة، علمتُ بأن والدي مات من لحظات. فكل عام بمثابة مسمار.

أبي؟ ماذا حدث لأبي؟ هذا ما يُسمى استنفاد الطلقات برشقة واحدة. عندي ذلك الخلل. فإما ألا أقول شيئًا وإما أن أثرثر؛ لأن أمارو فونتانا على الهاتف في تيرَّانوفا، وأنا على وشك أن أرشق الكلام رشقًا... أو أقلِّد صوتًا أجش، شريرًا، صوت قاتل، وأطلقه بالنيابة عن أبي:

«استرح يا فونتانا، فأنت في إجازة!»

إنها هناك، خارج كشك الهاتف، في محطة الشمال. فمنذ أن تعرَّفت إليها، كان الاتجاه معاكسًا، وسيظل هكذا في المستقبل. إنها في الداخل، تضع سماعة الأذن بتلك الطريقة، تحجب يديها وشعرها، ولا تريد الظهور، تدفن جسدها في الركن الرابع، الأكثر بُعدًا عني، مع استماع مطوَّل ومحادثات هامسة لا أعرف عنها شيئًا، ثم تخرج أرق وأنحف، بعينين متورمتين ومنحرفتين تفتحهما أكثر فأكثر مع هلوسة متزايدة، مما يوحي بأن حجرة الهاتف لا تُستخدم للحديث فقط، وإنما للقراءة ورؤية الصور والمقاطع المصورة، ومن توظيف المكان هذا، يظهر معنى الظلمة وإخفاء اليدين والوجه.

إنها تنظر نحوي. لم تكفَّ عن النظر إليَّ. تضم شفتيها. ترسل لي قُبلة شادية.

قالت لي: «لغتي الأم كانت الصفير».

قلتُ لها، بأسلوب جاف: «أنا ذاهب إلى هناك».

«متى؟»

«الآن. سأكون في القطار السريع».

لم يظهر على والدي أي تعجب، ليس لأنني تحدثت معه، ولا لأن سرعة اتصالنا فاقت سرعة الرحلة، ولا لأن قدمي ستأخذ مكانها على سلم القطار.

«إنه أفضل ما يمكنك فعله يا بني. هل تتذكر قصة الرجل الذي مات على الشرفة؟»

لقد أصابني القلق والاضطراب. كان متعدد الانعطافات داهية ثرثارًا، فهو من يجلس إلى جانب الهاتف. أما هي، فاقتربتْ، بمفردها، من نافذة كشك الهاتف، وبدأت بالتهريج، وانتهى بها الأمر بتقليد شخصية كاريكاتورية في إعلان لمعجون أسنان.

«إذا سألوكَ كيف أبدو، فستقول بسخرية، إن لديها مجموعة أسنان مميزة».

في تلك الأثناء، قال أبي: «أخبرهم عن هذه القصة، إنها قصة حقيقية وواضحة، عن المتوفى الذي لم يستطيعوا إخراج جثمانه من الباب، ولم يكن هناك أي طريقة لفعل ذلك، فقد كان التابوت كبيرًا جدًا، لذلك قرروا إنزاله من الشرفة...».

«معي صحبة»، قاطعته.

أجاب بصوت حيوي مستمتع بالهدوء، ومن دون تفكير: «ستظل تيرّانوفا أرض لجوء دائمًا».

لم أتجاوز دهشتي. لماذا استخدم تعبير أرض اللجوء؟

«إنها امرأة، فتاة». قلتُها.

«هذا أفضل»، ردَّ هو. ثم تابع: «أتعرف؟ لقد جربوا كل الطرق الممكنة لإخراج التابوت جانبيًا، وأفقيًا، ورأسيًا، ولكن لم يكن هناك أي طريقة لسحبه من الباب...».

«إلى اللقاء! فأنا على وشك أن أفوِّت القطار».

عندما غادرتْ كشك الهاتف، كانت سعيدة، وتلوح بذراعيها، ورأيتُ بوضوح أن أمارو كان ينتظرها. إنه الحدس، إنها لمحة خاطفة لمسافر في الاتجاه المعاكس. إنهما لم يتعارفا من قبل. كانت المرة الأولى التي يسمع فيها أبي عن وجودها، عن الفتاة التي ترافقني إلى تيرّانوفا. إني رأيتها، وأراها. ورأيته أيضًا. لقد عاد إلى مكتبه في الغرفة المظلمة، وفتح دفتر ملاحظاته، ودوَّن متحمِّسًا:

ستأتي غدًا.

إن الحدس الذي شق طريقه في دماغي، قد تكون له علاقة بذلك اليوم حيث التقينا في مقهى كوميرثيال، وعندما شد نظرها كتاب ميراسول، فقبلتْ بعد ذلك مرافقتي كي نواصل الحديث. كان هذا هو المقترح، وبعد ذلك صعدت إلى الشقة عند غنومار.

قلت: «يوجد رجال فقط، نعيش معًا نحن الرجال فقط. رجال صغار القامة. كلهم أقزام. نعم، فهذا كهف للأقزام».

«لكن الكهف للإناث»، قالتها بعد أن رأته.

أظن أنني صرت شاحبًا داخل الشحوب نفسه. كنتُ قد سمعت والدي أمارو فونتانا، حين طرح نظرية مشابهة عن كهوف العصر الحجري القديم التي تحتوي على رسوم كهفية، في تجاويف يكاد يتعذر الوصول إليها. أفواه خفية منذ آلاف السنين. قال والدي إن هناك شقوقًا وتصدعات وفُرْجات للدخول إلى باطن الأرض. ومَنْ يستطيع الدخول هم أصحاب الأجساد المرنة والمدربة. المعتادون على الظلمة، حتى وإن كانوا يستخدمون المشاعل. نظرات خصبة تتشرب العتمة بصحبة الحيوانات العجيبة الرائعة. إنها الأيدي السامية. تحدث أبي عن الساحرات وعن القابلات. وعلى الرغم من التوقيع

بالاسم المستعار «متعدد الانعطافات»، وحتى في أسفاره، فإنه عندما كتب، أثارَ بعض الجدل في الأوساط الفنية المتقدمة وعلم الآثار.

في ذلك اليوم، أخبرني أن مَن رسم على جدران الكهوف كن نساءً. إنها أطروحة أمارو فونتانا. لم أقل: أطروحة أبي. بل قلت أطروحة أمارو فونتانا، كمن يتحدث عن الراحل داروين. إنهن نساء وفتيات موهوبات، وذوات خبرة ومهارات مميزة. ما علينا أن نفعله، هو أن ننظر فقط إلى الأيدي، وإلى حجم البصمات وشكلها. ففي كل الكهوف تقريبًا ثمة أيدٍ مطبوعة. قال والدي إنه توقيع. إلا أن التوقيع يُقصد به شيء آخر. إنها تقنية اليد الفارغة. وهذا هو، حسب قوله، أول عمل طليعي. يمكن رؤية رسم لمخطط اليد بشكل أفضل من اليد بأكملها. علاوة على ذلك، فإن تلك اليد الفارغة تجسد اللغز وما هو خفي. إنه الوهم بوجود شيء ما على الجانب الآخر من الجدار.

نظرت إلى يديها. تأملت كفيها.

طبعًا هناك شيء ما.

شعرت -وأنا في القطار- بالراحة، لا سيما أنها تجلس قبالتي. بدا لي أننا في غضون دقائق قليلة، قطعنا رحلة طويلة معًا عبر الحدود، وأننا بذلك محظوظان. إننا قريبان منه.

بالإضافة إلى مراقب التذاكر، كان مفتش الشرطة يمر دائمًا، لطلب الوثائق اللازمة. وكانت اهتزازات القطار الأليفة، الصوت الوحيد الذي أقلق راحتي وأزعجني.

عندما ظهر الشرطي بلباسه المدني، كانت أول من سلَّمه جواز السفر، مع ابتسامة مقنعة للغاية. أخذ المفتش الوثائق، وأعادها قبل وقت قصير من الوصول إلى المحطة المقصودة. إنه وقت كافٍ، إذ كان مثل طائر ليليٍّ، يتأمل الأوراق على الطاولة ويبني تكهناته.

«هل أنت قلق؟» سألتْ هي.

«لست على خير ما يرام».

«عندما كنتَ في كشك الهاتف رأيتك قلقًا. لاحظت ذلك».

«كان ذلك عندما سألوني إذا كُنت تجيد الخياطة».

ضحكتْ: «وبماذا أجبت؟»

«بأننا ولدنا خياطين».

فجأة، أصبحت جادة للغاية. هاجمني الخوف مع نهوضها وذهابها عبر الممر، لتتركني وحيدًا مع مسافريْن اثنين، زوجين ظهرت على ملامحهما جنازة الديكتاتور.

لكن لا. ما زلت لا أفهم تلك الشخصية التي لا تستريح في غرفة الراحة، رغم ظهور السكينة التي لا يمكن اختراقها، والمحصنة ضد أي اختلال، والظاهرة للعيان.

قلت: «إنها الحقيقة. ولدتُ خياطًا. كانت أمي خياطة من باركاس. تخيلي، كانت تطبع الأقمشة وخياطة. بالإضافة إلى أنني تعلمت منها كيف أربط أحذيتي...».

أخبرتها أن أبي ردَّ على الهاتف. «أتعلمين، لقد مضى وقت طويل دون أن أتحدث معه. إنه يعاملني كما لو أن شيئًا لم يحدث بيننا. دائمًا يتجنب محادثتي، لكنه اليوم تحدث بكل أريحية. كان مصمِّمًا على إخباري بقصة».

«قصة؟»

«نعم، قصة رجل ميت»، قلتُ بصوت منخفض.

أضفت: «قصة متوفى لم يتمكنوا من إخراج جثته من المنزل».

ردَّت بصوت منخفض بدورها:

«وماذا أيضًا؟

أخبرني ماذا أيضًا؟

ماذا حدث للرجل المتوفى؟»

«لا أعرف! لم أدعه ينهي القصة. فالقطار كان على وشك الانطلاق. لكنه قال لي، إنهم لم يكونوا قادرين على إخراج التابوت من الباب. كان عليَّ أن أنهي المكالمة، قبل أن يفوتني القطار».

صمتنا للحظات، أنا وهي؛ وحتى نكتم ضحكتنا، غطينا فمينا بأيدينا.

«أنا أعرفها».

«أتعرف القصة؟»

«منذ وقت طويل، حين كنتُ في جهاز الرئة الحديدية، كان خالي إليسيو يحكي لي ذلك النوع من الحكايات. علاج بالصدمة الكهربائية. قالوا باستخفاف شرير أخرجوا المتوفى من الشرفة، وعندما صار التابوت بين أيديهم، سقط على الأرض وانكسر. ولم يكن أحد في داخله».

«وبعد؟»

«لم يكن هناك متوفى في التابوت».

«ماذا حدث للرجل الميت إذًا؟»

«الميت؟ كان الميت متشبثًا بحافة الشرفة حتى لا يسقط».

غيوليانا ميليس؟

بزغ الفجر الماطر بتكاسل. ظلت مستيقظةً طوال الليل دون أن تغلق عينيها. عرفتُ ذلك، لأني في كل مرة كنت أستيقظ فيها، كنت أراها تقرأ، وعيناها مفتوحتان على وسعهما مثل بومة.

غمغمت «أنا غيوليانا»! وأخذ منها جواز السفر.

كنتُ مصدومًا. وكانت تنظر عبر النافذة إلى خارطة النهر وتتبع قطرات الماء عند انزلاقها على الزجاج.

«غيوليانا، بياتريس، إيستيلا... أنت وحدك شركة مسرحية!»

انطلق الحفل الجنائزي في أورنيس. كنا وحدنا، وكانت ما زالت تشير بأن علينا أن نسكت.

«سبق وشرحت لك ما حدث معي»، قالتها بصوت منخفض، وهي غاضبة.

«لم تشرحي لي شيئًا».

«لقد شرحت لك بأنني ابنة مهاجرين إيطاليين. وفي جواز سفري الإيطالي سجلت اسم غيوليانا فقط. وبياتريس وإيستيلا وغيوليانا أسمائي أيضًا؛ أمي أرادت أن تطلق عليَّ أسماء كل القديسات. وما الذي تريد معرفته أكثر من ذلك؟»

«هذا شيء جيد، لا تغضبي. ستظلين دائمًا، بالنسبة لي، ديتا بارلو، بطلة الفيلم الفرنسي **الأطلنطي**، لكن دون أن تغرقي في نهر السين».

«ما أجمل ما تقوله»! قالتها ساخرةً.

في كورونيا، كانوا ينتظروننا في المحطة. طاقم سفارتنا في تيرَّانوفا، كومبا، وأمارو وإليسيو.

«ها هم أقربائي! إنهم يحبون أن يكونوا وحدهم أكثر من بقائهم معًا».

ولكن في النهاية عندي اسم أقدمه لهم.

«إنها غيوليانا، يا أمي!»

أما إليسيو ففتح لها مظلته، إنها واحدة من مظلاته المائة: المظلة التكعيبية! ارتفعت كأنها طائرة ورقية على وشك الانطلاق.

«أتعرف؟ عندما كنتُ طفلة كانوا يطلقون عليَّ اسم غاروا».

حجر البرق

تقع الغرفة المظلمة في الجزء السفلي من الجناح الغربي لمكتبة تيرَّانوفا، بعد مكتب الاستقبال، حُفظت فيها دفاتر المحاسبة والتحصيل ومجموعة المعرِّف التجاري الدولي لترقيم الكتب. وقد تعلمت على الفور استخدام الدليل الموجز، مع ثلاثة مجلدات تحدد المؤلفات بناء على عناوينها ومؤلفيها وموضوعاتها. أما حجرة أمارو فهي بمثابة مكتب وملجأ له، حتى أنها غرفة نوم، في بعض الأحيان، لا سيما مع وجود تلك الأريكة العنابية اللون. إنها **أريكة الاسترخاء** يا فتى! كانت بالنسبة لي، آلة صنع الأحلام.

«إنه التوجيه النفسي!» قالها أمارو.

كان يتملكه شعور بأنه مستلق على متن قارب، يُطلق عليه اسم **أريكة الاسترخاء**. ذلك هو المسكن الذي اختارته غاروا في تيرَّانوفا، ولم يقل لها أحد لا، ربما لأنها نامت هناك بعد وقت قصير من وصولها –جلست ورمشت بعينيها، وتكومت على نفسها، كمن عاش سنة كاملة دون نوم، ورأسها نحو المنارة وشعاع الشفق– أو ربما لأن البيانو كان مركونًا هناك، مستغرقًا، بانتظار شخص ما.

دقت غاروا بأناملها على البيانو، فصرخ إليسيو قائلًا: «هل تجيدين العزف؟»

قالت: «قليلًا. أعرف العزف قليلًا، نعم».

«اعزفي لنا ذلك القليل الذي تجيدينه إذًا».

«في يوم آخر. في يوم آخر سأعزف ذلك القليل الذي أعرفه».

ثُبِّتت في الغرفة المظلمة رفوف بارتفاعات مختلفة، ووضعت عليها مجموعة من الكرات، صنع بعضها في تيرَّانوفا، في الفترة التي كانت فيها

المكتبة بازارًا ومتجرًا لبيع الألبسة الفاخرة. كانت تلك الكرات تدور حول محورها. وعلى الجدران، عُلِّقت رسائل البحارة، وملصقات السفن البخارية الكبيرة العابرة للأطلسي، ونسخ من لوحات **قاموس المرادفات للحيوانات البحرية**، وورود الريح (ورود البوصلة)، وذلك الشيء الذي لن أمَلَّ مطلقًا من النظر إليه، نقش المنارة في جزيرة **الطفل المفقود** في غويانا. وكانت هناك أيضًا بعض الملصقات المسرحية، من تلك التي قال إليسيو عنها، بطريقته الخاصة، إنها كانت في سفينة غارقة، وبدت له بين الظلال مثل **دمى المذبح**[1] لمجموعة البعثات التربوية. ومن يدخل إلى المكان، لم يكن ليقول إن الغرفة صغيرة. كما لا يبدو أنه مكان أغلقته الجدران، وإنما كان سينوغرافيا مجردة، مع ذلك الصمت الذي يُبقي كل شيء مسموعًا، وينتظر الجرس كإشارة للاتساع.

مثلما يحدث مع الابتسامات الظاهرة في الصورة المعروضة في الغرفة، مع غيرها من الصور الأخرى، وإلى جانبها خزانة صغيرة لحفظ حجر البرق. إنها صورة تتفوق على غيرها من الصور.

لماذا؟ لأنها الصورة التي تضحك. نعم، يمكنكم سماع الضحكات. ولم تكن تلك الضحكات صاخبة. ولم يكن أصحابها ضاحكين. لم تكن ضحكات من أجل الكاميرا. تخمَّرت تلك الضحكات في الصورة وغيرت مظهر كل شيء. كانت أكثر حدة من وجوه الألم.

رجال المطر يحبون الشمس.

هذا ما قيل، بل إنها العبارة المكتوبة بخط اليد على طرف الصورة. وبالمناسبة، إنه عنوان الكتاب الوحيد لقصائد أمارو فونتانا، والذي طُبع في ربيع عام 1936، والذي لن يوزع أبدًا. لقد أصبح كتابًا غير مرئي، حتى أنه

---

(1) مسرح عرائس مدمج في قسم المسرح بالخاص البعثات التربوية للجمهورية الإسبانية الثانية. وكان مسرحًا جائلًا في البلدات والقرى الإسبانية بين عامي 1933- 1936. [المترجم]

هو الذي تمنى ذلك، لأنه لم يكن يشير على الإطلاق إلى ذلك العمل. لن يعود أبدًا إلى كتابة الشعر. وقد شاع أنه يكتب رواية عنوانها **حجر البرق**. وتحدثت الإشاعة أن هذه الرواية تمزج بين البحث التاريخي والرواية البوليسية. إنه يتلاعب بذلك اللغز، ذلك الشيء الذي كان يغلي في رأسه، والذي سيكون بمثابة «سقوط البراءة» في سرده الروائي، ولم يكن واضحًا إذا ما كان ذلك يؤكد الأمر أو ينفيه. فما كان واضحًا أنه ركز كل جهده واهتمامه على كتابة التحقيقات المرتبطة بالعلاقات المفاجئة عبر تقنية أطلق عليها اسم: ممر الحجارة الموشورية[1]، والتي تُشكِّل نوعًا من الممر الذي يسمح بعبور نهر على عمق معين. واحد من أولي الحجارة المؤشورية عرفها حين كان ما يزال طالبًا جامعيًا، ويسمى **سارق الماشية**، ويتعلق بجد أوديسيوس[2] لأمه. إن تلك الطريقة في إلقاء الضوء على **الأوديسة** بشرارات غير متوقعة، هي التي جعلتها تُقرأ خارج دائرة الدراسات الكلاسيكية. فأعمال مثل **تهكم في الجحيم**، **وزهرة اللوتس وفقدان الذاكرة**، **وأشجار بستان إيثاكا** تم الاعتراف بها كنصوص طليعية، إنها طريقة جديدة للتدقيق في التاريخ، بوصفه حاضرًا متذكرًا، وأكثر الدراسات معرفة وارتباطًا بالنظرية النقدية التي ازدهرت في فرانكفورت. وعندما كتب مقاله بعنوان **العملاق والعين المراقبة للسلطة** في عام 1934، أشار فيه إلى التهديد السلطوي في أوروبا، ووقَّعه، بالفعل، باسم «**متعدد الانعطافات**».

هناك ثلاثة رجال يضحكون، نعم، تتطاير ضحكاتهم مثل الشرر.

إنهم في حقل مفتوح، وفي يوم مشمس، لكنهم لم يخرجوا للتنزه. فقد غاصوا في موقع الحفريات، ولكن ظل بالإمكان رؤيتهم مع التصميم

---

(1) الموشور، مجسم من بلور قاعدته مثلثة الأضلاع. [المترجم]

(2) ملك أسطوري في الميثولوجيا الإغريقية، أحد قادة حرب طروادة، وصاحب فكرة الحصان الذي بواسطته ألحق الهزيمة بالطرواديين. [المترجم]

الهندسي للأخاديد المرئية خلفهم. كانوا مستندين إلى جدار، ومعهم أدوات الحفر. ومَن يراهم لن يقول بأنهم كانوا يرتدون ملابس العمل، إذ ارتدى الثلاثة ربطات عنق وكنزات صوفية رقيقة. حتى أحذيتهم الطويلة، التي وضعوا أرجل البناطيل داخلها، بدت نظيفة جدًا. لقد دعتنا ملابسهم إلى التفكير في ابتسامة يوم الأحد. كان يوم مهمة احتفالية، أكثر من كونه يوم التزام. كانوا ثلاثة زملاء، بدا عليهم أنهم يحتفلون باكتشاف أمر استثنائي: حقيقة وجودهم معًا.

كانوا شبابًا، على الرغم من أن أوسطهم يبدو أكثر حيوية. الشعر أشعث ومجعد، ومتطاير مع هبوب الريح. إلا أن الثلاثة كانوا بالطول نفسه إلى حد ما، ولكن الواقف في الوسط، مثير للاهتمام قليلًا؛ لأنه هو مَنْ أسس الاتحاد بينهم. فقد عانق الاثنين على جانبي كتفيهما. ومن التفاصيل الأخرى التي تظهر حيوية الأوسط، وتجعله يبدو أصغر سنًا: أنه لا يرتدي نظارات، على عكسهما.

كانت غاروا تنظر في الصورة. يكاد يكون من المستحيل، أن تنظر إلى تلك الصورة دون أن تضحك. إنه الشرر. سيكون من الضروري إظهار مقاومة شرسة لعدم الانضمام إليهم. وفعلت هي ذلك، إنها معهم الآن. لقد ضحكت من قلب الصورة.

«الرجل على يمين الصورة، الذي يرتدي بدلة، هو والدك. لكن مَن هذان الآخران؟»

استغرق الأمر مني بعض الوقت للرد عليها، ليس لأنني كنت مشتتًا أو لا أعرف ماذا أقول، بل لأنني رأيتُ ما لا تراه هي، رأيت الصور الموجودة خلف الصورة، في نفس الإطار، إلا أنها غير مرئية. هما صورتان. تجمع إحداهما أبي والشاب الثالث. إنها لقطة في استديو للتصوير. كان أنيقًا جدًا،

وشعره مسرحًا. الشاب يجلس القرفصاء، وأبي يضع يده على كتفه. ومن الجانب الآخر، يوجد مزهرية. إنها صورة رسمية جدًا لرفيقين. مكتوب عليها من الخلف تاريخ صدورها بعد التنقيب، في شهر يونيو من عام 1936. أما الصورة الثانية، فهي أقل حجمًا، إلا أنها تضم مجموعة كبيرة. اجتماع في ندوة دراسية. يوجد فوق الرؤوس علامات صغيرة مختلفة: نقطة، دائرة، ندبات القدر، سجن، منفى، موت.

«الشخص إلى يسار الصورة هو إليسيو. ألا يبدو لك أنه هو؟»

«نعم، إنه إليسيو بكل تأكيد. آه، انظر إلى شعره المجدول! من هو الآخر؟»

«لا أعرفه جيدًا، لا بل أعرفه. إنه صديقهم. أطلس».

«وسيم، أطلس هذا».

والآن بين يدي غاروا أداة حجرية. إنه حجر البرق.

إنها تقول ما أفكر به أيضًا.

ما أفكر به في كل مرة أنظر إليها. إنه أمر عجيب. فما بين يديها، يبدو ولا يبدو أنه سلاح. يبدو ولا يبدو أنه فأس. إنه حجر جذاب. إنها تضمه بين يديها بهذه الطريقة، كما لو أنه شيء منها.

«لماذا أطلقت على هذا الشيء الذي بين يديَّ اسم حجر البرق؟»

«من الأفضل أن تسألي أمارو هذا السؤال. فهو خبير بالحجر».

ولم تتردد في ذلك. خرجت من الغرفة المظلمة وهي تحمل الأداة الحجرية، ولكن ليس كما فعلت أنا، بل بوقار مَنْ يحمل شيئًا ثمينًا للغاية، ومِلؤُه الأسف لتحريكه من مكانه. قبل أن تسأل، كانت كل النظرات، واحدة تلو الأخرى، متمركزة على حجر البرق. نظرات أمارو وكومبا وإليسيو، والحيوانات، وصور معرض الكُتَّاب، وساعة الجمهورية، تلك الأخيرة،

كانت هدية أرسلت من المنفى، ضمن عملية تهريب الكتب. وأطلق عليها اسم ساعة الجمهورية؛ لأنها صُنعت لحساب الوقت المتبقي للديكتاتورية. حاولت كومبا أن تُعاير توقيتًا محددًا للساعة، إلا أنها لم تستطع؛ لأنها لا تعمل جيدًا.

استمعت غاروا إلى حكاية نشأة معهد الدراسات. فقد تأسس بالضبط مع الإعلان عن معهد التعليم المفتوح وإقامة الطلبة. استعاد الزمن المفقود، والقرون الضائعة، في سبيل الفكر الحر. سعى لاكتشاف الأرض نفسها. تطهير الدولة من الخوف ومن الجهالة.

«مَنْ قال ذلك؟ هل كان أبي؟».

«نعم، إنه هو».

استمعت متأثرة، لأنهم حدثوها عن تلك الحكاية، وكانت تُحكى للمرة الأولى بعد عقود من الصمت. حتى بالنسبة لي أنا، بدت قصة جديدة، وكنت أظن أنني أعرفها معرفة تامة. نعم، سمعتها، وإنما على مسافة مَنْ يكتشف أنه عضو في ناد انضم إليه منذ الطفولة، مع خصوصية أن ذلك النادي المنتصر لم يعد موجودًا. بل أصبح محذوفًا. محطمًا. مغلوبًا.

لم أكن مهتمًا بذلك النادي.

لم أكن مهتمًا بالسجل الرائع لشخص «متعدد الانعطافات»، الذي تحول إلى إنسان غير موجود، إلى إنسان محذوف.

لم أرد أن أكون عبدًا للكتب. كنت أريد قراءتها، ولم يكن حلمي أن أكون بائع كتب. لقد تملكني الفضول حيال أولئك الرجال والنساء الذين استغلوا رحلات عودتهم من المهجر، أو من زياراتهم، لإحضار الكتب في الأجزاء السفلية من حقائبهم. أعجبت بالقبطان كانثوني، وهو يعبر المحيط الأطلسي بحمولته الشعرية. وسبب اهتمامي بذلك يعود إلى رغبتي في معرفة ما الذي تحويه تلك الأشعار عن المهربين، والمسافرين السريين، في كونهم خارجين

على القانون. فأنا معجب بهم وليس بالكتب. فالكتب تتطلب الاهتمام طوال الوقت! يمكن لمكتبة تيرَّانوفا أن تكون موجودة من دون الكتب. كومبا وأمارو وإليسيو لم يعيشوا من الكتب، بل عاشوا من أجل الكتب. تيرَّانوفا؛ متجر ألعاب، ومحل أزياء، وبقالة، وواجهات عرض للوازم الكرنفال، وحانة. نعم، حانة بحرية رائعة؛ حانة تيرَّانوفا البحرية.

تيرَّانوفا تستطيع العيش من دون الكتب اللعينة! في اليوم الذي قلتُ فيه ذلك، كأنني حطمت المقدسات باستخفافي هذا، وكأن كومبا وأمارو لم يسمعا، ولا حتى تبادلا النظرات. يا له من فشل مثير للاستفزاز.

كانت هناك، لكن أعيننا لا تراها. كل شيء كان اكتشافًا!

أما إليسيو، فقد حدد نقطة معينة، بنشوة، ووضع الاقتباس على الصورة: مثل لوحة حاصدات السنابل للرسام جان فرانسوا ميلييه! جمعنا كل شيء، كل البذور التي لم نرها. كل شيء دفعة واحدة، الإثنوغرافيا، والأنثروبولوجيا، وعلم الآثار. أما الجغرافيا فتعلمناها بالمشي على أقدامنا، مثلما يجب أن تكون.

إنه العمل في وقت الفراغ. كان هناك أمر لم يفهم مطلقًا، أكان بترخيص أو من دونه. كان معرض سانتا سوسانا كل أيام الخميس في سانتياغو. ذهبوا إلى هناك مع دفاتر الملاحظات. وفي بعض الأحيان مع كاميرات التصوير الفوتوغرافي. لجمع الكلمات، ولكن ليست الكلمات المفردة، وإنما الكلمات المقنَّعة والمزينة. إنها لغة الإيماءات والصفير. والإحساس بالنغمات الصاعدة والهابطة. أناشيد لاريغيفا[1]، والتحدي الديالكتيكي والسلام. المفاوضة والاتفاق. حتى ذلك الإجراء الاستثنائي بالمراجعة، يعطي الحق في عدم الامتثال لما جرى الاتفاق عليه مسبقًا. في صخب السوق، والتأثير الجهوري

---

(1) أغنيات وأناشيد على نغمات من القرون الوسطى من أصل غاليثي-برتغالي. [المترجم]

والصامت للهواء. يدوِّن أمارو كل شيء، كل عبارة، كل قول، كل حركة، كل مثل، كل اسم بشري، كل موقع جغرافي، النفاق، الشتائم، فن التجديف وإبراء الذمة. كل شيء على الإطلاق. فماذا حدث لدفاتر الملاحظات؟ أكلتها العفونة والنيران. سرقوا ودمروا أشياء كثيرة. العثة تُضخم المقاطع الصوتية في نصوص أمارو.

«وأنت؟»

«أنا أعددت تقريرًا عن النية الخفية المقنَّعة. **الإرادة الديالكتيكية في الخطاب الشعبي**».

ظننت أنها مزحة أخرى من إليسيو.

قال إليسيو: «بدا لي ذلك كأنها نهاية رائعة. هكذا بدأت تقريري عن النية الخفية المقنَّعة. وما يدعو للأسف هو عدم نشره».

«لأنك لم تكتبه أبدًا»، قالها أمارو.

اهتم أمارو، مباشرة، بأعماله التي تركز على رمزية الحيوانات. درس في الجامعة اللغات الكلاسيكية. وكان عنوان أطروحته **ذاكرة الطبيعة في الأوديسة**، العنوان والموضوع الذي تمكن من الاحتفاظ بهما على الرغم من ملاحظات المشرف على الأطروحة. لقد تحول الشك الذي كان بداخله مع تقدم العمل إلى دعم حماسي. ثم شغل وظيفة مساعد في الكلية، وبعد ذلك بفترة وجيزة، وافق على منافسة أستاذ اللغة اليونانية في التعليم الثانوي؛ واحد من أصغر طلاب صفه. كان أمارو في ذلك الوقت، «متعدد الانعطافات» بالفعل، وأطلق عليه زملاؤه في معهد الدراسات وفي الجامعة اسم «أوليس».

قال إليسيو: «كان أمارو وحشًا. أعطى كل شيء. إنه مؤلِّف موسوعي!»

في المرة الأولى التي قرأت فيها ذلك، مجاملة، في منشور جامعي، شعرتُ بالذعر الشديد.

قال إليسيو: «هل ينبغي له أن يكون مؤلِّفًا في علوم شتى إلى الأبد؟ فونتانا، المؤلِّف الموسوعي!»

وسانتياغو مدينة مميزة في احتوائها على نهر تغرق فيه. نهر «سار» الرومانسي، فهو لا يمنح الشيء الكثير. لذلك قرر أن يوقِّع باسم «متعدد الانعطافات». وبعد ذلك لا شيء يهم.

أضاف إليسيو: «أنت كنتَ أول من كتب بأن أوليس كان معروفًا بين زملائه باسم «الأخطبوط». أخطبوط! اسم مستعار جيد».

«**الخُلد الغربي** يا إليسيو. حيوانات الخُلد. ذلك هو تاريخنا. وينتهي بنا المطاف دائمًا بأن نكون حيوانات خُلد».

وقد كتب أيضًا لمعهد الدراسات الجاليكية، سلسلة مقالات لم تُنشر أبدًا، عنوانها: «**قوة السيطرة: البق الفاتن**». قوة مبنية على الدهاء، التستر، المحاكاة، التمويه، الإغواء، الخفاء. غالبًا ما تُستمد قوة السيطرة من قوة روح الدعابة، لا سيما عند الدفاع عن النفس. فالإنسان لم يخترع لعبة الموت من أجل البقاء. ذلك ما يطلقون عليه اسم «التظاهر بالموت»، والجمود المتصنَّع للموت، إنها النية الخفية المقنَّعة، استراتيجية تمارسها كثير من الحيوانات. فالخنفساء، على سبيل المثال، متخصصة في ذلك. أما أنا فبصعوبة كنتُ أراه يضحك، وهو يفكر مليًا بالحنين الحلو والمر، الحنين السريالي في ملاذ تيرَّانوفا، وأكثر ما استمتعتُ به كانت قصصه، قصص إليسيو عن الحيوانات الفاتنة: اليراع، الضفدع، الخنفساء، العنكبوت، الحلزون، الفراشة، اليعسوب، الجندب...

«إن الجندب يا بيثينثو يعرف أين الذئب. فإذا سألته بالفرنسية أين الذئب؟ سيشير إليه».

«مَن الشخص الثالث في الصورة؟» سألت غاروا.

يمكن القول الآن بأن الحجر ينبض بين يديك، مثل القلب. هكذا هو بالنسبة لي، نعم. لكن بالنسبة للبقية، فإنه أكثر من ذلك. كل حجارة على اختلافها، الكوراتز والسيرونا والأحفور البارق، تنبض. عند رؤيتها، ورؤية الأداة الحجرية، تبعث رسالة تحرِّك الخيال ترافقها انتهازية الحروف والأغاني والقصائد والقوافي والإيقاعات، فكيف ستكون القصائد الجنائزية، والمرثيات، والقصائد التأملية، والمزامير، والترانيم، والمسيرات، والأغاني الكئيبة، والنذور، والقداس، وأغنية **الوداع الوداع**؟ وماذا سيحدث للمركب المترنح؟ فذات يوم سأكون أنا من يقترب لإيقاظ والده، إنه الاستيقاظ الأخير في البيت الكبير في تشور، وهناك بصوت أجش، يرنمون بشجاعة وتصميم، والآن أعترف بأنك تلهمني:

إبوبي بوبي بوبي

منحتَ نفسك بقسوة

بقسوة

عند حائط المبكى.

سأل: «مَنْ هو؟ ذلك الذي يقف معك في صورة الحفريات».
وأضاف بهدوء لافت: «الألطف بين الثلاثة».

في تلك الأثناء، كان والداي من حجر.

كانا من الكوراتز. وكان إليسيو ينتقل بقفزة واحدة تقريبًا نحو شفق تيرَّانوفا. إلا أن غاروا كانت قادرة على جعل الحجارة البشرية تتكلم. كانت لديها موهبة الكشف عن مناطق الظل لما لا يمكن قوله. وبدلًا من التقريع بالكلمات، مارست تلك الاستراتيجية بالمضي قدمًا نحو الحافة دون ذعر.

طلب منها أبي أن تمرر له الصورة. فأمسكها، وأخذ يُحدق في عيون الثلاثة. وفي عينيه هو أيضًا.

العبارة على ظهر الصورة كانت عبارته:

رجال المطر يعشقون الشمس.

قال أمارو: «إنه هو مَنْ عثر على حجر البرق في ذلك اليوم. كان يوم أحد، بعد وصوله من سان خوان. كان يومًا مشرقًا. يوم الحفر من ضمن أعمال المعهد. كان مسرورًا. لم يكن عالم آثار ولا شريكًا ولا متعاونًا مثبتًا. كان صديقًا لي في تشور، صديقًا عزيزًا عليَّ جدًا. إنه هنريكي، ويقف بيننا أطلس. عمل قاطعًا للحجارة، وفي عشرة مواقع للتنقيب. في صيف عام 1936، أعدَّ مخططو الانقلاب في غاليثيا الإجراءات الأولى لتدمير معهد الدراسات. وجرى اغتيال سبعة عشر عضوًا، وتمكن واحد وثلاثون من الفرار إلى المنفى».

نظر أبي إلى غاروا. بدت عيناه من دون نظارات مثل عيني سمكة خارج الماء، مدفوعة نحو الشاطئ. لم أكن أريده أن يتحدث. كأنه أمضى وقتًا طويلًا بانتظار هذه اللحظة، لحظة الاستماع إلى الحقيقة ينطقها من فمه، وذلك ما كان، ولم يكن شيئًا أسطوريًا. إلا أنه الآن يكافح في سبيل استخراج كلمة وراء أخرى بصعوبة. أردت النهوض، لأحضنه، وأتوسل إليه، وأطلب منه: «احتفظ به، احتفظ بذلك السر يا أبي، إنه ملكيتك، ظلك، هوايتك، حبك».

قال أمارو: «أما الثالث الذي سألتِ عنه فقد قُتل. أظن أنهم قتلوه، لأنهم كانوا مدفوعين لقتلي أنا. لكنهم لم يقتلوني. فوالديَّ دفعا لهم مالًا كي لا يقتلونني. كان الأمر هكذا. كُنا أصدقاء، وكنا سعداء معًا. وفي لحظات، وفي ساعات، صار جثة هامدة. أما أنا فكنت خُلدًا. هو الذي عثر على حجر البرق، إلا أنه أصر عليَّ كي أحتفظ به. كانت أسطورة. فالرومانسيون يظنون أن تلك الحجارة لم تكن منحوتات بشرية. بل إنها ثمرة اختراق البرق لعمق الأرض. فمن كان يمتلك الحجر، يحمي الجميع».

تحليق في السماء

كانت غاروا تدور، كأنها تدور حول نفسها، ربما كانت شاردة الذهن، ومنشغلة بمدار آخر، إلا أن جسدها لم يكن مشتتًا، ولا حواسها أيضًا. قدماها تعلوان في الهواء، مخترقة الظلال. يمكنك الحديث معها، ولكنها في بعض الأحيان لا ترد، وأنا أفضل أن أدعها وشأنها، تفعل ما تود أن تفعله، تستمع إلى أصوات أخرى، مَن يدري، ربما تساعد في بناء مدرسة للكبار في قرية ثابيليتا، على ضفاف نهر رياتشويلو في بوينس آيرس، نعم، ربما تفعل ذلك، حتى يتنسى لكبار السن أن يتعلموا كتابة أسمائهم، وعندما يتمكنون من فعل ذلك، قد يصبح لديهم، بالفعل، خلية حياة، ويمكنهم بناء أبجديتهم، مثلما بنوا الأكواخ من قبل. ويتعلمون كتابة أسماء مهنهم، مهنهم؟ نعم، أية مهن لديهم؟ تُسمع ضحكات متوترة، فلا بطاقات تعريفية معهم تظهر المهنة، مع أنها أعمال أساسية بالنسبة لكيان المدينة، إنها كمهنة «الجرَّاح» الذي يستخرج المعدن، الزجاج، الكرتون، الثياب الرثَّة، الأواني، الطعام الذي لم يُؤكل، الألعاب المكسورة، يُجري عملية جراحية، وينظف جسد المدينة، إن ذلك الجرَّاح هو فيكتور، أحد التلاميذ البالغين، الذي يتعلم الآن كتابة اسمه، إنه ذلك الذي كتب عن مهنته: «**أنا جرَّاح**»، وصار بإمكانه، بكل سهولة، أن يحكي حكاية تاريخ الجبل، الجبل العظيم، أكبر جبل في المنطقة التي يعيش فيها، التي تُسمَّى «الجبل». نهضت تلك الجغرافيا مع سلة مهملات المدينة. إنها حياة طبيعية ساكنة. ويلتقي في هذا المكان العشرات وربما المئات من «الجراحين». إلا أنهم، أحيانًا، لا يستطيعون العمل، فهناك مصائر مختلفة تلاحقهم:

هناك مَن أطلقت الشرطة عليهم النار. وهناك مَنْ جُرح بسبب تعثُّره بشجر التين الشوكي، وهناك جرَّاح يحتضر، اختفى في أحشاء الجبل.

لا، لا أعرف إذا كان موجودًا في القرية البائسة، على ضفاف نهر رياتشويلو.

يبدو أنها قلقة.

ربما كان لديها موعد. وعلى الأرجح أنها ذهبت نحو حانة «السلام»، في كورينتيس. وربما تظن أن فكرة ذلك الموعد، الذي جمعها بصديقاتها عدة مرات، وضحكن وتحدثن بحرية بالغة، وهي الآن قلقة بشأن البقاء هناك، لم تكن جيدة. هل الانطباع طبيعي؟ لا، لم تكن فكرة جيدة. مرت بجانبه. التفتت نحوه. هناك شيء غريب. له رائحة. لن تعود إلى هناك أبدًا. لن تعود لرؤية الناس الذين قابلتهم هناك.

«ماذا قلت؟»

«مَنْ، أنا؟ لا شيء. كنت أحدث نفسي».

ابتسمت. إنها مسترخية الآن. ربما كان الموعد في مكان آخر. في حديقة بالميرو. هناك في الحديقة اليابانية. في تلك الزاوية من الحديقة التي يُطلق عليها اسم «قرية الحبيب»، لِم ذلك؟ ربما لأنها تريد لقاء صديقها، واحد من هؤلاء الأزواج الذين يمارسون الحب داخل السيارة.

أما أنا فأحلل الأمور التي تخبرني عنها والتي لا تخبرني عنها أيضًا. أمور تخبر كومبا عنها، وخاصة تلك التي تتحدث عنها مع إليسيو.

يعلق إليسيو متحمسًا: «الجميع يقرأ في بوينس آيرس! إنه أمر مدهش. يقرأون في الحدائق وفي المقاهي وفي مجموعات. بل إن السيئين والجرَّاحين يقرؤون أيضًا. فقد صادفت أحدهم يحمل نوعًا من مكتبة محمولة في عربة صغيرة».

«هل هي من أجل إعادة بيعها؟» سألتُه.

«إنها للقراءة، يا سيدي»، قالها هو.

استقللت سيارة أجرة. سألني السائق ماذا عملت من قبل، فقلت له كنت بائع كتب، وجئت إلى بوينس آيرس لأتعلم. كان الجرَّاح قد أعطاني درسًا للتو. ذلك ما أعجب سائق سيارة الأجرة بوضوح، وبعد ذلك، باشر الحديث عن الكتَّاب الذين تعرَّف إليهم من خلال عمله. وأدركت أن تلك القصة، التي يرويها السائق، يمكن أن تكون كتابًا متنقلًا. أرى أن تلك الرحلة بمثابة كتاب، يكتبه السائق من أجلي، إذا جاز التعبير، في الهواء الطلق.

«مَن الكاتب الذي ترك لديك التأثير الأقوى؟» سألتُه.

طقطق بلسانه ثلاث مرات، وقال: «من دون شك، روبيرتو أرلت. أتعلم كيف تعرفتُ إليه؟ سدد أجرة الرحلة برواية أعطاني إياها بدل المال. كان قد مرَّ عليَّ وقت قصير، كنت ما أزال صغيرًا، حتى ظهر ذلك الرجل، كان يرتدي ملابس جيدة لكنه قذر في الوقت نفسه، أما شعره فكانت له رواية خاصة به. ظننت في البداية أنه موسيقي، وأنه واحد من أولئك الذين يؤلفون الأغاني، من أولئك العظماء الذين ينظمون حفلاتهم الموسيقية وقت العاصفة، ذلك ما ظننته. كان الجو صيفًا، ومع ذلك، كانت الليلة الماضية مهولة، سقطت فيها الدعائم من السماء في بوينس آيرس».

قلتُ: «تلك الدعامة سقطت من السماء، إلا أنها في الحقيقة لم تسقط».

قال: «اسمي روبيرتو غودوفريدو غريستوفيرسين أرلت، ولدتُ عند اقتران مسار زحل وعطارد، وهي ثروة فلكية لم تودع في حسابي بعد. لا أملك مالًا، هل من الممكن أن أعطيك في المقابل تلك التحفة الفنية؟»

وتابع سائق سيارة الأجرة مفتخرًا: «وأعطاني نسخة من رواية **المجانين السبعة**. وهي الرواية الأولى التي قرأتها. أرأيت؟»

وأضاف: «سألته إن كان قد كتب رواية من قبل، وبينما كنتُ أنتظر خطابًا تنظيريًا منه، فاجأني بدقته: أخسر خمسة عشر كيلوغرامًا من وزني، أدخن ثمانين

علبة من السجائر، وأشرب ثلاثة آلاف ليتر من القهوة. لم يكن مجنونًا. كان حساب الوقت متقدمًا لديه. أقنعتني أطروحته عن الكذبة الميتافيزيقية. ذلك هو المكان الذي نحن فيه، أليس كذلك؟»

«ماذا؟»

«الكذبة الميتافيزيقية!»

أحضرني السائق إلى جادة مايو.

نمتُ في مكتبة ساباتيللو. كانت تلك المكتبة العامة بمثابة نُزل شعبي. بعد الحرب، وجد العديد من المنفيين ملجأهم الأول هناك. مكان مضياف! دائمًا ما كانت زاوية الموسوعات في ساباتيللو القديمة تحظى بالتوصية. لقد منحتْ تلك الزاوية نومًا هانئًا لابن الثورة الفرنسية الشرعي!

أخذ إليسيو استراحة، ليبحث عن تواطؤ أمارو التاريخي، الذي نال القبول والرضا من مجذف في الأرض. لا تأخذوا الأمر على أنه مزحة. لم يكن «الابن الشرعي للثورة الفرنسية» يصيغ خطابًا منمقًا لطرحه أمام وكيل النيابة، بل على العكس، كان له تأثير مصيري على المحاكمات الموجزة للمحاكم الفاشية. هناك لحظات تاريخية تكون القيادة فيها للكلمات. كلمات مميتة. ذلك ما حدث هنا في هذه المدينة. لم يكن هناك تهمة ذات مصداقية. أطلقوا النار على العمدة وأتباعه، أناس شرفاء، ديمقراطيون، متنورون، بسبب استعارة.

«ما الكذبة الميتافيزيقية؟» سألتُ أنا.

تخيل أن الكذبة أصبحت عقيدةً تدعمها حقيقة علمية مفترضة. توليفة من الدين والعلم. الكذبة هي الحقيقة الوحيدة المؤكدة. لكنني أظن أن الشرح الذي قدمه سائق سيارة الأجرة كان أفضل. عندما وصلنا إلى جادة مايو، طلبتُ منه أن نسلك طريقًا آخر. كان ذلك الرجل أستاذًا جامعيًا.

إن كل مهنة بمثابة إرشاد متقن. لا يبدأ الجميع برواية **المجانين السبعة**. إن ذلك بالفعل ما يعرقل الغباء ويلحق به الهزيمة. وماذا يحدث إذا استقل، ذات يوم، الشاعر نيكولاس أوليباري سيارة الأجرة ذاتها، وأعطى السائق، الذي طلب ذلك بدل المال، الكتاب الذي يتأبطه؟ عنوان الكتاب **القطة المتسلقة**. قال لي السائق ألدو، إنه يعرف ذلك الكتاب. كنت على وشك أن أحضنه، وأن أوصي به بالفعل لدى شركة النشر الكبرى العابرة للمحيط الأطلسي. أُخبِّر عنه بأنه سائق الأجرة في تيرَّانوفا، أو شيء من هذا القبيل.

«هل كان حقًا أوليباري؟ الشاعرَ أوليباري؟»

«نعم، إنه هو بذاته أوليباري مع كتابه **القطة المتسلقة**».

وقد اعترف لي السائق ألدو، قائلًا: «أنا، عندما أرغب في البكاء، بكاء جادًا من القلب، فإنني أبكي بلا أنين ولا تأوه، مثل بكاء في عزلة داخل حانة قذرة، لأرى الدموع تسيل خطوطًا حقيقية على الجلد المتسخ، حسنًا عندما أرغب في البكاء، أستمع إلى أغنية **لا فيوليتا**».

وذهبنا للاستماع إلى أغنية لا فيوليتا في صالة البولينغ في كاباليتو، ولم يكن هناك، في ذلك الوقت، أحد يغنيها، فغناها ألدو:

لا فيوليتا تذهب، تذهب، تذهب؛

تذهب إلى الحقل وتحلم به،

لتنتشر في كل أرجائه...

فكرتُ في الأوتار غير المرئية للآلة الموسيقية التي عزف عليها سائق سيارة الأجرة خاصتي، لقد كان يدندن أغنية **كانزونيتا**، والتي تدفع بعيدًا فكرة الرومانسية عن الحانة القذرة، بل إنها قطعة من الشوق والحنين السريالي. توقفنا لنأكل شيئًا، فطلبنا بيتزا من محل «الخالدين». وبعد ذلك قال ألدو: «لنحيي جنين الشاعر توماس غيريبالدي. شعرت بأن ذلك الاتحاد الحر

الذي أبقانا متحدين حتى ذلك الحين في سيارة الأجرة الشعرية بدأ يتضاءل. أليس من الأفضل أن نذهب إلى ذلك المقهى، فمن المرجح أن يكون أوليفيريو جيروندو[1] هناك؟ إلا أنني ظننت أيضًا بأن ذلك قد يكون تحديًا بائسًا. وكان ذلك صحيحًا. ذهبنا إلى المكان الذي كانوا يحتفظون فيه بجنين صغير داخل زجاجة مشروب. «**إنه جنين**: **لننظر إليه دون اشمئزاز، كان يمكن أن يولد ثملًا**». كان ألدو يكن أعلى درجات التقدير والاحترام **لسونيتات** الشاعر غيريبالدي. إلا أن الشاعر لم يكن موجودًا. ولا حتى في مقهى راموس، أحد معاقله الأخيرة. ومع بزوغ الفجر، سرنا حتى وصلنا إلى كوستانيرا، وأوقف ألدو السيارة قرب مطعم «بيت الصياد». غرقنا في النوم، وتملكني شعور بأنني أنام داخل زجاجة. ولازمني هذا الشعور حتى بعد أن فتحت عيني، ليحطمها انعكاس الضوء المنبعث من نهر لابلاتا إلى أجزاء.

قال ألدو: «انظر، هناك، إلى ذلك البعيد، على طول خط الأفق، هناك سار أوليفيريو جيروندو. يذهب لوحده، ومع ذاته، وأنا كنت أقول: يولا، يولا، يولا».

قالت غاروا: «أما أنا فلا أعرف غيريبالدي، لكن بفضل جيروندو عدتُ إلى قراءة الشعر. ما أجمل الكلمات في قصائده! لا سيما عندما يقول: **ما وراء جنتك التي لي، أحلّق**. إنه ذلك الفعل الجديد: أحلّق. فالكل يحلّق».

أظن أنني أفقد مهارتي قليلًا وأنأى عن اللعبة. فاقتربتْ مني، وهمستْ في أذني، قائلة: «وأنتَ، أتحلّق أكثر؟»

لديها طريقة المشي تلك، تنظر في كلا الاتجاهين. وبين حين وآخر، تدير ظهرها فجأة! وعندما تذهب على الدراجة الهوائية، فإنها تسافر، كما لو أنها

(1) أوليفيريو جيروندو: شاعر أرجنتيني (1891-1967)، بدأ الرسم السوريالي في خمسينيات القرن العشرين. [المترجم]

في الهواء، بواسطة كابل غير مرئي، رافعة رأسها، حتى أنها تفاجئني بالتفافها الحلزوني، وتمر من طريق مختصر، آه، رحم الله أيام أليكسادو! بعد ذلك، تختفي، لتنتظرني عند زاوية الشارع، مقابل متجر بورتوبيللو للتسجيلات.

من المهام التي كانت موكلة إليها، عند وصولها، توزيع الطلبات على الزبائن.

«رأيت سيارة تتبعنا، بالأمس عندما كنت أتسكع هناك»، قالتها لي.

أنا متأكد بأن هذا ما كانت تقوله. ظننتُ أن ذهنها في بوينس آيرس، وأتيت لأتبعها بمخيلة غيورة في حديقة بالميرو، ليتضح لي بأنها موجودة هنا، فهذا شيء جيد، بعين ساهرة.

ومع ذلك قلت لها:

«مَن الذي يتبعنا يا غاروا؟ لا شيء يحدث هنا».

مهرِّج بورخيس

كان بورخيس[1] هناك، يجلس إلى طاولة ملاصقة للنافذة، في ذلك المقهى التاريخي والمكلف جدًا «لا بيبلا». ينظر باتجاه مقبرة لاريكوليتا وإلى كنيسة بيلار. وبالقرب من شرفة المقهى، هناك أقدم شجرة تاريخية إذا أمكن القول، شجرة مطاط تنتصب بعظمتها البهية، مثل كاتدرائية إذا ما قارناها بالكنيسة، ولكنها متواضعة أيضًا، ومتآلفة مع لحائها الخشن. تعلقتُ بغصنها الطويل، الذي يصل إلى حافة الشرفة. لم أتعلق من يدي، وإنما من قدمي المتقاطعتين، كأنني على حبل مشدود أو خرطوم فيل، هكذا بدا جذعها. وتأرجحت وذراعاي مفتوحتان مثل الأجنحة: **لولا، لولا، لولا- باي!** وكانت لدى ذلك العجوز ردة فعل متعاطفة مثل غاوتشو[2]، ردة فعل شخص تعرَّف إلى الأغنية. رفع نظره إلى السماء، ويداه ترفرفان، وقام باستدارة بانورامية محاكيًا تحليق طائر في رحلته. كان ذلك تفصيلًا. لم يتجاهلني، وتقديره لي رفعني إلى القمة كشيء من الفأل الحسن. لم تلق تلك الإيماءة وذلك الصراخ إعجاب النادل، الذي كان يراقب من مكانه، مع تلك النظرة المتجهمة التي تقول: خرجتُ من موطني، من الصين. غادرت ولم تزعجني الإقامة في

---

(1) خورخي لويس بورخيس (1899-1986) كاتب وشاعر أرجنتيني، من أبرز كتاب القرن العشرين. [المترجم]

(2) شخصية فولكلورية من أصول إسبانية، تعود إلى القرنين الثامن عشر والتاسع عشر في الأرجنتين وغيرها من دول أمريكا الجنوبية. يرمز «غاوتشو» للتقاليد الوطنية والمشاعر القومية ومكافحة الفساد. [المترجم]

قرية بونغا في إسبانيا. لقد كسرت النوتة الموسيقية. كل النوتات في واحدة. لا أمانع يا صاحب الشأن.

وبعد ذلك خطوت بضع خطوات راقصة.

استدارة واحدة للاقتراب، وأخرى للابتعاد. إنها شقلبة. **وهكذا إذًا!** تنحني انحناءة ودٍّ، وليس انحناءة راقصة باليه، بل انحناءة راقص منتصب القامة. أدركت أنه هو، بورخيس، كان ينظر نحوي بتأمل. يقولون إنه أعمى، أو أنه بصعوبة يرى. نعم، بالنسبة لي نعم، إنه كذلك. ربما من البقع الظاهرة عليه، مثل سراب في بحر جاف. همس في أذن النادل، فأومأ الأخير برأسه، وبقي منتبهًا، ولكن بصمت.

بعد ذلك غادرت، وفي يدي عصا مثل صامولة، وربما كان أفضل ما قمت به في ذلك الوقت: قلدت السير على طريقة شارلي شابلن، والفتى كارليتوس[1]. وعندما استدرت لأقول وداعًا، لم يكن هناك أحد.

«وأنا لعبتُ دور شارلوت»، قالها إليسيو.

«كم كان عمرك يا غاروا؟»

«في ربيع عام 1973، كان كل شيء يتغير، أكملت عامي الواحد والعشرين. كانت صديقاتي ينتظرنني بفارغ الصبر على التلة. وسألنني ماذا أفعل تحت شجرة المطاط تلك، وأتذكر أنني قلت لهن:

«كنتُ أقوم بدور المهرج من أجل بورخيس».

قلبت عينيَّ متعجبًا. كم كان ذلك الرجل العجوز محظوظًا! وفتحت غاروا المظلة التكعيبية، وارتدت إحدى قبعات إليسيو، وبدأت تمشي مثل شابلن، قاصدة تيرَّانوفا.

---

(1) كارلوس فالديراما، لاعب كرة قدم كولومبي متميز ملقب بالفتى El pipe. [المترجم]

عندما رأيتها فكرتُ: لقد بدأت أحب هذه المكتبة.

«كيف تعرفتَ عليها؟» سألتني كومبا عن غاروا.

«أظن أنها هي التي وجدتني يا أمي».

قالت كومبا: «من القليل الذي سمعته، أن مخالب الإرهاب كانت قريبة منها جدًا. وأنها تمكنت من الهرب من الأرجنتين عندما كانوا في طريقهم للقبض عليها».

«أنا أعرف ولا أعرف يا أمي. أعرف أنهم وضعوا قنبلة في الشقة التي كانت تسكن فيها، إلا أنها لم تذهب إلى النوم هناك في تلك الليلة. كان ذلك من حظها».

«علينا أن نحميها يا بيثينثو. إن هذه الشابة تضج بالأرواح. وقد وصلت إلى تيرَّانوفا لتحقق هدفًا ما».

«لقد حاولت معه»، قالها إليسيو عن بورخيس.

وتابع: «حين جاء إلى سانتياغو. فقد ألقيت عليه التحية في بوينس آيرس، وبقي صامتًا عندما قلت له إنني عملتُ مُهرّبًا... للكتب، وهكذا، تركتُ مجالًا للتشويق. صمت بورخيس! كان ينبغي وضعه في قمقم. التعليقات كانت كثيرة في كورينيتس: لم ننل سوى الصمت من بورخيس. لقد كان بورخيس صديقًا عزيزًا لصديقنا رامون مارتينيز لوبيز، في معهد الدراسات وكان أستاذًا جامعيًا هناك، إنه الرجل الذي نُفي إلى أوستن. في صيف عام 1936، كان عليه أن يعبر نهر مينيو سباحة، حتى لا يقتلوه. وانتهى به المطاف في تكساس! لقد كان بورخيس يُقدر رامون كثيرًا، لأنه هو مَنْ ولَّد لديه الشغف بالأساطير الإسكندنافية. وتجلى ذلك، على وجه التحديد، في عمله الذي نشره تحت عنوان **كتاب الرمل**، وفيه قصة عنوانها الرشوة، والتي ظهر فيها رامون وهو

يلقي الضوء على لغز الأيسلندي إيريك أينارسون. الحقيقة أن بينيرو[1] صاحب كتاب **فيلسوف النوستالجيا**، الذي كان شبه أعمى هو أيضًا، ويرى من طرف عينه فقط، وقال: «يا إليسيو، لقد عينوني مرشدًا لأرافق بورخيس في سانتياغو، شبه أعمى يقود شبه أعمى آخر». وهناك، ذهبت مع كليهما، أتلمس الطريق عبر رواق النصر[2].

«كان يمكنك أن تصف له ما رأيت يا إليسيو... إنه يستطيع أن يرى جيدًا عبر الكلمات»، قلتها.

نعم، لكنني صمتُّ. فأنا لست متحررًا من الخوف، إذ إن أدوات الأذى جمدت الدم في عروقي. لذلك تركته يتلمس ما هو على مستوى الأرض. الوحوش والشياطين. فهؤلاء لا تخيفهم اللمسات.

---

(1) رامون بينيرو لوبيز (1915-1990)، مفكر وكاتب وسياسي إسباني. [المترجم]

(2) البوابة الرئيسية والرواق الروماني في كاتدرائية سانتياغو دي كومبوستيلا في غاليثيا، إسبانيا. [المترجم]

رحلة داخل رحلة

غاليثيا، شتاء عام 1976

كنتُ برفقة أرتورو كوادرادو، وفي الواقع كانت المناسبة تتعلق بإطلاق أعمال بورخيس في مكتبة ألبيرتو كاساريس. ومع قدوم أرتورو، جاء الناس جميعهم ليسلموا عليه أقصد، عمال المناجم.

«أرتورو شخص يتميز بالجاذبية كالمغناطيس»، قالها إليسيو.

وبسبب مشاركة أرتورو في حرب إسبانيا، نُفي، وغادر إلى بوينس آيرس، ليصبح مسؤولًا عن دار بوتيا ألمار (زجاجة البحر) للنشر والتوزيع في الأرجنتين؛ وتعود التسمية إلى الزجاجات التي كان يلقيها في البحر. وفي أثناء عمله هناك نشر كتابًا لقبطان ما رواه البحار والشاعر أريل كانثاني، الذي كتب كل المقدمات، لذلك سمِّي الكتاب «**مقدمة المُقدِّمات**». يا للروعة، رغبة أحسده عليها! فأنا لم أكتب ولا حتى مقدمةً واحدة؛ فأنا أقرب لأن أكون ناشرًا. ذات يوم، ذهبنا في رحلة إلى تغري، وركبنا القطار من محطة ريتيرو، أنت تعرفينها يا غاروا! وجلست إلى جانب أرتورو راهبةً؛ بدا لي أنها في الثلاثين من عمرها، كانت ترتدي ثوبًا أبيض. أما أنا فكنت أتصفح جديد دار بوتيا ألمار للنشر، بغلاف يحمل بصمة الرسام لويس سيواني، الذي لعب دورًا مهمًا في إخراج كتبها إخراجًا أنيقًا. نشرت الدار في تلك الفترة قصائد للشاعرة دورا ميليلا، وكتابًا عنوانه «**رحلة في داخل رحلة**» للمؤرخ داميان بايون. ومثلما روى بايون، وجدت نفسي تائهًا وعاجزًا عن الوصول إلى بالينتونيا 3، حيث يقع منزل الشاعر الإسباني بيثينتي أليخاندري، وتحديدًا على

أطراف منطقة المدينة الجامعية في مدريد. كان البرد في منطقة وادي راما قارسًا مِثل حدِّ السكين. وانمحت علامات الضجر البادية على أرتورو، بعد العثور على المنزل الصغير لأستاذ البيانو، وخففت عن كاهله تبعات ذلك الشعور، نظرات بيثينتي الزرقاء الحادة. وهكذا، قضيت رحلتي وأنا أتأمل في منطقة بالينتونيا 3، حتى وصول القطار. ومع وصولنا إلى تغري، لاحظت أن الوضع كان غريبًا؛ كانت هناك علامات فوضى مبجَّلة، ومع ذلك، لم أستوعب ما يحدث في تلك اللحظات؛ فالمعجزة عند حدوثها، لا تراها. كان كل شيء هناك مشرقًا. وميض ضاحك في عيون المسافرين. وتوهج مبهج ينير أغصان الأشجار. وهندسة مفرحة للقوارب والأرصفة الخشبية. ووميض عابر لظلال المسافرين المنزلقة في النهر... يا لهذا الجمال، لقد تجاوز الجمال كله! ما الذي حدث؟ سار أرتورو والراهبة معًا، وركبا السفينة، وجلسا على متنها قرب بعضهما، كأنهما خطيبين، حبيبين. جلسا في المقدمة، لقد رأيتهما بعينيَّ اللتان لا تكذبان أبدًا.

لا، حتى عينا إليسيو لا تكذبان أيضًا؛ فكل ما قلته حدث فعلًا. نظري قوي، لدرجة أنني رأيت بيت لويس سيواني وماركوسا في رانيلاغ، الواقع على بُعد ثلاثين كيلومترًا من العاصمة، وتحديدًا بعد السفر عبر قطار السكك الحديدية الجنوبية العظمى. كان هناك ملعب الغولف. عثر إليسيو على كرة مرمية على العشب. مشى مئات الأمتار، كي يعيدها إلى مَن كانوا يلعبون هناك.

«إنني أراه!» صرخت غاروا ممسكة بذراعي. وفعل والدي الأمر نفسه.

تتوق غاروا إلى معرفة الحقيقة، فيمنحها إياها إليسيو؛ إنه الشخص الوحيد الذي يمكنه أن يفعل ذلك، والمكان يغوص في عمق الذاكرة، حيث تحدث الأشياء التي يريد لها أن تحدث.

«نعم، إنني أراه»، كررتها غاروا. وأخذت تهزني حتى أراه أنا أيضًا.

أبي أيضًا يمسك كرة الغولف في يده. لديه تلك البراءة في الأفكار، بأن اللاعبين فقدوا كرتهم؛ والتي تعدُّ، بحسب ظنِّه، شيئًا ثمينًا جدًا. فبالنسبة إلى العامل وإلى صاحب المطبعة، إن وجود كرة الغولف بين يديك، أمر استثنائي.

«إنها المتانة الكروية». أتذكر أن ذلك ما قاله أبي. المتانة الكروية.

في تلك اللحظة، ظننت بأنه ينبغي لي أن أعيش في مكان ما، في مكان يطلق عليه اسم «الذاكرة العميقة»؛ لأن غاروا، صاحبة القبضة المغلقة، بدت وكأن في يديها، وهي تتحدث، الكرة المتينة. والدها أعطاها إياها حتى يُشعرها بذلك الكمال. الكرة وصلت إلى تلك المنطقة بضربة غير صائبة، ونتيجة حسابات خاطئة. وإذا عثروا عليها، فقد حصل ذلك عن طريق الصدفة فقط؛ لأن نظرة الأب كانت «مطبعية»، كان يمتلك موهبة العثور على الأشياء غير الظاهرة. وفي هذه المرة، كان المكان المثالي، ربما كان المكان المثالي للبحث عن الكرة، بين يدي ابنته.

«كان والدي نزيهًا جدًا»، قالتها غاروا. إنها السمة نفسها التي غلبت على شخصية إليسيو؛ دخل الملعب واقترب من اللاعبين، كي يعيد الكرة إليهم، وقال لهم: «كانت هنا على العشب، كما لو كانت مخفية». أمر عجيب! إنه من العجائب الكروية.

نظر إليه اللاعبون، أصحاب الحقائب المليئة بالكُرات، كما لو أنهم ينظرون إلى مجنون أو إلى مشرد، إلى ذلك الهائم التائه داخل ذلك المستطيل الأخضر الواسع.

قال إليسيو: «كنت أنام في تلك الفترة في مكتبة تشاكابوكو 955، وتحديدًا في الاتحاد. كانت أرضًا حرة». عشرات من دور النشر في بيونس آيريس كان أصحابها في المنفى، لكن المطابع الصغيرة لم تتوقف عن العمل! وهذا ما جعل الشرطة السياسية الإسبانية ترسل مجموعة من أعوانها، وتختار أفضل عناصرها،

لا سيما أولئك المُدَرّبين تدريبًا جيدًا على طبيعة ذلك العمل. فالنازيون والفاشيون وحماة النظام يفهمون بعضهم دائمًا. تدرب عناصر الميليشيا على يد الجنرال فرانكو، أليس كذلك يا غاروا؟ فالحرب الإسبانية حرب كل الحروب، سواء التي حدثت في الماضي، أو التي ستحدث في المستقبل. وإذا أرسلوا مسلحين إلى هنا، فإن الديكتاتورية تحتفظ بالعديد منهم هناك أيضًا؛ وأخيرًا، جاءت الأوامر بوضع قنبلة عند دار رويدو إيبيريكو للنشر! في قلب باريس، في شارع لاتران، رقم 6. القنابل ضد الكتب. أعرف المكان جيدًا. هناك عانقت الناشر بيبي مارتينيث، الرجل الذي فعل الكثير من أجل تحقيق الديمقراطية في إسبانيا. ولا أحد تقريبًا يعرف عنه أي شيء، لا أحد.

كان إليسيو يتحدث مثل سنجاب فوق شجرة الجوز، ثم ينحرف عن الجذع، ويتنقل من غصن إلى آخر، فيبدو كأنه لن يعود فعلًا إلى القصة من بدايتها، إلا أنه كان يعود إليها دائمًا، بل غالبًا.

في الواقع، كان في الأرجنتين مجموعة عملاء تابعين للشرطة الإسبانية، لهم مخبأ في السفارة. تسللوا وتجسسوا على المنفيين المعارضين، وقاموا بأعمال قذرة. أرادوا احتلال اتحاد الجمعيات الغاليثية. ففي إسبانيا فككوا كل شيء، ولم يتحملوا وجود تلك الكيانات المتحررة. فالجمهورية شحنها الناس فوق رؤوسهم. والدولة الخفية حُمِّلت في الحقائب. حتى الأرض وُضعت في الحقائب. أرض الحقيقة. مثل تلك التي حُملت في جنازة كاستيلاو[1]. فهو المخلص والنقي الذي دُفن في الشتات. أرادَ أن يستريح في أرض غاليثيا. لكن هنا، على أرضهم، أرسلوا القتلة؛ لذلك نقلنا الأرض إلى بوينس آيرس.

---

(1) ألفونسو رودريغيز كاستيلاو، سياسي إسباني، وكاتب، ورسام كاريكاتير، كان عضوًا في حكومة المنفى، توفي في بوينس آيرس، عن عمر يناهز 64 عامًا. [المترجم]

سألته متظاهرًا بأنني تفاجأت: «هل شاركت في جنازة كاستيلاو؟ ومتى حدث ذلك؟»

«في شهر يناير من عام 1950. أتذكر ذلك جيدًا، لكن لا، لم أذهب إلى مقبرة تشاريتا»، أجاب هو.

كانت إحدى إيماءات خالي المميزة عبارة عن سلسلة من التعابير الرمزية بيده اليمنى، كأنها تقدم لنا مقطوعة موسيقية رائعة، وفي هذه الحالة، يصبح الموت... بمثابة حدث لا يؤخذ في الحسبان!

كان يُحب أن يقول «الحدث» بدلًا من «حادث» أو «مناسبة». كنتُ أسمعه يقول: «حدث!» مثل صوت انفجار يحدث في الجو؛ فخالي قاتل في كل لحظة من حياته المحزنة، وكان عضوًا في حزب ريسا. لكن في تلك المناسبة، ساد الظلام مع تقدمه في رواية القصة: «يوم جنازة كاستيلاو، كنتُ موجودًا في مستشفى للأمراض العقلية اسمه بوردا. ذهبتُ لرؤية صديق شاعر اسمه خاكوبو فيخمان[1]، حيث أمضى جزءًا كبيرًا من حياته هناك. أرادوا قتله، وأطلقوا عليه النار، وعانى من ظلم السجن، وبعد اعتقاله أودع في سجن تيبوتو. وبعد ذلك، أحضروه إلى ذلك النُزل المشؤوم. كانت حياته صعبة للغاية، نتيجة المعاملة الوحشية، والجوع، إلا أنه قال إن ممرض المجانين ربما هو من أنقذ حياته. لم يكن مجنونًا، فمَن يكتب القصائد ليس مجنونًا، لقد كان فيخمان شاعرًا في صراع مع الجنون.

حركات يديه توحي بأنه قلَب الصفحة، وغيَّر نبرة صوته.

---

[1] خاكوبو فيخمان (1898-1970) شاعر أرجنتيني، كان مهتمًا بالفن والموسيقى والأدب. وأدت سلسلة من الاضطرابات العقلية إلى إقامته الدائمة في مستشفى بوردا منذ عام 1942 وحتى وفاته. [المترجم].

«لا، لم أكن موجودًا في جنازة كاستيلاو. لقد كنتُ في الاتحاد، أرادوا في ذلك اليوم أن يحتلوه. إلا أننا طردنا الفاشيين بالحديد والنار».

«أنت لم تحمل في يدك سلاحًا أبدًا»، قالتها كومبا بقسوة مفاجئة.

حتى ذلك الحين، بقيت صامتة مثل شخص غريب. لم تكن جافة في علاقتها به. بل على العكس، كانت أفضل مصغية له، وكانت راضية، ويظهر ذلك إيماءاتها الطفيفة الآسرة وغير المشروطة. لكن في ذلك اليوم، انفجر شيء في داخلها، ربما كان **الحدث**.

قال باللهجة القاسية نفسها: «وأنتِ ماذا تعرفين؟ تظنين أن كل الأمور كانت تحت السيطرة، وكل ما يُروى هو الحقيقة. حسنًا، أنا حملتُ السلاح، نعم».

تملكني الخوف فجأة. لقد عشنا في تيرَّانوفا اضطرابًا جديرًا بالتقدير. ولم يكن إليسيو جزيرة مفقودة ولا حتى دلفينًا منعزلًا، بل كان كتلة من الذهب في ذلك البناء المعماري الفوضوي. كانت هناك أماكن مظللة. لقد كانت تلك الحياة الخفية جزءًا من جغرافيا أطلنطس 24. كان إليسيو يدخل ويخرج دون الحاجة إلى توضيح. نعم، لقد جرى ذلك كله دون ضجيج. كُنا مثل أدوات البرق الحجرية، نحترم الغرابة والندرة. حتى اليوم الذي قررتُ فيه، بل قررنا؟ ألا نتحدث مع أبي. ذلك اليوم الذي أعطيته فيه ملاحظتي، عبر برقية، بينت له فيها أننا، من الآن فصاعدًا، سنتواصل عن طريق الكتابة:

«لا ترى في ذلك يا متعدد الانعطافات عملًا عدائيًا، إذ يمكننا أن نكون لطفاء، وأن نكتب ما لا نستطيع قوله أو لا نعرف كيف نقوله».

توقيع: إيوميو، أمير الحيوانات البرية

ما حدث مع الخال إليسيو أنه كان يخطو، كل يوم، خطواتٍ على حدود الواقع. لكن ليس بطريقة المعتوه. لقد تحدث عن كآبة مرحة، قال إنه سمع

ذلك من ماريا ثامبرانو$^{(1)}$، عندما زارها في إيطاليا، وساعدها في العبور مع القطط إلى فرنسا. أما هي، فقد جعلت من عبورها هدية، هدية تسمية المكان، الوطن المتنقل، حيث تشعر بالأمان والرضا. إنها كآبة يلامسها الفرح.

يقول إليسيو إن ذلك اللقاء مع الفيلسوفة ماريا ثامبرانو كان بمثابة نوع من التطهير، بل كان حياة ثانية. كانت الرحلة إلى إيطاليا رحلة الرحلات. وعندما سألوا ثامبرانو من أين جاءت، قالت: «من حيث ولدت، إذا كنت قد ولدتُ بعد».

في اليوم الأول، وسط كآبة الشقة الواقعة قرب ساحة بوبولو، تحدثوا عن كتاب **علم الأخلاق** للفيلسوف سبينوزا، وتحدثوا عن أفلاطون، وعن عالمية الإشراق الديني أيضًا. وهي، من باب التحفظ واللباقة، لم تقل، ولم تكتب، إلا أن إليسيو أثرى النقاش وربط خيط المحادثة بشعر غارثيا لوركا$^{(2)}$، والتي يقول فيها: «**أبحث عن موت للنور الذي يغمرني**».

لقد كان لوركا في كوبا، مثل ماريا، لكن قبلها بسنوات. نعم، فإن بعض الأقارب الذين يبيعون الخردوات على شارع ميركاديريس مَوَّلوا رحلة إليسيو، وأتيحت له فرصة حضور ذلك المؤتمر عن لوركا، وعند عودته من نيويورك، تعرَّف على الشاعر لاثيما ليما أيضًا. كان لوركا سعيدًا في كوبا. لقد غادر الولايات المتحدة مشمئزًا. إن المكان الذي كان يشعر فيه بالراحة هو هارليم، لا سيما في النادي الليلي باراديس، مهد **شعر موسيقى الجاز**. كان الكاتب لانغستون هيوز هناك، وبعدها سافر إلى إسبانيا، ليدافع عن الجمهورية.

---

(1) ماريا ثامبرانو ألاركون (1904-1991)، كاتبة ومدرسة جامعية وفيلسوفة إسبانية. عاشت سنوات عدة في المنفى. نالت جوائز ولها عدة إصدارات. [المترجم]

(2) فيديريكو غارثيا لوركا (1898-1936)، شاعر إسباني وكاتب مسرحي ورسام وعازف بيانو، وكان مُؤلفًا موسيقيًا. يعدُّ أحد أهم أدباء القرن العشرين.

فجأة دخل إليسيو في متاهة، عبر السفينة العابرة للمحيطات. جاء متحمسًا ومندهشًا، مثل مَنْ يكتشف أن سمكة السلمون المرقط الموجودة في الطبيعة الساكنة ما زالت على قيد الحياة.

نادى بصوت عالٍ:

«أسافر عبر عالم مفتون»، إنه عنوان للكاتب لانغستون هيوز. صدر عن دار فابريل للنشر عام 1959!

أما ذلك السلمون المرقط، فقد انتهى به المطاف بين يدي غاروا.

«كان علينا أن نبقى هناك، في كوبا»، قالها إليسيو. وقال إنه تجوَّل حتى مطلع الفجر في هافانا القديمة، مع لوركا وغولن ولانغستون وليثاما. نحن شجر الزيتون والأومبو والجميز المصري، نسير في الليل. مَن قال ذلك؟ ما الفرق الذي يحدثه كل ذلك.

«كنتَ في روما يا خالي! كنتَ مع ماريا ثامبرانو»، ذكَّرته بذلك.

«نعم، مع ماريا ومع أختها أرثيلي. مسكينة أرثيلي»، أجاب هو.

في تلك الرحلة، رتبتُ وسيلة لنقل كتبها إلى إسبانيا، كي يتعرفوا على إصداراتها هناك. فهناك يطغى جهل عام. وكان على الشقيقتين أن يخففا وزن حقائبهما الخاصة. وكان لديهما ما يكفي من الحمولة لجرِّها حول العالم. كانت ماريا هي التي اقترحت على أختها بأن أتبنى أنا القطة الصغيرة. كان لديهما اثنتا عشرة أو ثلاث عشرة قطة، وأخرى تلد. إلا أن الأمر لم يكن سهلًا؛ فقد أمضت أرثيلي ذلك اليوم، واليوم الذي يليه، وهي تعلمني طرق التعامل معها. لقد شعرت ماريا كأنها قط سيامي.

قالت لي في أحد الأيام: «أسميتها أنتيغونا في أعماقي، لأنها قبل أن تكون جزءًا من الحكاية، تكاد تكون معرضة للالتهام».

أما أرثيلي، فقد أرادت أن تعرف كل شيء عن حياتي قبل أن تعهد إليَّ برعاية القطة. وأجرت فحصًا دقيقًا عني، إلا أنني، في النهاية، خرجت منه صالحًا بالتمام والكمال.

وأخيرًا، ظهرتُ وبرفقتي القطة الصغيرة في تيرَّانوفا.

في تلك الليلة تحديدًا، تمشت كومبا مع غاروا. وحدهما دون رفقة أحد. لم يكن هناك أي اقتراح يثير الفضول. لقد خرجتا للسير بعد تناول العشاء. قامتا بجولة من الميناء حتى قلعة سان أنطون، أو حتى مكسر الأمواج. في تلك الليلة، عبرتا نحو المدينة القديمة. وجلستا في ساحة باربراس. تحب غاروا ذلك المكان المُنعزل، وأنا أيضًا. في المرة الأولى التي كُنا فيها هناك، قالت لي: إن شجرة الأكاسيا الموجودة في الساحة فيها شيء مميز وخاص، وإنها كانت مقلوبة رأسًا على عقب، ومتجذرة في القمر.

في تلك المرة، أي بعد عودتها من النزهة مع كومبا، نظرت إليَّ باستغراب كأنها لا تعرفني.

«لقد أخبرتني أمك عن إليسيو»، سابقًا.

لقد كلفها الحديث كثيرًا حقًا. وكلفني أنا أيضًا. وإذا فرض عليَّ أن أختلق شخصًا رائعًا ومثاليًا، فسأجعله يمتاز بسمات إليسيو.

ظلت غاروا صامتة فترة طويلة.

فاجأتني، فقد ظننت، في البداية، بأننا سنتحدث في موضوعات أخرى، لكن كومبا سألتني عن رأيي بخالي إليسيو. فقلت لها: «إنه كائن رائع».

فقالت وهي على وشك البكاء: «كم هذا جميل، ويجعلني سعيدة! إنه أخي». كان عليَّ أن أحفزها على الكلام. فقلت: «كومبا، أردتِ إخباري عن أمر ما، والآن يمكنك ذلك. قولي لي ماذا تريدين؟»

«إنه صاحب خيال واسع»، قالتها هي.

«نعم».

«إنه رجل حالم».

«نعم».

«لم يزر أمريكا على الإطلاق».

لكنه زار بوينس آيرس! زار محطة ريتيرو، وسائق الأجرة أرلت، ومكتبة كاساريس، ومكتبة تشاكابوكو 955، ورأى كرة رانيلاغا للغولف، وزار فيخمين في قسم مرضى الأمراض العقلية في باراكاس، واستمع إلى **سونيتات** توماس غيريبالدي... أما أنا فلم أكن أعرف تلك السونيتات!

لا، لم يكن في أي وقت مضى هناك إطلاقًا؛ لا في الأرجنتين، ولا في المكسيك، ولا في كوبا. وبصرف النظر عن رحلته إلى برشلونة، بدعوة من رئيس التحرير خانيس، فقد كان متواجدًا في البرتغال؛ ذهب إلى لشبونة وإلى أمارانتي. والحقيقة أن غرابًا تبعه إلى أمارانتي. هل حكى لك قصة الغراب؟ لقد وصل إلى هناك، وقال: «كومبا، ثمة غراب عند الباب».

ظننت أنها مزحة، فقلت: «تجاوز الأمر، ودعه لشأنه!» ثم قال شيئًا ما عن الغراب. المنبوذ.

«وسفينة أرييل كانثاني، بحمولتها من الكتب، هل كان ذلك حقيقيًا وحصل بالفعل؟»

«كل شيء حصل. كل ما يقوله صحيح. أما هو فلم يكن موجودًا هناك».

لقد تفاجأت، إلا أنني لم أشعر بالذهول مثل كومبا. كان إليسيو أكثر روعة مما كنت أظن. فقد اخترع بوينس آيرس دون أن يعرفها! وكذلك الأمر بالنسبة إلى هافانا وروما! وفي ذلك الوقت، تحديدًا، حدثتني كومبا عن ذلك الجزء الأقل روعة عما ينبغي لي معرفته. ففي الحقيقة، إن إليسيو في كل رحلة قام بها إلى أمريكا أو إلى أوروبا، كان محجوزًا في المصحة العقلية. ليس لأنه مجنون.

قالت لي إنه اعتقل عدة مرات في مداهمات للشرطة، بتهمة مخلة.

«قضية المصحة العقلية كانت وسيلة لتجنب السجن، أليس صحيحًا؟» سألتني غاروا.

«نعم صحيح»، قلتُها لها.

«لِمَ كل هذا الصمت؟ أنا أستمع إلى حكايات معينة عن ذلك المتحكم بقدرته العقلية، وأنت واصل الحكي».

«لقد أصبحتم تعرفونه الآن».

«ما الذي أردت أن تخفيه؟ أن خالك متهم بتهمة مخلة؟»

«أنا لم أرغب في أن أخفي شيئًا».

«حسنًا إذًا، إن صمتك لم يعبر عما لديك على الإطلاق».

«في الحقيقة، أنا لم أرغب في إخفاء أي شيء».

شعرت بالغضب، ولكن ليس بسبب ما قالته غاروا، ولا ما قالته كومبا، بل شعرت بالغضب تجاه العالم كله.

إنه اشمئزاز ميتافيزيقي ضد الكذبة الميتافيزيقية.

إن ما أريده يا غاروا هو أن تقابلي إليسيو الذي يؤدي دور إليسيو نفسه. لقد تحرر من التاريخ المشؤوم. وتحرر من سيول الفظاظة. فهنا، تُدرج القسوة في القوانين. المجرمين، الأشرار، ... ما زال القانون يذكرهم حتى الآن. لقد وضعوا كل ذلك في حقيبة واحدة. في البداية، أطلقوا عليه اسم «قانون مكافحة التشرد»، وبعد ذلك، أطلقوا اسمًا أسوأ من ذلك بكثير، «قانون الخطر على المجتمع». ومنذ فترة ليست بالبعيدة، كانوا يرسلون كل هؤلاء إلى المستعمرات أو إلى سجون خاصة، فيعودون حطامًا. ووفق أي ترتيب حصل ذلك؟ حصل قبل بدء التحقيق القضائي! وأوصى الطبيب باحتجازه في مركز للأمراض النفسية. وبعد ذلك، وتحديدًا بعد إصدار تقرير يفيد بأنه صار قيد العزل، توقف العمل على ملف التحقيق، وأهملت المتابعة لكونه لم يعد من الملفات المستعجلة. ويحصل ذلك بمعرفة القاضي نفسه، مع الدفع له بالطبع.

«لكن الممرضين مروعون أيضًا»، قالتها غاروا.

يقع المبنى الرئيسي لتلك المصحة في بوينس آيرس، في بوردا، وتحديدًا في الحي الذي أسكن فيه، في باراكاس. المكان الذي تحدث عنه إليسيو،

حين جاء لزيارة الشاعر فيخمان. لقد كانت تلك المصحة جهنمية. وإليسيو يعرف ذلك جيدًا. رأيته؟

«إن إليسيو لم يذهب، بالضبط، إلى مستشفى المجانين» وضحتُ لها.

لقد ذهب، إلا أنه في الحقيقة لم يذهب. ذهب إلى مصحة الدكتور إيسكيردو، الواقعة في إحدى ضواحي مدريد، وزار الأجنحة الخاصة بالمرضى، وكانت هناك مساحة بنيت عليها شقق جميلة، ويعيش فيها أناس مثل إليسيو. والناس الذين يستطيعون تحمل كلفة ذلك كله طبعًا. كانت منطقة للاستلقاء والراحة، إذا جاز التعبير. لم يكن بإمكانهم الخروج منها، ولكنهم عاشوا حياتهم داخلها. كان الأطباء فيها رجعيين. إلا أن هناك من حارب ذلك القمع. أتذكر أننا قمنا بزيارته في إحدى المناسبات، فقال لنا: «إنني أقرأ مائة كتاب في وقت واحد» وكان ذلك صحيحًا. فهناك، من خلال الشركات المتخصصة جدًا، تشارك مع الآخرين الكتب التي وجدتْ ملاذَها، في نهاية المطاف، في تيرّانوفا.

مشينا من بوراثاس، في أورثان، حيث توجد حانة عُلِّقت على جدرانها أقفاص في داخلها طيور الكناري والحساسين. كان المكان كئيبًا في النهار، فالطيور كانت تفضل الزقزقة في الليل، على ضوء النيون. واصلنا المسير، حتى وصلنا في النهاية إلى البحر عند مكسر الأمواج، واستمعنا إلى هديره وإلى أمواجه المتكسِّرة.

لقد قفزت رغوة الأمواج إلى حافة السفينة.

لقد تناثرت علينا.

إلا أننا وقفنا راسخين، يدًا بيد.

لقد قال البحر كل ما أردت أن أقوله أنا.

المُخبر

كانت بدايته في تيرَّانوفا كوميدية؛ لم يُفكِّر أحد في أنه رجل ماكر. في الواقع، لم يفكر أحد في ذلك. فالرأي العام وجد فيه إنسانًا مستنيرًا لكنه ممل.

كل ما قيل سابقًا، وإلى حدٍّ كبير، هو تاريخ جون ديري.

دفعته الكتب إلى الجنون. وذلك لا يدعو للشك. كان يأتي بعد ظهر كل يوم حتى إغلاق المكتبة. أما يوم السبت، فكان يقضي النهار كله فيها. كان يتسلل عبر المتاهة السحرية، وهو اسم الجناح الشرقي في مكتبة تيرَّانوفا، والذي أطلق عليه أمارو اسم المنفي ماكس أوب[1]، وكان يقضي ساعات في البحث في كل مجلد. في بعض الأحيان كان يشتري كتابًا، وأحيانًا كثيرة لا يفعل. وما كان يفعله دائمًا هو أخذ الملاحظات وتدوينها على دفتر يحمله معه باستمرار، لا سيما من الكتب التي رآها، والتي حدثوه عنها أيضًا. وبشكل خاص، كان إليسيو، متهورًا في تقديم نفسه، ليس فقط لكونه أحد مؤسسي تيرَّانوفا، بل بوصفه مهربًا عالميًا للكتب. ويظهر ذلك بما كان يمتاز به من روح الدعابة.

قال إنه عمل أستاذًا في أكاديميات خاصة وأعطى دروسًا خصوصية. إلا أن مهنته العظيمة، «**قبل أن يتعلم الكتابة**» هي أن يكون كاتبًا. ولكي يُظهر ذلك الشغف المتولد في داخله، ظهر في زيارته الثانية إلى المكتبة حاملًا ملفًا أزرق، يضم بين دفتيه النسخة الأصلية من روايته الأولى، والتي حملت عنوان

---

(1) ماكس أوب (1903-1972) روائي مكسيكي-إسباني، وكاتب مسرحي، وشاعر، وناقد أدبي [المترجم].

جريمة خاليسكو. كانت **عملًا استثنائيًا** في الحقيقة، بل كانت أول رواية عن الجريمة تُكتب في غاليثيا، لكن بنص عالمي.

وقَّعت الرواية باسم جون ديري.

كانت الرواية مبنية على أحداث حقيقية، وقد قيل الكثير عن الجريمة في خاليسكو، وعن الشخص الغامض الذي قتل امرأتين، وبعد ذلك ألقي القبض عليه، وحكم عليه بالسجن لفترة قصيرة، وانتهى به الأمر بالاختفاء. كانت منطقة ميرا مسرح أحداث الراوية، تلك المنطقة القريبة من أكرونيا. قيل إن إحدى المرأتين كانت تعمل لحساب وكالة المخابرات المركزية الأمريكية، وإن سجلها تضمن عملًا في منصب سكرتيرة، ويفترض أنها كانت تعمل جاسوسة لصالح القائد الغاليثي الجمهوري كاستيلاو، في أثناء إقامته في المنفى في الولايات المتحدة.

علَّق إليسيو قائلًا: «المسألة واضحة جدًا، لم يكن جون ديري حاضرًا، وما قدمه الرجل ليس أدبًا. كان بمثابة سائق جرَّار، هيمن على السيناريو وسيَّره بطريقة جعلته راضيًا».

على مدى سنوات، حاول خالي أن يكتب مقدمة الطبعة الأولى. وكان نشر رواية **جريمة خاليسكو** وشيكًا. وذلك الأمر الوشيك استمر لسنوات. حتى اليوم.

اعتذر إليسيو بقوله:

«أنا أعجز عن كتابة المقدمات، فالأمر قد يستغرق منِّي قرونًا. ولا تطلب مني اسم النَّاسخ وزمان النَّسخ ومكانه؛ فهذه كلها أنا بذاتي. وتم تسجيل ذلك فعليًا».

بقي المُخبر كئيبًا. بدا لي أن ملف المخطوطة الموقَّعة باسم جون ديري صارت قديمة فجأة. وتنتمي إلى صنف ملفات النعي وسجل الوفيات عند الغروب.

قلت له: «خذ بنصيحتي. المقدمة لا صلة لها بالموضوع. علاوة على ذلك، فإن العمل المتضمن لحدث إجرامي كبير يكون بمثابة عقبة تعيق ذلك. جثة مزيفة، وشبح يتعثر بالباب الذي يفتحه القارئ. أنت تقدم أجود نص عن الجريمة بين المؤلفين، لديك تلك المواظبة والمثابرة، بل دعنا نقول، سائق جرَّار».

لقد لاحظ شيئًا، فاستجاب بطريقة الآلية، وبصوت ساخر خافت: «أتظن أنه ينبغي لي أن أغيِّر اسمي المستعار؟»

«مستحيل. أتمنى أن أجده على غلاف الكتاب. إن الاسم الجذاب مهم. لذلك اسمع نصيحتي، واكتب ما تعرفه. لماذا لا تروي حكايتك؟»

«حكايتي؟ أي حكاية؟»

ثم قلت لإليسيو فجأة، وبجدية نادرًا ما تجدها لديَّ: «أنت تعرف أسرار المدينة. أو لديك مصادرك لتكتشفها. لماذا نخدع نحن أنفسنا؟ ألا يبدو لك ذلك جليًا؟ اجعل كل ذلك غايتك، سيطرْ على الحكاية، الحكاية المخفية، وما لا يمكن قوله. افتح التحقيقات!»

«مَنْ سيكون بطل الحكاية؟»

«أنت! الصوت الآتي من الضباب. ضباب بطعم الملح».

نظر المُخبر إلى الشارع. ورأى في زجاج المتاجر انعكاس حركة السيارات والأشخاص بأشكال تكعيبية. وبعد ذلك وجَّه نظره إلى الأرض. معلقًا بقول يُضرَب به المثل: أفضل أرضية في المدينة، مرصوفة ببلاط متعدد الأشكال، متعدد الألوان، ومزيَّن بأشكال الأسماك. إنه **الفن الأطلسي الحديث**. هذه المرة، لم يكن هناك أي تعليق. كان يفكر بما يجعل الضباب مالحًا. يمكن القول بأنه أحب ذلك.

«إنّهم سيقتلونني»، قالها فجأة.

لم تبدُ الفكرة وكأنها صيغة فيلم مبتذل. حتى المخرج لم يكن يبدو مثيرًا للسخرية. لم يكن أو لم يظهر لي بأنه موهوب جدًا، وموهبته تتناسب مع ذلك الفن. كان بسيطًا إلى حدٍّ ما. دقيقًا. ذلك ما تركزت عليه موهبته. تحقيق الدقة، بل تلك الدقة البالغة والشديدة إلى حد النفور. فعلى سبيل المثال، كشف في بعض الكتب بعض الأخطاء المطبعية، كانت نقاطًا بقلم الرصاص، بحجم قدم ذبابة.

يقف بالمرصاد لكل الأمور. كذلك الكلبة باليا، والقطط، والراحل فالستاف، والببغاء. الحيوانات لديها حس التوقع إلى حدٍّ كبير.

نعم، سيقتلونني.

ربما كان ما يزال يضع تقاريره المطبوعة ضمن البريد المستعجل في مكتب البريد. ربما، في مكان ما، في مكتب ما، قد انتحل اسم هيئة أو اسم وكالة عقارات، استمر بعض ضباط المخابرات في تلقي تقاريره، التي شكلت في مخيلة إليسيو جزءًا من **ملف تيرّانوفا**. كل تاريخنا سيكون في تلك الملفات، وكل حكايتنا. والأمور التي تخصُّنا ولا نعرفها عن أنفسنا. عندما فكرت في تلك الفرضية، وفي احتمال أن جون ديري ما يزال يرسل تقاريره السرية، تولَّد لديَّ شعور بالفضول. ولسنوات طويلة، كان الأمر مثيرًا للاشمئزاز. في كل مرة كان يفتح فيها الباب بطريقة مواربة، مع تلك الهيئة الكاريكاتيرية، يبدو كل شيء مائلًا؛ النظرة، الأنف، طريقة الكلام. نعم، طريقة الكلام أيضًا. ومن دون قصد، أمضى سنوات عديدة من التظاهر، كان يتبنى الصورة الكاريكاتيرية لدلالتها. أدركتْ غاروا ذلك عندما رأته. اقتربتْ مني بهدوء، وقالتْ هامسة بتعريف شديد الدقة، لم أسمع به على الإطلاق من قبل، عن وظيفة المتسلل:

«تلك السمكة الغامضة إنما هي عقرب».

صرنا كلنا نعرف أن جون ديري كان مُخبرًا. وتم التعامل معه في تيرَّانوفا كأنه صاحب منصب كبير، مثل قنصل أو شيء من هذا القبيل. والأمر المُدهش هو كيف أن غاروا كشفته ما إن دخل من الباب. أما غوا، المرأة التي انضمت إلى أسرة المنزل لتعمل طاهية، بعد أن أُطلق سراحها من بيت مشبوه يدعى كامبو دي أرتيغيريا (حقل المدفعية)، فتعرفت عليه عن طريق الرائحة. قالت ذات يوم:

«إن ذلك الرجل الحذر الذي يرتدي معطفًا كاذب. إنه ليس أستاذًا ولا أي شيء مما يدَّعي».

«كيف عرفتِ هذا؟»

«لأن رائحته لا تشبه رائحة المدرسين».

غيَّر المُخبر هيئته تغييرًا كليًا. جاء ملتحيًا. لم تكن لحيته طويلة جدًا. مثل لحيته السابقة. بدت مزغبة ومخضبة بلون ضارب إلى الحمرة، ولم تعد في وجه العجوز علامات الزمن الدالة على النُّبل أو عن اللؤم، وإنما صارت تشير إلى الدهشة أو الكرامة في مواجهة السقوط. ذلك المظهر الذي بدا لي دائمًا كأنه إما شخص غبيٌّ أو خبيث، دون وجود صفة وسط بينهما، والآن أصبح يتمتع بتلك الشخصية القوية المتمثلة في إدراك محنته ومواجهتها، في الوقت نفسه. مضت عدة شهور دون أن يُرى في تيرَّانوفا. كانت خطواته خفية. كان يلقي التحية على والدي دون أن يبادر إلى إجراء محادثة معه. حتى أن تحيته كانت مختلفة. دون مجاملات منافقة، على الرغم من أن الشفاه والأيدي احتفظت بذلك الترهل الغائر. أما إليسيو، فقد كان ارتباطه به مبنيًا على البُعد اللغوي السخيف، والذي لم يتوقف عن إضفاء بعض التسلية والمتعة عليه، متمسكًا بفكرة أن سبب اغترابه يعود إلى شعوره بالذنب.

«سيكون ذلك أمرًا سخيفًا!» صرخ والدي.

إن التاريخ ينحدر صوب الهاوية في المستقبل. والرجال مثل البيادق يعيشون أكثر في ذهول ودهشة. كان مثل نملة ينقل التقارير إلى الأبد. فجأة اكتشف أن ذلك «الأبد» ليس سوى لحم فاسد.

قال إليسيو: «كل ذلك جيد جدًا. القصة ستغوص في الهاوية. لكن، في الخطوة القادمة، اذهب للاستماع إلى إيقاعات موسيقى التانغو، وكلمات أغنية **متجر الخردة**[1].

في هذه المرة، كان من الواضح أنه لم يأت بهدف التجسس، لم يكن هذا هدفه أصلًا، بل جاء من أجل الزيارة الاعتيادية، روتين الخدمة. لقد كانت لديه مهمة. وجاء ليصدر أوامره، مع كتابة العناوين التي سبق له أن دوَّنها من قبل؛ شعرًا، شعرًا فقط. كم هو أمر غريب حقًا!

كانت هناك ملاحظتان:

الحقيقة والرغبة للشاعر لويس ثيرنودا.

أما الملاحظة الثانية التي مرَّرها لي، وتركتني مذهولًا:

قصائد النهاية.

كان صدى موسيقى **النهاية** يتردد صادحًا من مكان ما في أرضي الخفية. كانت مثل مِدق يضرب جانبي دماغي. لقد فسَّر صمتي على أنه جهل منِّي. هناك مجموعة مختارة نشرها بيسور. مجموعة الحدث. كنت قد قرأتها من قبل.

قال: «إنها أنطولوجيا لقصائد شاعرة من أمريكا الشمالية. أكدت لي ابنتي، أنها موجودة فعلًا».

---

(1) Cambalache أغنية تانجو أرجنتينية باللغة العامية كتبها إنريكي سانتوس ديسكبولو عام 1934، تنتقد صراحة فساد القرن العشرين.

كنتُ جالسًا على معجن دائري، مثل طاولة، كنت قد أحضرته معي من تشور، وأعدت ترميمه. صرت أحفظ فيه الدقيق والعجين أو الجبن، وكان بالنسبة لي مثل حصن له قفل ومعي مفتاحه. نهضت دون أن أنظر إليه، ودون أن أرد عليه أيضًا. رفض لساني الكلام. إنه قرار من جهاز النطق بأجزائه كلها. لم أبادله كلمة واحدة. ولم أرغب بذلك أصلًا. ولم أخفِ النفور والاشمئزاز اللذين اعتملا في داخلي. ليس لأنه كان مخبِرًا، واشيًا، وإنما بسبب ذلك الغلاف الجذاب اللزج واللصيق به كإنسان مثقف. ما يزعجني أنه لمس الكتب، شعرت بالأسف من أجلها، كما لو أنها بين يدي متحرش. شعرت بالغضب عندما وضعها على ركبتيه وتحسسها، ودوَّن عليها، وسطَّر خطوطًا على صفحاتها، وبحث فيها، لقد استفزني ذلك، وتحديدًا عندما حلَّ المساء واقترب إليسيو من كتاب **غارغانتوا**[1] الذي يحكي عن عملاقين يعيشان في دير ثيليما الخيالي، ابتدع كاتبه قانون **افعل ما تشاء**، ومع شروق يوم جديد في تيرَّانوفا تجد هناك، على الأقل، بيئة تتيح لك **قول ما تشاء**. لم يتردد ولو لحظة واحدة في أن يقدِّم نفسه، وأن يندمج مع الآخرين، وفي بعض الأحيان، يفعل ذلك دون أن يتأثر بتلميح إليسيو: «حسنًا، ظهر اللاشيء مليئًا بالأخطاء الإملائية!»

فردَّ عليه بقوله: «نعم، لقد أنهى الدون إليسيو تلميحاته».

إن ما أغضبني هو الدخول في متاهة سحرية، في مناطق موبيليس، والمناطق العابرة للأطلسي، والمناطق المظلمة. واستنشق وتنفس الصعداء في «الأرض المخفية». إلا أن السجلات لم تكن من مهمته. فالسجلات تمضي إذا كانت موجودة فعلًا. والعديد منها، أحضرها أفراد من المجتمع،

---

(1) فرانسوا رابليه (1483–1553)، كاتب فرنسي وطبيب وراهب. تُعد روايته الخماسية «غارغانتوا وبانتاغرويل» أنجح أعماله على الإطلاق. [المترجم]

وتحديدًا من كانوا من أتباع الفرانكوية. كنت أفكر في بعض الأحيان، أن ألحق به وأضربه بحجر البرق. ثم أعتذر وأقول إنه حادث عرضي. أو سقط عليه الكتاب المقدس الموجود على الرف.

ذهب للبحث عن قصائد «**النهاية**» من مجموعة إيميلي ديكنسون[1]. كنت على وشك أن أقول لا، إنها لم تكن موجودة، وإنها قد نفدت، لا سيما أنها مجموعة مترجمة طال انتظارها، لا يوجد شيء، انظر بنفسك، لا يوجد شيء بالإسبانية في إسبانيا تقريبًا، وتحديدًا، منذ زمن خوان رامون خيمينيث[2]. كم كان إنسانًا رائعًا، كم كان هذا الرجل واضحًا، في ألا يثق في أي شخص حتى قبل المنفى، ذلك النوع من الحساسية المتشددة، والبعد الوقائي الصحي. ويا لها من قيمة ينبغي أن تمتلكها لتكتب كتابًا مثل **باليترو وأنا**. حسنًا، لقد اتضح أن خيمينيث كان من القلائل الذين عرفوا عن ديكنسون. ولا بد من القول، إن خوان رامون خيمينيث كان، بطريقته الخاصة، هو وإيميلي كأنهما واحد. ولذلك، يمكن أن نُقسم الناس إلى أشخاص مرهفي المشاعر إلى حد كبير، وأناس لا يشعرون إلا بالحدود الدنيا. ثم هناك الذين يشعرون بكل شيء. بعضهم يكونون معًا في الغسق. وبالنسبة لي هم أجساد متشابكة. **قصائد في مساكن الموت، إسبانيا، خذي هذه الكأس منِّي، مدوَّنة العودة إلى الوطن الأم، ظل الهواء والعشب، شاعر في نيويورك، عالم الآبار السبعة**... إنها الأجساد التي يجب إبعادها عن الأيدي الناهبة. مثل تلك التي تصل إلى المستلم الذي لم يطلبها، ولا يعرف عنها شيئًا. لكن هناك أشخاصًا، عند رؤيتهم للكتاب،

---

(1) إيميلي ديكنسون (1830–1886) شاعرة أمريكية لم تلق التقدير الأدبي في حياتها. تُعد من أهم الشعراء الأمريكيين في القرن التاسع عشر. كتبت ما يزيد عن 1700 قصيدة لم ينشر منها خلال فترة حياتها إلا 11 قصيدة بأسماء مستعارة. [المترجم]

(2) خوان رامون خيمينيث مانتيكون (1881–1958)، شاعر إسباني غزير الإنتاج، نال جائزة نوبل في الأدب عام 1956. من أشهر أعماله بلاتيرو وأنا. [المترجم]

يعرفون إلى مَنْ يذهب، ومَنْ الذي سيفتح طيَّاته، ولأجل ماذا سيفتحه. يمكنك رؤية الطريقة التي يفتح فيها الكتاب، والخوف الذي يعتري صاحبه من تلف غلافه، أو تقطع خيوط ملازِمِه، أو تساقط أوراقه الجافة التي تحملها الزوبعة بعيدًا بعد هبوب الريح، ليجدها جاثمة في زاوية من زاويا قارة أطلنطس المضاءة. شيء من هذا القبيل، لا بُد أنه حدث مع كتب إيميلي وابنة المُخبر.

كان يُغريني بأن أذهب إليه وأقول له لا. فكم يوجعني بيع ذلك الكتاب إلى ذلك النوع من الثرثارين، من قليلي الإحساس الذين لا يرسلون ولا يستقبلون. أحدِّق في الكتاب وهو ينظر إلى وجهي. يا لروعة وجودك هناك يا إيميلي، وأنت ترتدين ملابسك وتنعمين بضوء غرفتك المظلمة، تلك الغرفة في منزلك في أمهيرست، وتكتبين أبياتًا تضجُّ بالحب لأخت زوجك، حبك السري. لا تتحركي. سأحميك. ستبقين هناك بانتظار إجراء خدعة طلب المساعدة.

لكن بعد ذلك، سمعتُ أمي وهي تتحدث مع المُخبر. إنها امرأة دبلوماسية، وكريمة جدًا، حتى أنها منحته امتيازًا بأن يمزح معها فيما يتعلق بعمرها: «أنا مثل أغاثا كريستي، تزوجتُ من فونتانا بسبب اهتماماته المعمارية، ولهذا، كان كل عام يمضي، أجد نفسي أحبه ومعجبة به أكثر. أما الآن فلا. إنني الآن لا أمزح». تحدث كلاهما بنبرة شبه متواطئة، شبه مؤلمة. متواطئة ومؤلمة.

قال المُخبر: «هذا سيئ لم يعد لدينا أي أمل بشيء».

تصرُّ بلطف: «يجب أن يكون لديك أمل دائمًا»، ووضعت يدها على كتفه، بطريقة مفاجئة وغير عادية، كمن ينقل إليه الأمل نقلًا.

«عندي أمل»، قالها بجفاء. قال ذلك بسرعة، دون أن يظهر أي حزن أو انزعاج.

أما الكتاب، فقد قفز من الرف إلى يدي.

علمت أن هذا الكتاب بالفعل، وقد حدثتني عنه كومبا من قبل، ليس كتابًا فانتازيًا. هناك كتب ينبغي لنا الاحتفاظ بها.

«تفضل يا سيد إسترادا».

نظر المُخبر إليَّ وتفحصني بطريقة غريبة، مثل شخص يرتطم باسمه، بعد أن أمضى وقتًا طويلًا دون أن يسمعه.

قبل أن يمضي، ذهب لرؤية كومبا. لقد كانت المرأة التي تتحكم بكل شيء. الوقت؛ منحتني الوقت والاهتمام. من دون بذل الجهد. كان أبي يقول: «لماذا لا تعترف بذلك؟» كانا مختلفين جدًا، إلا أن ذلك الفن يُذكرني كثيرًا بالتوقعات، في تشور. يمكنها أن تذهب ومعها كومة من الملابس الثقيلة بحمولة قنطار، أو تحمل جبلًا من العشب فوق رأسها، إلا أنها كانت تتوقف، وتجري محادثة دون أن تقلق بشأن الوقت، وتحاول متابعة مسار الحديث، وفمها يبث نغمات تصاعدية أو تنازلية، أو حتى معلومات أساسية، وذلك كله وفقًا لإرادتها وأسلوبها المميز، وكانت يداها تشرحان وتترجمان وترسمان العناوين الفرعية، يا لعذابها مع ذلك الوزن، ويا لها من معاناة! كانت هي سيدة التوقعات، تهتم بكل ما يحيط بها.

«ماذا لديك، هل أنت عالق؟»

«لا».

«ماذا حدث؟ هل أكلت؟»

«نعم، نعم أكلتُ».

«إذن فمك مكمم، تأكل ولا تسمن».

وكان يهمس. في ذلك المنزل الكبير، لأنهم لا يملكون شيئًا لم يكونوا يشعرون بالجوع. لقد كان والدي على العكس من ذلك. يمضي اليوم كمن

يضع سدادة من الشمع في أذنيه. كان لا بُد له من أن يكون مهتمًا بمسألة ما، لكنه يتوقف ويستمع إليها. ومع ذلك، كان يتذمر، ويقول: «لقد أمضيت خمسة قرون وأنا أتحدث مدة خمس دقائق مع صاحب المقام العالي ذاك». خبر من الماضي، بحسب إليسيو: «في شبابه، كانت عيوبه تتكلم. سلبته الحرب تلك الفرحة». في مرحلة ما، خضع هو وإليسيو لعملية نقل دم.

تفضل القهوة أو الشراب؟ تأثير أمارو أقوى من الشراب نفسه. لذا، فإن المُخبر، في الوقت الذي شارفت فيه الديكتاتورية على الأفول، دخل في نهاية المطاف، إلى كنزنا المحفوظ. إلى فضائنا المُظلم. مضت سنوات طويلة من التربص والمطاردة، والآن استقبلته سيدة الإنصات والقطة أنتيغونا على كرسيها الهزاز. وأغلقت كومبا الباب.

مضى وقت طويل. بدأنا نتشارك إشارات المكيدة. وماذا لو كان المُخبر ذو القناع الحزين، يحمل في داخله حقدًا إجراميًا؟ وإذا كان قد شهد على تفكيك عالمه، ألا يُريد، في هذه الحالة، انتزاع قلب تيرَّانوفا، وبدء عمليات الاعتداء؟ لقد ألقت مجموعة من منظمة «محاربي الملك المسيح» اليمينية المتطرفة زجاجات حارقة على الواجهات الزجاجية للمتاجر في مناسبتين اثنتين. وفي تلك الأثناء، أظهر انزعاجه مما يحدث. حتى ذهب إلى القول بأنه يشعر، من داخله، بأنه جزء من تيرَّانوفا. أعجبني تفسير أمارو، وهو يستعيد حس الفكاهة مع عائلة: «علينا أن نَعُدَّ المُخبر كأنه واحد من ملَّاك إرث تيرَّانوفا التاريخي».

وفي النهاية، عندما خرجوا، ذهب مسرعًا، منحرفًا عن طريقه، في إشارة إلى رفضه لنية غير ظاهرة مقاصدها.

بعد إغلاق المكتبة، دعتنا كومبا للحضور إلى الغرفة المُظلمة.

«شراب؟»، سألتُ بسخرية، لكن لم ينفعل أحد معي، أو يضحك على الإطلاق.

«ابنته مصابة بالسرطان»، قالتها كومبا. وكان للعلاج أثر معاكس لذلك المنشود. تركها في عزلة، مع وقفات لالتقاط النفس.

كانت المبارزة قصيرة، ومن ثم **النهاية**.

حدثني عن شيء أكبر من ذلك، شيء خطير جدًا يهمنا. ففي هذه المدينة يوجد عميل أرجنتيني، ينتمي إلى منظمة «التحالف الأرجنتيني ضد الشيوعية» (Triple A)، إنه رجل خطير جدًا، يُدعى ألميرون، وهو إنسان قاتل. يوجد له شركاء يعملون في الشرطة الإسبانية، جاؤوا من أجل فتاة تُدعى غاروا. إنه يعرفها جيدًا.

الأضواء الستة

أمطرت من أجلنا. جعلنا المطر نقبع خلف الزجاج ونترقب. قطرات المطر ثقيلة، كانت ترسم خطوطًا فوق المظلات، وتستقر فوق الرؤوس والأكتاف، بدلًا من سقوطها على الأرض. العاصفة جعلت يومنا يسير أكثر بُطئًا. وأثرت على كل حركة الشارع، وعلى تلك السيارة الخضراء، من نوع سيات 1430، التي وقفت أمام تيرَّانوفا مباشرة.

أشرت إلى كومبا كي ترسل الكتاب المتفق عليه عبر المصعد. كتاب من سلسلة كتب ميراسول. تحذير. وشاية.

كان والدي يجري محادثة هاتفية، وعلمتُ مع مَن كان يتحدث: إنها بيرديليت. كان الله في عونه. كان يطلب كل رقم على قرص الهاتف الذي يدور حول نفسه. أقنعته كومبا بأن الاتصال لم يكن من أجلها وحدها، بل من أجلنا جميعًا. سيقضون على تيرَّانوفا!

كنتُ هناك، أتظاهر بأنني أضع الكتب. أسند ظهري إلى الباب. دخل ثلاثة أشخاص. تقدم أحدهم، واسمه بيدريس، يرتدي معطفًا واقيًا من المطر، ويعمل مفتشًا في اللواء السياسي-الاجتماعي، وتبعه شخص غريب لا أعرفه، سمين مثله، وله شارب ولحية مشذبة، ويرتدي بدلة رمادية اللون، ويضع ربطة عنق سوداء مع مشبك مزخرف. وعند الباب، وقفت كوتون، شريكة بيدريس المعتادة. قال أمارو: «جاء المقعر والمحدب».

لقد حضر بيدريس وكوتون لإجراء البحث في السجلات. كانا يأتيان اعتباطيًا في بعض الأحيان بهدف الترهيب. وجاء آخرون بوتيرة ثابتة.

وكانت فريستهم الأولى في السنوات الأخيرة، إصدارات دار الحلبة الإيبيرية[1] للنشر، ومنها الكتب والمذكرات التي طبعت في باريس. إلا أن تلك الكتب كانت الضيوف الأكثر حماية في تيرَّانوفا.

وقد كان بيتس من المحميين أيضًا.

لا أحد يعرف إذا بقي هناك أي نسخة من كتب بيتس؟

كتاب روبيرت فرانكلين بيتس وعنوانه **فيسيولوجية الكلى وسوائل الجسد**. كانت لدينا شحنة من الطبعة التي وصلت من المكسيك. هذا كتاب يطلبه الأطباء بكثرة، وحتى هناك مَن جاءوا من مدن أخرى لشرائه. وصلتنا تلك الكتب من قبيل الصدفة، لإخفاء الشحنة الحقيقية المُرسلة. كانت من **الكلاسيكيات** المكسيكية ومنها كتب ليون فيليبي، وماكس أوب، ولويس ثيرنودا. وعرض والدي من الكلاسيكيات أيضًا، لمن كان يُطلق عليهم وصف الثلاثي المقدس: **أعمال** أنطونيو ماتشادو، والمجموعة الكاملة للمتصوف الإسباني سان خوان دي لا كروث بغلافها الجلدي، بالإضافة إلى كتاب **زواج الجنة والنار** بقلم ويليم بليك. ولدينا كتاب الشاعر الأمريكي والت ويتمان، وترجمه ليون فيليبي! وحملت الشحنة الأخيرة، بالإضافة إلى عمل ليون فيليبي، عمل للشاعر والمحرر أليخاندري فينيستيري. وقد أمضى ذاك الأخير جزءًا كبيرًا من حياته وهو يحاول إقناع **العالم** كي يعترف ببراءة اختراعه، لكونه اخترع كرة الطاولة، تلك اللعبة التي ابتكرها عندما كان يقضي فترة نقاهة في مستشفى في زمن الحرب في كاتالونيا.

---

(1) دار Ruedo Ibérica للنشر، تأسست عام 1961 في باريس من قبل خمسة لاجئين إسبان هاربين من الحرب الأهلية، وشرعوا في نشر كتب تطرح البديل عن ديكتاتورية فرانكو. ثم أدخلت سرًا في وقت لاحق إلى إسبانيا. [المترجم]

«لماذا لم يعد ليون فيليبي؟» سألتُ والدي. كانت عودته أمرًا مسلمًا به بالنسبة لنا. لقد قال إنه سيعود، وإنه موجود في المطار فعلًا، وقبل ساعتين من موعد الإقلاع، نهض وقال: «سأبقى هنا!»

وبعد ذلك بأيام قليلة، مرَّ موكب جنائزي واجتاز طرقًا مع عائلات بائسة كانت تبحث عن أبنائها، طلبة قتلوا في مذبحة تلاتيلولكو التي نفذها الجيش، أو كانوا في عداد المفقودين. وعندما حدث ذلك، ظن أن ليون فيليبي كان من ضمن أولئك المتوفين، من أولئك الطلبة أصحاب الوجوه المختفية. كان الأمر كما لو أن جثة تهمس بتلك الفكرة التي كانت تطارده: يعرفون موقعنا دائمًا.

كان إليسيو يقدر فينيستيري تقديرًا كبيرًا، ويقول: «حياته أكثر سريالية من قصائده، وإن كنت لا أثق به دائمًا، لكنني أثق بمخيلته وتصوراته. كان له عدد كبير من الإخوة، ويقول إنه عندما كان طفلًا، كان يتغذى على الضوء. الضوء الممضوغ يتساوى والبحر فيما يمنحاه من شد عضلي. وتجلَّت تلك الحقيقة في عينيه».

قالت كومبا: «الشيء الوحيد الذي يملكه، التعبير بالعيون».

أما بيتس، فبكليته وبسوائل جسده، يحمي شخوص مؤلفاته الخفية، مثل الغلاف الزائف. حتى أغلفة الكتب المُزيفة التي نصَّها وزراء فرانكو، مثل كتاب **شفق الأيديولوجيات** لمؤلفه فيرنانديث دي لا مورا، وكتاب **الأفق الإسباني** لمؤلفه فراغا إيرباريني، اللذين أعيدت طباعتهما في ورشة صديق هيلينا، احتوت على أعمال مشؤومة من دار الحلبة الإيبيرية للنشر.

ما زال هناك غروب؟ ما زالوا يسيرون عند الأفق!

وفي أحد الأيام، في عام 1966، جرى استدعاء أمارو إلى مركز الشرطة لاستجوابه.

بيدريس، الذي اشتهر بكونه معذِّبًا، كانت لديه عبارات نمطية مكررة، مثل: «لكي تحضر العجة، عليك أن تكسر البيض». أرادوا أن يعرفوا، دون كسر البيض، مَن الذي يتخفى وراء تلك الأسماء المستعارة: سانتياغو فيرنانديث وماكسيمو بروكوس، الشخصين اللذين نسقا مع دار الحلبة الإيبيرية للنشر ومع **غاليثيا اليوم**، لإصدار تقرير نقدي قادر على إغضاب وزير الإعلام، وكسر دزينة من البيض.

كان أمارو قد أخبرهم بأن كشف ذلك لا يتحقق عن طريق الأشخاص الطيبين ولا الأشخاص السيئين أيضًا. إنه لا يعرف. لقد كان مُدركًا، بحسب قوله، أن السلطة الغاضبة يمكنها أن تقتل أي شخص بسبب قصيدة، ثم عجَّل باستخدام اقتباس قيل عن ستالين، أنه حكم على أوسيب ماندلشتام بالإعدام بسبب قصيدة.

«بسبب قصيدة؟»

«بل بسبب بيت شعر واحد».

«يا للهول».

نعم، لقد كان على علم بذلك، لكن لم يكن لديه ولا حتى فكرة واحدة عمن وراء تلك الأسماء المستعارة.

عندما عاد أمارو، قال إنه كان طيلة الاستجواب مركزًا اهتمامه على كتاب بيتس. «عليَّ أن أقرأ ذلك الكتاب، نعم سأقرأه».

لا يبدو أن بيدريس ولا رفيقه كانا على عجلة من أمرهما عند الإغارة على تيرَّانوفا. كانا ينظران إلى الصور الموجودة في رواق الكُتَّاب. وقد عُلِّقت على الحائط عبارات مؤطرة، بعضها لمجهول، وبعضها الآخر يشير إلى مؤلفها. أحد الإطارات كان مختلفًا عن البقية. النص المطبوع كان طويلًا. اقترب الغريب كي يقرأه، يبدو أن النص أثار اهتمامه؛ وما إن أنهى قراءته، حتى ضحك، ونادى بيدريس. لا، إنه لم يقرأ النص، بل رآه هكذا:

يحتاج الإنسان إلى سعرات حرارية محددة للبقاء على قيد الحياة. ولكن ما الكمية المطلوبة؟ حسنًا، مقدارها ببساطة 3000 سعر حراري في اليوم الواحد. ومن المعروف أن الإنسان البالغ السليم، يستهلك عند القيام بعمل بدني عادي نحو 3000 سعر حراري خلال 24 ساعة. وهنا تأتي الحقيقة الغريبة: العمل الذهني يستهلك القليل من الطاقة. لقد قيل حقًا، إن الجهد المبذول لقراءة كتاب وفهمه يتطلب إنفاقًا أقل للطاقة التي تنفق في الجهد العضلي المبذول لإمساك الكتاب وحمله. البروتينات والدهون والكربوهيدرات هي مصدر الطاقة.

دومينكو غارثيا-سابيل

ملاحظات رجل أنثروبولوجي

غاليثيا، 1966

لقد كان ذلك النص موجودًا هناك؛ لأن أمارو وجد فيه مديحًا رائعًا للكتاب، ما جعله موضوعًا مثيرًا للسخرية. مثل حجر منشوري عالي الجودة. لقد أقنع إليسيو وأمارو الكابتن كانثيني، وتحديدًا في أثناء إقامته الأخيرة، بأن عليه أن يدرج النص كملحق للإعلان الطليعي عن الكوكب. لقد أسهم النص في تحسين مزاجه، وجعله يضحك.

إلا أنه لاحظ بروية الآن، كيف أن بيدريس والرجل الآخر الضخم الملتحي يضحكان. إنهما يلقيان النكات. يدوران، ويُغيِّران تعابير وجهيهما، كي يستعيدا شخصيتهما. أشار بيدريس إلى كوتون، التي كانت بدورها تقف عند الباب. الآن يمكن رؤية المفتشين بزيهم الرسمي، يقفون على الرصيف. الزي الرمادي. أشارت إليهم كوتون في الوقت نفسه، وهم واقفون في الخارج، ويقطعون المرور.

«ما الذي حدث أيها المفتش؟» تسأل كومبا.

«المؤسسة في طور الإغلاق، سيدتي. سنشرع في التسجيل».

«في أي بلد نحن؟ لا يمكنك إغلاق مكتبة!»

«عندما يُشبته بوجود شخص إرهابي في المكتبة، نعم، يمكننا إغلاقها».

يوجد في السقف مصباح فيه ثقب غير ظاهر. وفي الباب هناك عين سحرية تراقب غاروا من خلالها ما يحصل. وإلى أن يحين الوقت، يكون كل شيء جاهزًا للتصوير. أما الغرفة الواقعة في الطابق الأول، حيث تتواجد غوا، فهي مدعومة بعصا غليظة. «إليسيو؟ من يعرف أين إليسيو؟ إنه لا يتحمل العنف الوحشي، وإن كان في اللغة والكلام».

قالت كومبا: «ذات يوم، صعد سلم العليَّة، ووجد هناك فأرًا، أحد القوارض المتجولة، وكان يدور حول كتب في علم النبات، عندها صرخ من هول المفاجأة، فمات الفأر من الفزع. نظر إليه إليسيو آملًا أن يكون الفأر قد تصنَّع موته، واتخذ وضعية الجماد كمخرج للحفاظ على نوعه. وربما يكون قد قضم قطعًا من كتاب مينيديث بيلايو[1]، وربما لا. حرَّكه إليسيو برأس المظلة، وتحقق من أنه لا يتصنع موته، بل وجده متيبسًا حقًا. كان ذلك الحدث دراميًا بالنسبة إلى إليسيو. نزل من العليَّة، ووجهه شاحب مثل الشمع، جلس، لم يزرر قميصه، تسمَّر في مكانه، كما لو أنه سلب الضحية أنفاسها، وتسبب في موتها. عندها سألته: ماذا حدث يا إليسيو؟ فقال: بالصراخ قتلت حياةً».

إرهابي؟ إرهابي في تيرَّانوفا؟

نظر أمارو إلى ساعة الحائط، ثم إلى ساعة يده. بالتناوب وببطء شديد جدًا. إنه أداء بطيء، لكنه أقلق بيدريس وزميله وحيَّرهما. ففي حالة كهذه، إن الساعات تعني شيئًا ما في العادة.

---

(1) مارثيلينو مينينديث أي بيلايو (1856-1912) كاتب وباحث وسياسي إسباني. كرَّس حياته لدراسة تاريخ الأفكار والنقد، وتاريخ الأدب الإسباني والأمريكي اللاتيني وفقه اللغة الإسبانية.

يمكنك أن ترى في عيون كومبا، أنه نفض عنه خوف سنوات طويلة. لقد واجههم. وقالت:

«منذ زمن، كان المطر ينهمر في ذلك الوقت، يا سيد بيدريس، كنت شابة، وقدم إلينا رجلان ضخمان مثلكما، كُنا نقيم في شارع سيناغوجا، وكانت أمي، المرأة الأرملة المكافحة، تكسب رزقها من عملها في الخياطة، وقلبا البيت رأسًا على عقب. لماذا؟ لأنهما يبحثان عن اثنين من اللصوص الخطرين، ذلك ما قالاه لنا. ومَن هم أولئك اللصوص؟ أحدهم أمارو زوجي هذا. والآخر هو أخي. أنت تعرف إليسيو، أليس كذلك، أيها المفتش؟»

هكذا سألت كومبا بعناد وقوة، ودون تردد، إلا أن المفتش بيدريس كانت لديه قاعدة ذهبية تقضي بعدم السماح بطرح الأسئلة. من ناحية ثانية، فقد اشتهر بيدريس ببعض العبارات التي صارت متداولة بين الذين استجوبهم: «ما إن تدخل إلى هذه الغرفة، يكون في حكم المنتهي بالنسبة لك، أن تسأل لماذا؟»

وهكذا، تجاهل الرد على كومبا وصرخ: «المكان مُحاصر، ولا يجوز لأي أحمق أن يتجرأ ويصعد إلى الأسطح».

حافظ الرجل الغريب على صمته وجموده دون أي تعبير. خمنت كومبا أن يكون قد ولد في ليلة لا قمر فيها. لقد افترضت من يكون هو. مُطارِد. يترقب وينتظر بصمت، دون أن يرمش. نما ذلك في داخله، كأن حجمه يكبر ويكبر. وتظهر علامة نفاد صبره الوحيدة، عندما يضع إبهامه على مشبك ربطة العنق ويحركه كأنه يلمِّعه.

قال بيدريس: «لا تسألوني مرة أخرى عن مذكرة التفتيش. لدينا الإذن بأن نتصرف كما يحلو لنا في حال هرب أي شخص خطير، وهذه هي القضية».

«أية قضية؟»

«أعطني تلك الصور يا ردولفو».

بصمت، دسَّ الرجل الغريب يده في جيبه، وأخرج بعض الصور.

«لو سمحت اقترب إلى هنا. من أجلي».

كانت صور غاروا. في أماكن مختلفة، وبقصات شعر مختلفة أيضًا.

«أتعرفون هذه المرأة؟» سأل من دون أي تغيير في نبرته.

ثم قال: «من الغباء أن تنكروا ذلك. فنحن نعرف بأنها هنا، في تيرَّانوفا. وما زالت موجودة هنا. ونعرف أيضًا أنها تعيش هنا بينكم. فمن الأفضل لها أن تسلِّم نفسها».

«أن تُسلم نفسها، لمن؟ ولماذا؟»

انتهز المفتش فرصة وجود علامات استفهام.

«ينبغي لي إجراء بعض التحقيقات. فنحن نعرف أن الجواز الذي تحمله مزور».

نفض عنه هفوة التردد، وقال بصوت غاضب:

«أوقفوها، وقولوا لها أن تسلِّم نفسها».

ماذا يفعل هذا الإرهابي هنا يا بيرديس؟

شقَّ إليسيو ظلال النور في تيرَّانوفا، وظهر وسط الضوء الخافت. وكان يحمل مسدسًا في يده. باتزان، ويمكن القول بوضعية احترافية. وصوَّب على الرجل الغريب. بدا كأنه يصوِّب على مشبك ربطة عنقه تحديدًا.

بدا لي أن ساعة الحائط تراقب المشهد في تلك اللحظة. فكل وجه حاضر كان بمثابة تمثيل تاريخي للدهشة أمام ما لا يمكن تفسيره.

«إن حقيقة سلاحي «الأضواء الستة» تعرفها جيدًا، يا حارس النظام: ارفع يديك!»

نعم، لم يشك الرجل الغريب، ولو للحظة واحدة، بجودة السلاح؛ وخضع لأوامر إليسيو مباشرة. وتأثر بما حدث، فالجميع كانوا على وشك أن يرفعوا أيديهم.

«هل أنت مريض يا إليسيو»، قالها بيدريس.

رد خالي: «هذا ليس تكتيكًا جيدًا أيها المفتش، وأنا لا أعرف حقيقةً إذا كنتُ قادرًا على التحكم بهذا السلاح، لكنني على ثقة تامة بقدرتي على المواجهة، إنها جدلية السلاح».

كرر إليسيو: «ليس تكتيكًا جيدًا أن نصِف شخصًا يتمتع بصحة جيدة بأنه مريض».

«أنت تعرف ما الذي أتحدث عنه»، قالها بيدريس.

«لا، لا أعرف عما تتحدث. ولم أعرف مطلقًا. أنت شخص مجنون ومُعذِّب للآخرين. دخلت إلى هنا، مخالفًا للقانون، ومسترشدًا بتوجيهات مجرم. أنا وأنت نعرف جيدًا مَن هو. أخبرنا يا ردولفو، ماذا تفعل هنا في إسبانيا؟ ولماذا أنت هنا؟ ألم تكفوا عن صنع التوابيت لمصنع الجثث؟ هل أخبرت المفتش بالتفصيل عن كيفية إنجاز صفقات الموت؟ أظن بأنه نال جواز القتل والاغتيال، إلى جانب السفاح، مع عدم التحكم في إنتاج الجثث. هل أنا مخطئ؟»

لم أر بيرديس متوترًا من قبل. كان يبدو وقحًا ومضطربًا، لكنه الآن بدا مذهولًا، وعلى وشك الارتجاف.

«أنت مريض يا إليسيو، لا أقول لك ذلك كي تترك سلاحك، بل من أجل مصلحتك. لندع الأمور عند هذا الحد. ولنتحدث بهدوء عن هذا السلاح. لا تفكر في القيام بشيء قد تندم عليه طيلة حياتك».

قال إليسيو: «لم يبق سوى التين الشوكي لأندم عليه».

لاحظت أن لهجته شاعرية. وعندها، أدركتُ بأن مسدس «الأضواء الستة» فارغ من الرصاص.

لم نعد نعرف شيئًا عن أخبار بيرديس في تيرَّانوفا. والمُطارِد اختفى. لقد كانت غاروا مقتنعة بأن المُطارِد رودولفو ألميرون، شرطي فاسد ومعروف بسجله المروع، وأحد مؤسسي فرقة الموت في منظمة «التحالف الأرجنتيني ضد الشيوعية»، والذي فتح الطريق أمام الديكتاتورية الأرجنتينية، وكان مرتزقًا مخولًا بتنفيذ أعمال إرهابية في إسبانيا، مثل حادثة مونتيخورا في ربيع عام 1976. اكتشف والدي أن بيرديليت تحدث مع الحاكم، إلا أن الأخير رفض التدخل إطلاقًا.

مَثُلَ إليسيو، على الفور، أمام القاضي بصحبة والديَّ. وكشف عن مصدر السلاح الذي كان بحوزته؛ فقد اشترى مسدس الأضواء الستة منذ سنوات من مهاجر من تشور، ولكن دون ذخيرة.

«لماذا؟ لأنني كنت أفكر بالتعاون مع مجموعة السرياليين البرتغاليين، ويطلقون عليها اسم **عملية الببغاء**».

«عملية الببغاء؟»

«نعم، إنها جزء من التاريخ الحديث لشبه الجزيرة الإيبيرية، وذلك ما حدث حقيقة يا سيدي القاضي. فهناك اثنانِ ينتميان إلى المجموعة السريالية، اجتمعا في مقهى غيلو، هما صديقان لي بالمناسبة، قررا المضي قُدمًا في القيام ببعض الأعمال التي تضع نهاية لديكتاتورية سالاثار. كان ذلك في ربيع عام 1962. هل كانت ثورة سريالية؟ في الحقيقة، لم يسمع بها أحد، إلا أنها كانت على وشك الحدوث. أما خطة العملية فتقوم على الاستيلاء على محطة إذاعة النادي البرتغالي والسيطرة عليها، وبث النشيد الوطني،

والدعوة إلى عصيان عسكري ضد الحرب الاستعمارية، ودعوة الشعب للتوجه إلى حي بايكسا في وسط لشبونة. إلا أن ذلك لم يحدث؛ لأن هناك من وشى بهم. وبعد ذلك، اعتقلت الشرطة السياسية (PIDE)، النواة الأكثر نشاطًا من الشعراء السرياليين. إلا أن الناس لم تكتشف ذلك. وما يثير الفضول يا سيدي القاضي، أن ثورة القرنفل في الخامس والعشرين من أبريل 1974، أي قبل عامين، تم تنفيذها على طريقة مجموعة «عملية الببغاء» السرياليين إذا جاز التعبير. بدأت ببث أغنية، **غراندولا فيلا مورينا**[1]، في الإذاعة مباشرة، وفي التوقيت نفسه. وفي تلك الثورة، ومع بداية اندلاعها، كانت هناك حالة وفاة واحدة. كان الميت شاعرًا. كان سرياليًا، من مؤسسي الحركة الطليعية «الحقارة»[2]، وما ذلك إلا تصريح عن وصوله إلى طليعة الزهد الشديد. ماذا يمكن لرجل يائس أن يفعل عندما ينفخ الهواء قيئًا وحقارة؟ ذلك الرجل هو بيدرو أوم، الذي كانت ملكيته الوحيدة وردة بلاستيكية. مات في السادس والعشرين من شهر أبريل وهو يرفع أحد الأنخاب. كان موته ثوريًا. مات وهو سعيد».

(1) الأغنية البرتغالية Grândola, Swarthy Town، للمغني وكاتب الأغاني خوسيه أفونسو. صارت رمزًا للثورة ومناهضة الفاشية بعد استخدامها كإشارة إذاعية من قبل حركة القوات المسلحة البرتغالية في الانقلاب العسكري يوم 25 أبريل 1974، والذي أدى إلى ثورة القرنفل والانتقال إلى الديمقراطية في البرتغال. [المترجم]

(2) ترتبط ارتباطًا وثيقًا بالسريالية، وظهرت في أواخر أربعينيات القرن العشرين، أسسها الكاتب بيدرو أوم (1926-1974). ورأى المؤسس أن الحقارة هي أساس كل السلوكيات والمواقف التي تضر بمنظومة القيم الاجتماعية والأخلاق التقليدية (المخدرات، سفاح القربى، الجرائم، الانتحار). [المترجم]

ذهب إليسيو «في رحلة». كانوا قد وصلوا إلى هذه التسوية. هذه المرة، كانت الأمور أكثر تعقيدًا، فالمواجهة كانت مع الشرطة. كان من المتوقع أن تكون رحلته طويلة، وأنه لن يعود إلى تيرَّانوفا أبدًا.

«لكن، في النهاية، وجود المسدس معك كان أمرًا صائبًا!» قالت كومبا بعيون محمرة، وبعاطفة محملة بالعزيمة وعدم البكاء.

قال إليسيو: «نعم، حبيبتي، ولكن دون رصاص».

وتابع: «يبدو أنني ذاهب لزيارة الطبيب في مدريد. يروق لي الإفصاح والكلام».

«ما الذي جاء بك إلى هنا يا سيد بونتي؟ زيارة طبية! قل لي، هل أنت على ما يرام؟ أفضل؟ هل فكرك التعيس بحال جيد!»

أتذكر حديثي مع جاكوبو موتشنيك في مكتبه في دار فابريل للنشر والتوزيع. كان مستاءً. في غضون عامين، عمل على بناء أفضل «حاضنة» كتب على الكوكب. دون مبالغة. إلا أن دار الشركة العامة للنشر كان فيها رأسماليون دنيؤون، استنكروا وجود كتاب بريء للغاية في داره، عنوانه «مستقبل الإيمان»، وذلك بهدف إيذائه فقط. غرق الناشر إلا أنه حافظ على اتقاد شرارة ذكائه.

قال لنا أنا وبيلغريني: «الأمر كله يتلخص بالاستسلام للطبيب، فتكون مستعدًا للموت بين يديه بسعادة». وقد أعد بيلغريني مختارات استثنائية من **الشعر السريالي**، إلا أن أكثر الشعراء سريالية بين الثلاثة المختارين، كان دون جاكوبو. دخل الغرفة المظلمة، واتجه نحو غرفة الضيوف. «يوجد فيها المقطوعة الموسيقية منمنمة، هذا اسمها، وأرسلها لي أوجينيو غرانل[1] من نيويورك.

---

(1) أوجينيو فرنانديز غرانيل (1912-2001)، فنان سريالي وأستاذ وموسيقي وكاتب إسباني. أعماله معروضة في معارض ومتاحف عالمية. ونشر 15 كتابًا من أبرزها «الرجل الأخضر». [المترجم]

ولد هنا، في مدينة لا كورونيا، لكن لا أحد يتذكره تقريبًا. إن فقدان الذاكرة أمر انتكاسي. وهناك، نشر كتابه **الرجل الأخضر** الذي كتبه وحرره في المنفى. وبالمناسبة، أنا رجل أخضر أيضًا. ها هي الرسالة المدونة فيه مع النوتة الموسيقية: **تهويدة الطفل الميكانيكي** هنا، إنها هنا. تعالي يا غاروا، تفضلي. هذا البيانو قضى حياته صامتًا!»

ذهب كلاهما، أمارو وإليسيو، إلى محطة القطار. كان أمارو يحمل حقيبة. وإليسيو يحمل صنارة الصيد، ورفع يده الأخرى مودعًا وحاملًا مظلة من مظلاته المائة.

بقي في تيرَّانوفا صوت تهويدة الطفل الميكانيكي.

إكسبكتيشن

غاليثيا، صيف عام 1977

في فترة طفولتي، كنتُ دائمًا هناك في منزل المالكين التقليدي، مع إكسبكتيشن ودومبودان. إنهما الشخصان الوحيدان اللذان أتذكرهما في ذلك البيت. لم يكن هناك، على الإطلاق، أي رجل بالغ. عندما ذهبنا إلى تشور، في عطلة نهاية الأسبوع، في موسم الأعياد، كان أول ما فعلته هو الذهاب إلى ذلك المكان، إليهما. في تلك الأيام، على ما أذكر، كانت إكسبكتيشن تطبخ في البيت الكبير، لكنْ دائمًا ما كان ينتهي بي المطاف على الطاولة في البيت الصغير، مع مفرش المائدة ناصع البياض، وموقد النار المشتعلة والدخان ينبعث منها. أكلت هناك. أكلت حساء الكرنب، وتلذذت كالأرنب أووم. عندما كنتُ في جهاز الرئة الحديدية، وأخبرت إليسيو القصة، أضفت إليها الروائح التي كانت تعبق في منزل إكسبكتيشن. وحتى عندما بقيت وحدي، أدركت معنى الحنين، تلك الفكرة التي كان يتجادل أمارو وإليسيو بشأنها كثيرًا. إنه الجدال. إن ما كان يقلقني كثيرًا ويُضايقني عندما كنت طفلًا هو نبرة السجال المتصاعدة، إلى أن اكتشفت بأن الجدال كان بمثابة تمثيل لعمل مسرحي. وفي النهاية، كان الأمر ينتهي، مثل الممثلين، بمعانقة بعضهما بعضًا. وأنا هناك، أقف على الهامش، وأتفرج. كل الشياطين كانت تأخذني بعيدًا عن الواقع!

زمجر والدي: «إن الحنين والاشتياق شعور حيواني! كلنا نمتلكه، أعني كل الحيوانات. أعط كلبًا عظمة، ثم انتزعها منه. سترى بعينيك المعنى

الحقيقي للاشتياق والحنين. الاشتياق للعظمة!» تلك كانت أطروحة والدي، الذي ارتحل في أنحاء البلاد، وخبِر معنى الاشتياق عند الحيوانات. وبعد ذلك هاجم تياكسيرا دي باسكوايس[1]: رجل الحنين والاشتياق ذاك! كانت الأديان ضعيفة لدينا، والآن يأتي إلينا شخص يعرض لنا الحنين.

مَن يكون تياكسيرا الذي لم يتحدثوا عنه لا في الراديو ولا في المقابلات ولا في مكان؟ هما اثنان فقط، كانا على وشك الانتحار من أجل تياكسيرا.

ثم سحب إليسيو بطاقات الحظ، بطاقات الكون، سيارة الفيات، الأفعال، روح العالم، اندماج الروح والمادة، الرغبة، الذاكرة، الحياة والموت. أتحدث عن كل ذلك، وماذا عنك يا أمارو؟ تُكشِّر عن أسنانك، لأنك فقدت العظمة.

أما أنا، فما ينقصني هو حساء إكسبكتيشن.

لقد أخبرتُ غاروا عما عرفته من إشاعات. إن دومبودان ولد فجأة.

فجأة؟

ظهرت أمه ذات يوم في البيت الكبير، وكانت تضع يدها على بطنها، مشيرة إلى أنها على وشك الولادة. كان إدموند قد مات، إلا أن الجدة بالينا كانت ما تزال على قيد الحياة. وكان هناك عدد كبير من الناس حول البيت الكبير. لكن لا أحد منهم لاحظ الأمر، أو أنهم لم يرغبوا في ملاحظته أصلًا. خرجت إكسبكتيشن كعادتها تتمشى مرتدية تنانير وأحزمة. «مثل الطبقات الجيولوجية»، هكذا كانت تقول أمي. أما كومبا، فقد قضت بعض الوقت هناك، للاهتمام بما يخصها، أو بعبارة أخرى، أنا. أنا من كنت داخلها. مثل قلادة معلقة من الأقمار وكل النجوم. واتضح أن الكون كله كان يدرك أن المولود يعتمد على إكسبكتيشن. إن اليوم الذي كسرت فيه الصمت، هو اليوم

---

(1) يواكيم بيريرا تيكسيرا دي فاسكونسيلوس (1877–1952)، المعروف باسمه المستعار تيكسيرا دي باسكوايس، شاعر برتغالي. تم ترشيحه خمس مرات لجائزة نوبل في الأدب. [المترجم]

الذي ولد فيه، حقيقة، ذلك المولود. ظهرت مبكرًا، مع بزوغ الفجر، قالت إنه الفجر، الأمر الذي أذهل الإغريقي الجديد، أمارو، الذي صرخ بفخر متوارث: «لا بُدَّ أن تكون الوحيدة في هذا الركن التي أطلقت اسم الفجر على الشفق!»

قالت إكسبكتيشن: «ذلك لأنني أستيقظ باكرًا جدًا».

نعم، هذا صحيح، لقد استيقظت مبكرًا، مع طلوع الفجر، وجلبت الحليب الطازج بعد أن حلبت البقرة السخية، والتي ما تزال تحمل اسم إليكترا. بدا أن كل شيء يأتي من الإبريق نفسه، من ذلك الحيوان الحي بصفائه المضيء، وبياضه المتدرج، وتلك الرائحة التي جعلت إكسبكتيشن قادرة على تحديد المرج المناسب الذي ترعى فيه البقرة. ذلك ما أطلق عليه فونتانا اسم حاسة الشم المتوارثة.

كان يومًا مُشرقًا، مع طلوع الفجر ووجود الحليب والقشطة المخثرة المستخرجة من الحيوان المضيء. وفجأة، وضعت الإبريق برفق، ثم هزته لتحرك الحليب الراكد، وأفرجت عن محتواه، علا غبار الدقيق، والرغوة، والفم أيضًا، إنها قشطة الكلمات وزبد اللعاب.

«لكن، ما الذي يحدث يا إكسبكتيشن؟»

«إنه قادم!»

«من القادم؟»

هوسكبارنا. لا يمكن أن يكون شخصًا غيره. ذلك الرجل الذي يقضي طيلة الأسبوع في الجبال، ثم ينزل ولديه الرغبة في هدم وتخريب شيء ما، حتى لو كانوا أشخاصًا. شرب مشروبًا آخر بشراهة، من ذلك الشراب الذي يُذهب الحواس، ويُقدمونه في حانة بونانثا. تمكنت من سماع صوت تسيير شبكة خلاياه العصبية ومعداتها البدائية.

عليك أن تذهب إلى سوق المواشي، وأن تسأل التاجر هناك كيف حدثت معجزة دومبودان.

ومرر هوسكبارنا الكرة إلى مامبيس، قائلًا:

«نعم، اسأله كيف جعل إكسبكتيشن تحمل دون أن يلتقي معها. ما تلك الأداة التي معه؟»

كان يوم الأحد صباحًا. إنه يوم جميل. جرس الكنيسة يدعو إلى القداس عند الثانية عشرة.

تمكن دومبودان من تعبئة القهوة من الماكينة، كانت ساخنة جدًا، وسكرها كثير. ماكينة القهوة وقنافذ البحر. القنافذ من أجله. قنافذ عمرها ثماني سنوات. إنه المقياس الكوني. كأنها مخلوقات فضائية بين النجوم، دفعتها التعويذة، ومغمورة بفانوس أرسطو[1]، يا له من تقدم. ذلك كل ما يحتاجه الإنسان حتى يكون خالدًا.

«إن التاجر ذا القبعة ذاك ليس والدي. فوالدي يعمل ميكانيكي تشحيم. يعمل في منشأة تجارية بحرية».

كُنا نصعد، في بعض الأحيان، على صخرة يسمونها يد القدرة. أجلس على الأصابع، وقدماي متدليتان نحو الهاوية، كان ذلك أفضل منظر على امتداد خط الأفق، والذي يشهد أنشط حركة مرورية للسفن التجارية وناقلات النفط الضخمة التي تذهب وتجيء من الموانئ الشمالية. من حين إلى آخر، يبدو الظهور المبهج لبعض السفن الشراعية الكبيرة، التي تمضي عكس المسار المحدد والمرسوم للبقية، كأنها تعبر من دون هدف، للمرور فقط.

قال مع شيء من الأمل: «ربما كان على متن تلك السفينة الشراعية!»

كان دومبودان أكثر واقعية، حتى في أحلامه.

---

(1) يستخدم مصطلح «فانوس أرسطو» لوصف فم قنفذ البحر، استنادًا للفيلسوف اليوناني أرسطو الذي درس ذلك الحيوان ووصف أجزاءه. وما زال المصطلح مستخدمًا إلى اليوم بعد مرور آلاف السنين. [المترجم]

«لا. إنه ميكانيكي، ميكانيكي فحسب»،

قال ذلك معايرًا التجار بجدية بالغة.

بدت تلك السفن فارغة، كأن لا أحد على متنها يرغب في الخروج لمجرد الخروج فقط، وإلقاء التحية على الناس المتواجدين على الشاطئ. لا، لا شيء يُشتتهم. بدا كأن الجهد الذي بذله دومبودان عبر تصويب عينيه إلى تلك السفينة، مكَّن بصره من اختراق الصفيح، واختراق غرفة التحكم، واستطاع أن يرى والده هناك، غارقًا بالعرق والشحوم، بلا كلل. لا، لا يمكنه الخروج. لا يمكنه أن يترك السفينة. لا يمكنه أن يعود. وفجأة فهمت ما أوحت به نظرات دومبودان، المركزة على خط الأفق. كان الأفق يحاصر السفينة ويتمسك بها فتعجز عن الانعطاف. ووالده الميكانيكي هو العنصر الوحيد في الطاقم.

كان هوسكبارنا ومامبيس يستهزئان به. ثم استسلما. كان يوم إجازتهما، وكانا ينزلان من الجبل لتقطيع الأشجار الكبيرة. كانا يبحثان عن أي عمل أو فرصة تتيح لهما المقاومة. أمر مذهل. توقفت مناشير الأشجار، وكانت الخيول بمتناولهما. كذلك، فإن دومبودان كانت لديه قوة بطريقته الخاصة. كان نحيفًا لكنه صلب مثل دعامة.

كان والدي ميكانيكيًا. فما الذي حدث معه، ومنعه من مغادرة السفينة، وتحديدًا عند وقوفه في أنتوفاغاستا؟

لِمَ؟

توقف في أنتوفاغاستا. ها هي الرسالة.

«إنها رسالة حقيقية، وكان يحملها دائمًا في جيبه الخلفي، داخل مظروف، ووضعها في مغلف بلاستيكي».

انظروا ماذا يقول: «أنتوفاغاستا، أتاكاما، تشيلي».

«تعال يا أنت. ماذا تقول الرسالة؟»

«عندما كان هناك، وتحديدًا في المكان الذي كتب فيه هذه الرسالة، سقطت قطرة ماء عليها. كانت المرة الأولى منذ ما يقارب أربعين عامًا. انظر. ما يزال بإمكانك أن ترى ما الذي حدث للحبر نتيجة ذلك. ووفق إكسبكتيشن، فإن والدي قال إن عليه أن يصلح السقف».

قال مامبيس: «إن إكسبكتيشن لا تعرف القراءة، وعلاوة على ذلك، ماذا كانت ستقرأ إذا كان الحبر قد لطخ الورقة؟»

«اسكت أنت»، قالها هوسكبارنا.

كان الجميع، هوسكبارنا ومامبيس وبقية الزبائن يحيطون بالرسالة. يحيطون بقطرة الماء، وارتدادها، كانوا مثل دائرة باهتة من العيون. ثم ترتفع الرؤوس باحثة عن السقف، سقف أحد أفقر المنازل.

تتكلم غاروا مع إكسبكتيشن، وتقول لها: «رجلي العجوز يتحدث عن كاهن غاليثي، رجل مميز للغاية. تعرَّف عليه في العمل، عندما قصده كي يسأله عن تكلفة طباعة كتاب. لم يتسنَّ له كتابته على الإطلاق، رغم أنه كاتب بذاته. كانت كنيته ترييث. ترييث؟ كان كريمًا جدًا. مات وهو يرقص في صالة البولينغ. يقولون إن عائلته من هنا، وكانت غنية جدًا. كانت تمتلك منتجعًا صحيًا مشهورًا. يقع ذلك المنتجع في أتوكسا».

قالت إكسبكتيشن: «رأيته من الخارج. لا أظن أنني أرغب في أخذ حمام هناك. بل أرغب أن أذهب إلى الكازينو، نعم. وأرى دورات اللعب حتى النهاية. لكن، بالمناسبة، إذا أخذت حمامًا، فلن أكون سعيدة جدًا، لأن ذلك أمر شخصي وخصوصي جدًا، أفهمت قصدي؟ يقولون إن الأغنياء يمتلكون ذواتهم، وأنا أيضًا ملك نفسي. فأنا لا أحب الاختلاط على الإطلاق. أرى ما يفعلونه، وكيف يعيشون، إلا أنني لا أريدهم أن يرونني. إنها خصائصي

الموروثة التي أملكها. تريحني حقيقة أنهم لا يرون كل ما أفعله، وما آكله، وإن كنت أنام أو لا أنام. أنا أعرف الكثير عنهم. أغسل ملابسهم، أنظف فضلاتهم، وهذا كثير لنعرفه. وذلك ليس كل شيء. إلا أنني عرفت الكثير عنهم، عن أولئك الذين كانوا في البيت الكبير في تشور، وعن الذين كانوا في مقر الحاكمية، وعن طبيب الأسنان الذي بنى فيلا، انظري كم يكسب أطباء الأسنان من أموال، نعم، أعرف الكثير. أستطيع أن أخبرك يا غاروا لأنكِ لست غنية، أليس كذلك؟ لا أنت لست كذلك. ربما يكسب نصف ما قاله لي. بالنسبة لي، بيثينثو بمثابة الابن». ضحكت: «نصف ابن على الأقل، لكونه رضع من ثدي واحد ودومبودان رضع من الثاني».

خشيتُ أن تخبرها إكسبكتيشن عن حادثة اعتقالي مع دومبودان على سطح الكاتدرائية. ذلك ما حدث في مركز الشرطة، حيث كان دومبودان يحمل حقيبة ظهر بنية. تبادلنا النظرات أنا وإكسبكتيشن. وبعد ذلك عرفت بأنه لا. لا هي ولا هو أقدما على فعل من هذا النوع من قبل. لقد شعرت بالاشمئزاز من نفسي. لا سيما بعد ظني بذلك، ولعدم ثقتي بهما.

قالت إكسبكتيشن: «قضيت وقتًا ممتعًا للمرة الأولى، عندما ذهبنا إلى الشاطئ جميعنا، كل من في القرية، ركبنا المقطورة. لدينا البحر قريب منا. لكننا لم نصارع الأمواج لا، فمن كان يصارعها هم الشباب فقط، أما معظم مَن كانوا في مثل سني فقد ساروا على الشاطئ وهم يرتدون ملابسهم العادية. أعطتني دونا كامبو لباسًا للسباحة، إلا أن ارتداءه استغرق مني وقتًا غير قليل. ولم أستلق تحت الشمس. فأنا لا أفعل ذلك، بوجود الآخرين أصلًا. ما يُعجبني هو الاستحمام عندما لا يراني أحد. أما الشمس فيمكنها أن تراني! وأن تغمرني!»

وأطلقت تلك الضحكة الصاخبة، وكأنها لم تضحك منذ ألف عام:

«أحب الشمس كثيرًا، لكنني أخشى أن أحمل مرة أخرى!»

دخلنا مع إكسبكتيشن ودومبودان إلى كنيسة كابانا ديل سانتو، صغيرة الحجم وتابعة لأراضي البيت الكبير. وفي ذلك الوقت، كانت هناك ثلاث لوحات موقرة في هذه الكنيسة. أما أكثرها زخرفة، فتعود إلى القديس أنطون مع حيوان بري عند قدميه. فالحيوانات تظهر كثيرًا في المعابد. وفي كلمات الأغاني أيضًا. وعندما وُضع الحيوان في الرسم، أي حيوان، كان بداعي الاهتمام في البداية. أتعلمون أن أنطون هو شفيع الحيوانات، وهو شفيعي أيضًا، شفيع المعوقين؟ عندما قالت ذلك، بالغتُ في العرج، والتففت لأحاكي شكل قطعة **لحم مقدد**، إلا أنني لم أحقق نجاحًا كوميديًا. فالمصائب لا تأتي فرادى. لقد كانت منطقة تشور واقعية للغاية. والفن في جعل المعاناة جميلة ميزة عظيمة. أطلَّت غاروا برأسها، وأومأت لي طالبة مني السكوت، لأنني بالفعل كنت أقف أمام جوهرة تشور. لوحة صغيرة مبهجة في وسط الظلام، وأكثر اللوحات حيوية على الإطلاق، ذلك ما قالته إكسبكتيشن. إنها مصنوعة من الخشب الحي! أما والدي، أمارو، فيرى أنها لوحة أنونثيادا[1] في تشور، لأنه في فترة وجوده في معهد الدراسات، عمل على دراسة عن موضوع اللوحة. كانت عملًا تعبيريًا له سمعتُه، أكبر دليل قديم للوحات الأبرشية، وأنها واحدة من تلك الأيقونات «التي لم يصنعها البشر». في دراسته تلك، استعمل «متعددُ الانعطافات» وسيلةَ التهكم لقلب أطروحته. إذا قال النجار جيبيتو عن بينوكيو خاصته إنه مصنوع من أفضل أنواع الخشب التي عرفتها البشرية جمعاء، فلم لا نقول ذلك عن لوحة مادونا أنونثياتا، ماريا أنونثيادا؟ إن اللوحة مصنوعة من خشب متواضع وبأيد مخلصة وماهرة، وبرؤية منتجة،

(1) لوحة لفنان النهضة الإيطالي أنطونيلو دا مسينا، من المحتمل أنه رسمها في صقلية عام 1476. [المترجم]

إنها أكثر القرابين إنسانية. شيء من هذا القبيل.

وضعت يدها اليسرى على بطنها، ورفعت يمناها، كأنها تشير إلى أن الجنين يتحرك.

«أريد أن أقول شيئًا، هناك شيء ما يجعلني أضحك»، قالتها غاروا.

«سيكون ذلك بسببي ربما!»، قلتُها أنا.

فبعد خروجي من جهاز الرئة الحديدية، أرسلتني كومبا ذات يوم لأصلي لها، أتيت وحدي.

وفجأة، قالت بصوت منخفض وبنبرة جادة، صاعدة من أعماقها، إذا جاز التعبير: «أتريدون أن نحتفل بالزواج؟»

لم تكن مزحة. أسلوب نظراتها أطال أمد تحديها. أما أنا، الذي لم أتوقف عن المزاح، فلم أعرف ماذا أقول، وفي تلك اللحظة.

«لا أعرف القراءة، لكن الكتاب عن طريقة الاحتفال بالقُداس موجودة في رأسي».

قلتُ، على سبيل النكتة: «هل هو مكتوب باللاتينية؟»

«طبعًا. لقد كان المشهد السينمائي الذي امتلكته».

وقفت غاروا في الوسط، بيني وبين دومبودان. جعلت اللعبة نشيطة. كانت ضحكتي متوترة. شعرتُ بالخوف، والآن عرفت أن دومبودان يتملكه الشعور نفسه.

«هل أنتِ مخولة لتزويجنا؟» سألتها غاروا.

أما إكسبكتيشن، فقالت بصوت الكاهن:

«أنا أزوج مَن يريد الزواج! لكن، بالطبع، لا بد من الحب أولًا».

دومبودان

»خلقت لأحيا.
أقول ما قاله لنا الطبيب.
بالحرف الواحد، وبهذه الكلمات:
هذا الفتى خلق ليحيا«.

أما أمي إكشبكتيشن، فأومأت برأسها بصمت، بكل احترام ومودة؛ لأن أمي تحدث الطبيب كما لو أن كلامه مقدسًا. إنه طبيب معروف وله سمعة جيدة، لا سيما فيما يتعلق بعلاج مرضى الأعصاب، أي أنه يدرك ما يقوله لها.

في البداية، سألني:
»أتريد أن تموت؟«

أحب هذا النوع من الأسئلة، الواضحة والمباشرة، إلا أن لساني له زلاته. وهذه السمة تتغلب عليَّ خصوصًا عندما يكون السؤال جيدًا.

»لا، أنا لا أريد، لا أريد أن أموت. لماذا سأكون راغبًا بالموت؟«

في مقبرة تشور، وبين الألواح الرخامية القديمة، يوجد شاهد قبر ما زال من الممكن قراءته، مثل صوت ناطق في الحجر: **هنا يرقد شخص لا يريد أن يموت.**

أصرَّ الطبيب على سؤاله، لكن بطريقة مواربة.
»هل تريد أن تؤذي نفسك قصدًا؟«
»لا«.

«لماذا حركت يديك ضد نفسك؟»

استغرق الأمر مني بعض الوقت حتى أفهم مقصده.

أما إكسبكتيشن، فكانت تنظر إلى يدي باستنكار. وأنا أيضًا. كانت يداي وحدهما، تغطي إحداها الأخرى، وترغبان في الاختفاء. فدسستهما بين فخذيَّ.

نظر إليَّ الطبيب متفحصًا، لكن ليس بقصد أن يفحمني بسؤاله. فأنا عرفت جيدًا بأن هناك شكلين للنظر نحو الهدف المتحرك. الأول لصرف الانتباه، والثاني للإمساك به. هذا الأمر صرت أعرف كيف أميزه جيدًا، لاختلافه تمامًا عما تعلمته في بداية حياتي. عندما يأتي أحدهم من أجل شيء بذاته، ويرغب بالإمساك به، فإنني أعرف من أي قدم تعرج الدجاجة. لكني أظن أن الطبيب قد شرد ذهنه، لدرجة أنه توقف عن تدوين الملاحظات على دفتره. كنت أستمع. والآن طرح سؤالًا جيدًا.

«لنرى الآن يا دومبودان، هل فكرت ولو لمرة واحدة بالانتحار؟»

«لماذا تسألني هذا السؤال؟ بسبب السقوط؟»

فأنا سقطت عن السطوح، والجسور، والشجر، والخيول، ودراجات مونتيزا. ذات مرة، كنت أدور في اللعبة الدوارة في السوق، وعندما بلغت أقصى سرعتها، نزعت حزام المقعد وقفزت عنها. يمكنني أن أسقط من أي علوٍّ كان، لكن لا يحدث لي أي شيء. فأنا لديَّ ذلك الدافع. ذلك الفن.

«أنت رأيت ذلك يا غاروا، رأيت كيف سقطنا في النهر ولم يحصل لنا شيء. فما الذي يمكن أن يحدث؟ النهر موجود أصلًا كي نسقط فيه».

«أنا لا أؤذي أحدًا بسقوطي، ولم أوذ حتى نفسي. أنت تعرف يا بيثينثو بأنني أمضيت حياتي وأنا أسقط هنا وهناك. أسقط ثم أقف على قدمي. لكنني أعرف جيدًا أن هناك أناسًا يلقون بالآفات والثعابين. هؤلاء هم الذين لا يتركون عظامًا سليمة. يحسدون كل شيء حتى يقع».

ولا يفعلون شيئًا سوى القول:
أصيب ابن إكسبكتيشن برأسه.
ابن خياطة تشور خوذته تالفة.
الفيل دامبو، ابن الأم التي أنجبته، مدمن.

لا أعرف لماذا يُدخلون أمي في قضيتي السقوط والمخدرات. فأنا لم أسقط عندما كانت حالتي سيئة، بل على العكس، كنت أسقط وحالتي جيدة جدًا. لقد تدخلوا في شأننا، لأنه لم يكن لي أب. إلا أنني أنا نفسي أعلم جيدًا أن لي أبًا. ففي كل معرض، وفي كل جنازة، يكررون النغمة نفسها: إن ذلك الرجل التاجر، الذي يرتدي قبعة هو والد دامبو. لا. هذا ليس صحيحًا، فأنا سأعرف والدي ما إن أراه. من أول نظرة. فأنا أعرف بأن والدي ميكانيكي. وأغلق أفواههم، بعد ذلك، برسالة أنتوفاغاستا.

بالنسبة لمسألة السقوط، فقد فهم السيد أمارو الأمر جيدًا. فما حدث هو سقوط لكن دون أن يكون سقوطًا فعليًا، عندما صعدت درجات السلم، وكنت أقلم الكرمة حينها، سقطتُ وبقيت واقفًا على قدمي، فقال لي: «إنه سقوط مثالي أيها الفتى!» وأضاف عبارة عظيمة: «كيف وجدت هذا السقوط؟ وماذا قال بيثينثو؟»

«إنك كلاسيكي يا دومبودان!» ذلك ما قاله.

نعم، كلاسيكي، أعجبني الوصف.

لم يرق لي استخدام الطبيب لتلك الكلمة، الانتحار. هناك كلمات من الأفضل عدم قولها. ذلك ما تعرفه أمي جيدًا. لذلك كانت تطلق على الشيطان لقب فنان. وعندما يسألونها عني، حتى أمامي، وعن دراستي السيئة التي دفعتني للتغيب والانسحاب، كانت تحافظ دائمًا على مسارها، تصلي وتدعي، لكن دون التخلي عن التوجيه والقيادة:

«السيئ في داخله، يحوي خيرًا إلى حد كبير».

إن الحفر في هذا الموضوع بالعمق يثير القرف. مستاء بالطبع. كانوا يرغبون في سماع كلمات مثل: فاجعة، كارثة عظيمة، حدث مأساوي. لديَّ الكثير من هذه الكلمات. عندما أشعر بالشر، أتناولها مثل إكسير للحياة، وحبات ذهبية للخلود.

كيف يعرفونني جيدًا؟

كيف حالك يا دامبو؟

أفضل. **لسوء الحظ، أفضل.**

«كانت تلك الرسالة جيدة يا بيثينثو. إبوبي بوبي بوبي، كانت أغنية جيدة أيضًا، وكذلك أغنية **حائط البراق**. فهذه كلها أفضل ما جرى تأليفه من أغانٍ يا غاروا. من المؤسف للغاية أن تذهب فرقة القنافذ إلى الجحيم. فكم استمروا يا بيثينثو؟»

«حوالي عام واحد أو أقل، ربما».

بناء على ذلك، فإننا لن نذهب إلى أي مكان. انظري إلى فرقة رولينغ ستونز. كم أمضوا من وقتهم؟ تقريبًا مثل فرقة ساتيليتس من مقاطعة أكرونيا. هذا ما تتيحه ذاكرة التخزين المؤقت. مهما يكن. الانتحار. لم تعد إكسبكتيشن تقول شيئًا، إلا أنني أشعر بهمهمتها دون كلام. همس في قلب الكلمات. انظر، إنها لم تعد تتحدث وحدها عن حياتها! ربما كانت تظن وهي صغيرة، أن مذاق الحساء أفضل بكثير بسبب مقدار حديثها عن الحبَّار، إنها طريقة تترافق مع ذلك التذمر المتواصل وتضفي على الحساء طعم التوابل غير المادية. الرادون. لقد تحدث أمارو ذات يوم عن الرادون، وعن إشعاع الحجارة، وكيف يُنتج ذلك الاشتياق والحنين. إنها الطبيعة العلمية للاشتياق والحنين. جاءت أمي لتمضغ الرادون. دخان الموقد. الظل الأسود.

العوالق الثابتة في الهواء الرطب. والكلمات مثل نبات القُراص. أسمعها الآن تمضغ مع شعور بالاشمئزاز، لذلك الجانب اللاذع من الانتحار. كانت تجلس على كرسي. حتى أن المكتب الاستشاري ذاك لا يوجد فيه كنبة. ولا يوجد فيه مكان يمكنني السقوط منه.

في النهاية، لم يكن السؤال تافهًا، إنما طرحه الطبيب بطريقة أخرى:

«هل فكرتَ مرة في مغادرة الحياة؟»

شعرتُ بشوكة تؤلمني. إنَّهم يحتشدون، وينتشرون في كل مكان، ويبدو أن هناك الآلاف في أنحاء العالم.

قلتُ:

«لا أعرف إن كنتُ قد فكرتُ بالانتحار أم لا، ولكن فكرت في أن أترك الحياة لا، لم أفكر مطلقًا بذلك».

أنهى الطبيب ضحكته. أما أمي، فعلقت قائلة بأنني كنتُ ذكيًا ذكاء خامًا، الأمر الذي أعجبني. وبعد ذلك، جاء الحكم مغلفًا بنبرة اليقين العلمي:

«إن هذا الفتى خلق ليحيا».

أما عن حقيقة تلك الرؤية لدى الطبيب، فكان نتيجة أمر متعلق بالسيدة كومبا. لقد أخرجوني من السجن شريطة أن أتلقى العلاج. وذلك ما فعلته. دخلتُ خزانة العليَّة في البيت الكبير، وكانت مخبأة خلف جدار من الصحف المربوطة مثل الحِزم، في ذلك المكان الذي لم يدخله أحد منذ أن ذهبنا إلى هناك لنرى ذلك الفيلم الذي صوّره لنا والدك يا بيثينتو. ما زال من الممكن مشاهدة سقوط الشلالات المذهلة في النهر. ظهرنا مثل رسوم متحركة. كنتُ هناك، أغلقت على نفسي، وكان المفتاح موجودًا في الباب من الخارج. أنا وحدي هناك، مع الكاميرا الداجيرية والصور وجهاز عرض قديم. أنا وإكسبكتيشن وحدنا نعرف بأنني كنت هناك. فالمفتاح معها، ولم تكن لتفتح لي الباب،

حتى لو أنني صرت أعوي مثل ذئب. كل شيء له صرير. قارب مقلوب، وأنا، مقيد بالسرير، منزوع الأسنان والأظافر، ألهث، أبحث عن جيب هواء غارق. هواء له رائحة خادعة، ونضارة تعفنت فيما بعد. بعد ذلك، عرفتُ أن إكسبكتيشن فتحت الباب ليلًا لترش الغرفة بمعطر الجو «أرمونيا فلورال». إنه خلاصي. فقد أمضيت يومًا آخر وليلة أخرى وأنا أقاتل ضد تلك الرائحة، تلك الرائحة الكريهة لباقة مطلية بالذهب.

إن ما قاله الطبيب صحيح، فأنا لم أخلق لأموت.

كان ينبغي عليها أن تسمع. كم عانيت. كم بكيت خلف الباب. وقاومت حتى إنذار القلب الأخير: افتحي الباب يا إكسبكتيشن وإلا سأفقأ عينيَّ. يدي مجروحة، حتى إذا وضعتِ المفتاح وأدرته في القفل فإنه لن يفتح. ولم يفتح. تلك هي الأم.

طرد الخوف

«لم أكن قادرًا على طرد الخوف، فغادرت»، قالها دومبودان.
«طرد الخوف؟» سألته غاروا. سألته واستجوبت الهواء. في نهاية المطاف، كنا هناك، في تشور، بسبب الخوف. إنه موسم الخروج من المدينة، من الأرض المخفية، بعد العنف المفاجئ والمروع على تيرَّانوفا.

كان دومبودان يُحدثنا بأنه كان يعمل في مزرعة لتربية الدجاج المخصص للشواء. وطبيعة عمله تقتضي مراقبة النظام الاجتماعي. ذلك ما قاله له صاحب المزرعة منذ البداية. فمن المهم للغاية ضمان النظام الاجتماعي.

النظام الاجتماعي؟

نعم، فمالك المزرعة لديه عدة شركات. من المهم بالنسبة له أن تكون المسألة مدروسة جيدًا. لكن المشكلة الرئيسية في المزرعة كانت تكمن في الطيور الخائفة.

«المشكلة الأكبر ستكون في الذين يتسببون بالخوف»، قلتُها له. الخائفون هم أولئك الذين ينتهي بهم المطاف بالموت. تلك هي المشكلة. والنظام الاجتماعي يتضمن نوعية المغذيات وجودتها. لأنه إذا لم تبدأ الطيور بالتجمع متلاصقة بدافع الخوف، فإن الأكثر دهاء بينها سيسيطر على الجزء الأكبر من الغذاء. ثم يأتي الوقت الذي يسحق فيه الخائفون بعضهم بعضًا. بسبب الخوف. فإذا أنشأوا مناطق للخوف، سيكون من الصعب عليهم طرده بعد ذلك.

«لماذا يصعب عليهم فعل ذلك؟» سألت غاروا.

«لأن الخوف يبقى في مناطقه».

بقينا للحظة صامتين. وحده صوت أرجحة حذائي كان مسموعًا. مشيت بصعوبة أكبر عندما شعرت بالقلق. فقد دخلت في مخيلتي إلى منطقة الخوف. يعمل دومبودان في ورشة لصناعة الألعاب النارية، في مكان بعيد، موجود على قمة تل اسمه «بحر الخراف». وأخبرنا أن البُعد سببه أمني، للحفاظ على سلامة الناس. فمثل تلك الورش لا يمكن أن تكون موجودة قرب المناطق السكنية.

«فهمتُ بأن تلك المزارع لا يمكنها على الإطلاق أن تُطفئ أضواءها»، قلتُها.

«أبدًا. تبقى الأضواء مشتعلة ليلًا نهارًا».

«ولماذا تتركها مضاءة؟»

«من أجل الموسيقى».

«من أجل الموسيقى؟»

«نعم، من أجل الموسيقى. ولا ينبغي للموسيقى أن تتوقف ولو للحظة واحدة. أنا أحب الموسيقى كثيرًا. إلا أن صاحب المزرعة لم يسمح لي بالتغيير. قال إن عليَّ أن أختار نوعًا واحدًا من الموسيقى فقط، وبالتحديد تلك الموسيقى اللعينة التي لا تجعلني أطرد الخوف».

«وما تلك الموسيقى؟»

«لا أعرف. في الحقيقة لا أتذكر».

بدا أن نظرة دومبودان تعبِّر عن معاناة كل الطيور من الأرق. معاناة كل الكائنات التي لا تستطيع النوم أبدًا.

وسألت غاروا: «والآن، ألا تشعر بالخوف؟ ذلك شيء خطير، مثل البارود، أليس كذلك؟».

«لا، أنا لستُ خائفًا. فما نقوم به يسعدنا».

قالت: «عليك أن تفكر بالعطلة. ذلك هو الشيء الوحيد الذي يجب أن تفكر فيه. أن تتأمل السماء في الليل، والظلام الدامس. وفجأة، تجد هناك نجومًا تُشكِّل شجرة نخيل مضاءة، أو ثعبانًا لامعًا، أو مطرًا من نجوم... عندما تشعر بأن ذلك كله بين يديك، يزول الخوف».

تقدم بضع خطوات، ثم عاد إليها، وكان رجلًا في أسعد لحظاته:

«سأوقد لك النار يا سيدتي».

كنا هناك لعدة أسابيع؛ بهدف الابتعاد عن منطقة الخوف لدينا، لكن غاروا كانت تشعر براحة وسكينة أكبر في تشور.

«ستكون هناك في مأمن من كل شر»، قالها أمارو.

وقالت كومبا بتهكم: «نعم، فالناس في تشور يعرفون وحدهم أن تشور موجودة».

لقد شمت بالفعل رائحة فصل الخريف في الصيف. كانت إكسبكتيشن مصدر انبهار بالنسبة لها، بشكل وجودها، بجسدها، إذ تبدو مثل نجمة بدينة، تسير في مدار متواصل، تخلق وقتها الخاص. كانت معجبة بطريقتها في التعبير عن نفسها، بالكلمات التي تستخدمها وتخرج من فمها، وبتأثير ضحكتها. لقد أحبت دومبودان. كنت مندهشًا. لأنني أحببت أنها أحبت دومبودان. النظر إليهما وهما يسقطان معًا. فقد بدأ دومبودان حياته مع هواية السقوط مبكرًا. كان يقوم بذلك في وقت فراغه في نهاية كل أسبوع، يركب الدراجة الهوائية، ويذهب إلى حقول العشب الواسعة والرعوية ويسقط في البرك الموجودة هناك. ينزل المنحدرات ويسقط منزلقًا مثل الطيور المتثاقلة على حقول الذرة. يسقط متدحرجًا على الكثبان الرملية. إلا أنه يفضل السقوط، بشكل خاص، في النهر. سقوط من فوق الجسر. من فوق أغصان الأشجار الضخمة.

«صوِّر، صوِّر يا بيثينثو!» وأنا أقوم بإيماءات التصوير بكاميرا غير مرئية.

يساعدان بعضهما على الخروج من الماء. يجففان نفسيهما، ويتخلصان من الطين العالق على جسديهما. وأنا واصلت تصويرهما. إنها طريقتي لمشاركتهما.

في المساء ذهبنا للبحث عنه، ولكن من طريق غير الطريق الذي سلكه للصعود إلى الجبل، ما أتاح لنا رؤية البحر عند وقوفنا على صخرة. لقد حمل معه الغذاء وأكل مع زملائه في السقيفة. مشى في ذلك الطريق، وعبر ذلك التقاطع، قبل أن يأخذ طريقًا آخر غير مباشر في اتجاه الورشة، والتي كانت في الأساس بيتًا مهجورًا. إنه مغلق، كان عليه أن يقول. وبما أن ذلك البيت لم يكن مُنهارًا ولا حتى أطلالًا، فهناك يد قد اعتنت به؛ جزء من جدرانه من الحجارة، والجزء الآخر من الخشب، وتلك اليد دهنت الأبواب وإطار النوافذ بالأزرق النيلي.

«كم هو جميل هذا البيت، وكم هو مؤسف عدم وجود حياة فيه»، قالتها غاروا.

وأضافت: «لقد عرفت لمن تعود ملكية ذلك البيت. البيت النيلي».

ومن إحدى تلك المساءات التي مررنا بها من هناك، وجدنا عجوزًا يُقطِّع بالفأس بعض الحطب فوق جذع شجرة مقطوع، ضرباته مُنظَّمة وهادئة كأنه يبحث عن التناسق بين القطع. انفتح أحد الأبواب المطلة على الشرفة حيث يضع قطع الحطب. كان النبات يغطي نصفه الأسفل، أما الجزء العلوي فقد كشف مجال الرؤية إلى الداخل، حيث يوجد مصباح كهربائي قديم معلَّق على سلك مجدول، وضوؤه خافت. لم يكن يُضيء العتمة فقط، بل كان له قعر مضيء، نال موافقة الظلمة.

كنت أعرف مَن كان ذلك الرجل أيضًا.

ردَّ بإلقاء التحية، وطرح الفأس على الجذع، في إشارة منه إلى رغبته في الحديث. أظن أن حس الطرافة عند غاروا كان سببًا في تشجيعه للقيام بذلك:

«غاروا، هذا هو السيد ميغيل».

«من تقصد بقولك السيد ميغيل؟» قالها مستمتعًا.

وأضاف: «لا أحد هنا اسمه ميغيل. تقصد كروتو!»

ضحكت غاروا، وقالت: «كروتو؟ لماذا كروتو؟»

«لأني ابن كروتو. الابن الصغير. أما الآخرين فلقبهم السنونو. والدي هاجر. في البداية كان يرسل بعض الرسائل القصيرة، لكن سرعان ما انقطع التواصل معه، وتخلى عن إرسال إي إشارات لنا تدل على أنه على قيد الحياة في المهجر. في أحد الأيام جاء جار لنا، وقال: والدك يمشي مثل طائر السنونو. وأضاف: إذا عاد، فالغني لا يعود! فمن الواضح بأن حاله كان كحال العمال المهاجرين المياومين. وهذا ما جعل كثيرًا من المهاجرين يتمتعون بلقب السنونو. وبالطبع حصلنا على لقب السنونو أيضًا. وبعد ذلك بسنوات عاد جارٌ آخر لنا، وكان يملك محلًا لبيع البيتزا هناك، بالقرب من محطة قطار اسمها محطة الدستور، أحضر معه حقيبة وقال: فيها ميراث من أبيكم. لقد كان والدكم رجلًا طيبًا، لم يستطع أن يكون رب أسرة، بل كان سيد نفسه».

وسأله أخي الأكبر: «لقد عمل مثل طائر سنونو، أليس كذلك؟»

«ذلك أيضًا، إلا أن والدكم كان كروتو».

«ماذا تقصد بقولك كروتو؟»

«أي أنه واحد من أولئك الذين لا يملكون بيتًا ولا يستدينون من أحد. فقير وحر في الوقت نفسه. كان يعيش داخل عربة قطار

مهجورة في منطقة لا حياة فيها. وإذا أراد أن يسافر، فإنه يتخذ من أسطح القطارات مقعدًا له. هكذا كان والدكم».

اتسعت تلك الحقيبة لآلة باندونيون أي أكورديون، وبعض الصحف القديمة، مثل **لا بروتيسا** ولا **أنتروتشا**، وكتاب **مارتين فييرُّو**[1]، بالإضافة إلى معطف وضع داخله مسدس الأضواء الستة. وسمَّاه الجار الذي سلَّمنا الحقيبة، المسدس الخالي من الرصاص. وقال لي: «السلاح لم يُطلق النار مطلقًا».

«وأنت كيف عرفت ذلك؟»

«لأنه كان لي».

«قرر إخوتي، الذي حضروا أنفسهم للرحيل، بأن أفضل وديع لتلك الورثة هو أنا، لكوني أصغر أفراد المنزل. وهكذا ورثت الاسم أيضًا، كروتو، يا أيتها السيدة الصغيرة. أما السيئ في هذا الموضوع كله، هو أنهم تركوا لي هذا المنزل، ورعاية أمي، والماشية. مع أنني كنتُ الشخص الذي عليه أن يُغادر؛ وكنت كل يوم أنظر إلى البحر، إلى خط الأفق، وأفكر فيها».

«تفكر بمَن؟» سألت غاروا.

«سابيلا، فتاة هذا البيت. قالت لي يومًا: أنا راحلة، وأنت ماذا ستفعل؟ قلت لها: أنتظر، سأتابع أحوال أمي، وأطمئن عليها. لكنني لم أعد قادرًا على العودة إلى الوراء. لا في ذلك اليوم، ولا في اليوم الذي يليه. عندما أتيت إلى هنا، قال لي والدها: ستغادر سابيلا إلى الأرجنتين، ستركب السفينة وتذهب إلى فيكو. عشية مغادرتها،

---

(1) مارتن فييرو من أبرز الأعمال الأدبية الممثِلة لأدب الغاوتشو للكاتب الأرجنتيني خوسيه هيرنانديث. نشر عام 1872 تحت عنوان «الفارس مارتن فييرو»، ثم تبعه «عودة مارتن فييرو» عام 1779، وترجمه جواد نادر إلى العربية ونشره عام 1956. [المترجم]

أمضت الليل كله وهي تقطع الخشب، فقلت لها: ابنتي، توقفي، توقفي، أريحي نفسك قليلًا. إلا أنها لم تسمعني. فأمضت الليل كله وهي تقطع الخشب».

«كان والداها عجوزين»، قالها كروتو.

وأضاف: «أظن أنهما لم يكونا قادرين على إشعال الحطب الذي قطعته ابنتهما. إنه هناك».

نظر إليَّ وقال: «أنت تعرف هذه الحكاية، أليس كذلك؟»

أومأتُ بنعم.

قال: «كانت سابيلا شقيقة هينريغي، ولقبه أطلس. وكان أطلس يقطع حجارة البناء وينحتها، كان صديقًا لوالد فونتانا، أليس كذلك؟»

أومأت بنعم.

وخلال فترة الحرب، ذهب فريق من كتائب الفلانجي الإسبانية الفاشية لقتل فونتانا في البيت الكبير. إلا أنهم لم يجدوه هناك، جاءوا إلى هنا وقتلوا أطلس. كان أطلس شابًا طيبًا! دُفن هناك، خارج المقبرة. حتى أنه لم يُدفن وفق الأصول. قالت سابيلا إنها لن تتحمل البقاء في هذ المكان البائس والمحزن. كانت تكرر عبارتها تلك كل يوم. فلو استطاعت أن تحمل معها على متن السفينة البيت والعجوزين والحطب الذي قطعته وعظام أخيها لما قصرت في ذلك.

نظرتُ بطرف عيني إلى المصباح. كانت هناك فراشة تحاول اختراق فجوة الضوء تلك.

خاطب كروتو غاروا قائلًا بأنه يحفظ كتاب **مارتين فييرُّو** عن ظهر قلب.

قالت: «كم يبدو هذا رائعًا. أنا أعرف فقط عن الطائر الوحيد الذي كان يُواسي نفسه بالغناء، وفجأة توقف عن ذلك».

قال كروتو: «أنا لا أعرف لماذا توقف عن الغناء، لكنني قرأت ذلك الكتاب في جلسة واحدة، كما لو أنني امتلكت المكان والموضوع. بين حين وآخر، أتناول جرعة شراب كي أنعش ذاكرتي».

تحسس رأسه، وقال: «إنه هنا».

ما قام به كروتو مهم جدًا، على الرغم من أنه اعترض بإيماءة منه. نعم، ما قام به مهم جدًا. لأن الناس التي تسهر على جثة الميت، تتمنى أن يذهب الكاهن، ويدخل بدلًا منه كروتو، كي يقف إلى جانب الفقيد، ويتلو بعضًا من كتاب مارتين فييرُّو.

ضحكت غاروا، إلا أن ضحكتها لم تخف شكوكها. لذلك كان وصول دومبودان في الوقت المناسب.

«أتعرفين يا غاروا أن كروتو قرأ على أطلس أدعية الغاوتشو في تشور؟»

«لا بُد أنني كنت هناك، مسافرًا على سطح قطار. لديَّ حنين عميق إلى ما لا أعرفه. إلا أنني آتي إلى هنا كل يوم لأقطع الحطب على أمل أن تعود سابيلا».

«ومسدس الأضواء الستة؟» سألت غاروا.

«أهديته إلى رجل طيب، اسمه إليسيو، خال السيد فونتانا الموجود معنا هنا. لقد أراده لسبب ثقافي».

إنها تمطر.

يوجد في البيت الكبير في تشور بعض التسريبات. ليس فقط في العِلّيَّة، وإنما في الصالة الرئيسية أيضًا، حيث تسقط قطرات الماء من تشققات السقف. بتوجيه من إكسبكتيشن قمنا باستخدام القدور والأحواض الخشبية والأواني المكسورة. ومع اختلاف ارتفاع القطرات وحجم الحاويات وأنواعها، صار البيت مسرحًا لحفل موسيقي تعزف فيه آلات النقر في أداء رائع.

رأيت غاروا تتحرك مفتونةً، تصعد الدرج حتى أنها تتسلق الدرابزين، وتضع دلو الزنك، والقدر الحديدي، وإناء النحاس على ارتفاعات مختلفة. أنصت إلى إيقاع تساقط المطر على السطح والنوافذ، وكأنه قرع بألف إصبع. لكن الطنين المتردد في الداخل يخترق السمع بنقراته بفعل قطرات المياه الخفية، والتي تحتاج إلى ثقل حتى تسقط، ولكل منها نغمة مختلفة.

يبدو أن إكسبكتيشن قد وجدت في ذلك أمرًا ساحرًا ومسليًا.

«إنه يبدو بالفعل مثل **صلاة أبدية** متكررة»، قلتُ.

أنا أفضل مجيء الشمس بخطواتها الراقصة.

لم يكن هناك مطر في بيت إكسبكتيشن المُستأجر. تناولنا الحساء الذي أعدته بلهفة شديدة، وكنا نرشفه كأننا نُلحِّن مقطوعة موسيقية. ترنيمة شكر.

تقول إكسبكتيشن إنها عندما كانت طفلة كانت تمطر مطرًا شديدًا. كان أكثر زخمًا بمرة أو مرتين. ذات مرة، بدأت تمطر من 15 أغسطس ولم تتوقف حتى نهاية شهر مايو. غرقت الضفادع. وشاع القول إن الجوع دخل إلى غاليثيا سابحًا.

«من المستحيل أنها أمطرت بغزارة»، قالتها غاروا.

«لم لا؟ عندما كُنا في يوم الصلاة، رويت لنا حكايات كثيرة، وكانت إحدى الحكايات التي أحببناها، قصة الطوفان العالمي. فبعد أن غضب الله على الخلق، أمر نوحًا بأن يصنع سفينة، مع كل تدابير النجارة والقياس، محملًا على سفينته أزواجًا من الحيوانات، كلها ذات رونق بهي. إلا أن الناس دائمًا يتوقفون عند جزئية الأمطار من القصة. يقول رجل الدين: إن المطر تساقط دون توقف مدة أربعين يومًا حتى غمر الماء الأرض. أما نحن فكنا ننظر إلى بعضنا بعضًا، وكان هناك دائمًا مَن يهمس بيننا: «إن الأمر ليس بهذا السوء،

حتى أن من لديه بعض النوايا الخفية، قال إنها أمطرت عامًا كاملًا. أو عامين. ذلك ما تم قوله».

غضبت غاروا منا، ومن عائلة فونتانا، عندما أخبرتها إكسبكتيشن بأنها لا تجيد القراءة ولا الكتابة. أمضت سنوات كثيرة في ذلك المنزل، منذ شبابها، دون أن يتكفل أحد بتدريسها.

وضحتُ لها أنها لم تكن تريد، وأن والدي قد حاول معها، ولكنها هربت. لم يحصل ذلك لأن أبي لم يحاول معها، بل لأنها هربت. وبالتهديد لا يمكنها أن تتعلم أيضًا.

«أليس ذلك ما حدث يا إكسبكتيشن؟»

«عندما كنتُ طفلة، في منطقة أوز، كانت جميع الرسائل التي تصلنا إما أن تكون عن الذهاب إلى الحرب أو لنقل أخبار الموت. كان ذلك يحدث بصورة دائمة. يفتحون رسالة ويُخرجون ميتًا. لذلك فكرت مليًا في أنه من الأفضل ألا أتعلم القراءة. لن أخرج إلى الموت ولن أدعو إلى الحرب، ولن أتواصل مع أحد من أجل دفع غرامة جمع الحطب من الجبال».

«لكن يمكنك أن تقرئي أشياء أخرى، كان بإمكانك أن تقرئي وتكتبي رسائل حب»، قالتها غاروا بنبرة قاسية.

«أوه! هذا محزن أكثر! انظري، فأنا أعرف كتابة اسمي، الشيء الوحيد الذي أعرف كتابته».

كتبت ببطء شديد، وهي تغني:

إكس بك تيشن.

وعندما رأت كتابتها، انطرحت على الأرض من كثرة الضحك.

فكأنها ضحكت ألف عام.

شبح في الليل

غاليثيا، ربيع عام 1978

الدمية مثيرة للإعجاب. إنها هناك، في خزانة متجر «سفينة نوح» للألعاب. إنه أحد المتاجر التي تمنيت دخولها في أثناء تجولي في شارع أطلنطس المؤدي إلى تيرّانوفا. لأنه يحتوي على أفضل الألعاب دائمًا. لكنني لم أتصور، حقيقة، أن أجد تلك اللعبة، الدمية الطليعية، في أي مكان. دمية مع عكازين. اسمها ماريبيلا. أكثر الدمى أناقة على الإطلاق. شعرها متموج مثل تموجات حورية البحر. لقد حصلت على المفاجأة الممتعة ذاتها، عندما أهداني إليسيو مجلة ظهرت فيها مارلين مونرو مفعمة بالحيوية والشباب، متكئة على عكازين مع خلفية مشهد ثلجي. ما أجمل ابتسامة تلك الفتاة الصغيرة في جبال روكي في كندا!

كُتبت على صندوق الدمية كلمات محفورة بالإنجليزية، تقول: «**كُسرت ساقي وأنا أحاول ركوب المهر بسرعة كبيرة**».

يا للمفاجأة يا ماريبيلا. هذا تفسير رائع، نوع من القانون العالمي للسلوك البشري. أنا أيضًا ينبغي لي أن أكتب علامة مثلها: «**ركضت بسرعة كبيرة على مهري!**»

لا أعرف إن كنت سأشتري تلك اللعبة، وأقدمها هدية إلى غاروا. ذلك ما فكرت به، فأنا لم أشتر لها هدية على الإطلاق. باستثناء هدية الكرز طبعًا. كيس من الكرز، والكستناء. جلبت كيسًا ساخنًا جدًا من الكستناء. قشرها المحمص يحرق اليدين ويسوِّد الأصابع، يا للبهجة!

لا، لن أذهب إليها ومعي ماريبيلا تحت ذراعي.

من الأفضل أن أجلب لها بعض الكرز.

فمنذ وصولها، تغيرت تيرَّانوفا.

«ماذا تريدين أن تفعلي هنا؟» سألها أمارو.

قالت: «أحب تنسيق الكتب، فأنا أعرف القليل عن ذلك. أصدقاء والدي يعملون في تجليد الكتب، ويكرِّسون أوقاتهم في معالجة الكتب».

قال أمارو: «حسنًا، لقد تم تعيينك منسقة ومرتبة ومعالجة لكتب تيرَّانوفا. ويمكنك فتح صيدلية ومستشفى ميداني لعلاج الكتب فوق، في الطابق الثاني. ذلك ما يوجد هناك.. سيستقبلونك مثلما استقبل النقابيون إيفا[1]!

أول ما فعلته كان شراء زي للعمل من متجر باراتو ميركانتيل، لكن من حين إلى آخر، كانت تنزل لتحضير شاي المتة، وكان شرابًا ساخنًا من المعتاد تقديمه في تيرَّانوفا. كان هناك زوجان منفيان من الأوروغواي في مونتي ألتو، يقدمان لها شاي المتة دائمًا. كانت المرأة الأوروغوانية مسرورة للغاية، نظراتها الزمردية العميقة تحجب رؤية بئر معاناتها الخفي. وقالت إنها ذات يوم قطعت جزءًا من لسانها. كيف حدث ذلك؟ أجابت: «أنا قمت بذلك، بأسناني. كانوا يُعذبونني. أقسمت بأنني لن أتحدث، وعضضت على لساني حتى قطعته».

رشفت من المتة، وقالت: «أعتذر على ما قلته الآن».

«لماذا؟ ينبغي على العالم كله أن يعرف ذلك»، قالتها غاروا.

العالم مليء بالخيِّرين الذين ينظرون باهتمام إلى مثل هذه القضايا.

(1) إيفا بيرون (1919–1952) تزوجت العقيد خوان دوارتي بيرون الذي ترأس الأرجنتين لاحقًا. نمت شعبيتها في أوساط النقابات، وأخذت لقب أم «عاريّ الصدور» (descamisados) إثر التظاهرات السياسية عام 1945، وكان يقابل بالازدراء من قبل المعارضة. [المترجم]

في الصباح الباكر، كانت تبدأ بمعالجة الكتب في مشفاها الخاص، وفي المساء كانت ترافقنا إلى الطابق السفلي، الطابق التجاري، وعندما يكون هناك طلب ما، تذهب لتسليمه على الدراجة الهوائية. هي مَنْ اقترحت القيام بذلك. تطوعت. رأت أنها أفضل طريقة للتعرف على المدينة. توقفت لفترة لاحقًا، بعد ازدياد الخطر الأمني. ثم استأنفت نزهاتها عندما عدنا إلى تشور وطردنا الخوف.

شعرت أنا أيضًا بأنني أطهرها من خوفها. افترضت أن الجمال الساحر مقلق أو أنه لا يوجد جاذبية غامضة أصلًا. ظن الجميع أننا زوجان، ولم أكن الشخص الذي يخرج بمكبر الصوت لدحض ذلك. لقد أعجبني أن يفكر الآخرون بذلك. وما أعجبني أكثر أنني فكرت بهذه الطريقة.

ذات يوم، لم تعد غاروا. أريد أن أقول إنها لم تعد من مهمة التسليم. اتصلت قائلة إنها ستعود متأخرة، وطلبت ألا نقلق بشأنها. بقي والداي هادئين. تناولنا طعام العشاء. واستلقيا. أما أنا فقلت، في نفسي، لأنزلْ إلى الطابق السفلي وأقرأ قليلًا في الغرفة المظلمة.

كنت هناك، أستكشف خرائط سلاسل الجبال والأعماق البحرية السحيقة. خرجتُ، وتمشيتُ في شارع أطلس، وقررتُ الذهاب إلى المنارة، ليمنحني البحر هناك لكمة قوية على صدغي.

في جوار سوق سان أوغسطين، رأيت دراجة هوائية مقيدة بسلاسل حول عمود الإنارة، وما يُميِّزها تلك الحقيبة المعلقة عليها. في المُقابل هناك الملهى الليلي واسمه كسورنس، وقد ذهبنا إليه مرةً. يحوي صالة رقص في الطابق السفلي. يمكن سماع الموسيقى من الخارج، وسماع أغنية **اقتلني بهدوء**، وكل ذلك الهراء. ففي ذلك الوقت، بدت كل الموسيقى في العالم مثل القذارة. كنت سأنزل، إلا أن الدوق بلانكو، شخصيتي الثانية، عاد من

ذاكرتي المنسية، وقال لي: «ابتعد يا ستارمان، لا تنزل! ذهبت، لكن ليس بعيدًا». انتظرتُ جالسًا على أعلى درجات درج السوق، حتى خرجتْ.

خرجتْ معه. وسواء اشتبهت بذلك أم لا، فقد خرجتْ معه للتو. مع ثيثيليو الصحفي. أحد سكان تيرَّانوفا. بالنسبة لوالدي هو كاتب عظيم في طور الإعداد: يا حسرة على الصحافة! إنه صحفي لطيف جدًا، وغبي جدًا. متحمس جدًا، ومتعاطف جدًا. إنه رجل ذو بنية عضلية ضخمة.

فتحت القفل، وأمسكت الدراجة من مقودها، ومشت إلى جانبه، يقظة ومندهشة، هذا ما بدا لي، نعم، كانت كذلك بالفعل، حتى تطلب ما هو متوقع. شكرًا لك يا خالي إليسيو على الاقتباس: لا تعارض التوقعات، أنت تتوسل إلى زامبو![1]

لم أنبس بكلمة. لم أكن سوى شبح محاصر في الزاوية.

كان يسكن في الجوار، في ساحة الملائكة. جلستُ على مقعد جانبي، في منطقة ماريا بيتا. على الأقل، كان لديه شركة ساعات، تزوِّد الناس بالوقت، ساعات وأرباعها. ما يمكن أن يستمر ربع ساعة. شعرتُ بأنني طائر سنونو، كروتو متشرد، بلا مأوى. إنني بحالة جيدة، وكل مرة أكون فيها أفضل من سابقتها. كان الشاعر يُشعل النار في رأسي. ولم يتوقف دماغي عن إنتاج كلمات أغاني الحزن الخالدة.

ومع بزوغ الفجر، جاء مَن هزَّني بقوة، ولم تكن ساعة البلدة مَن فعل ذلك.

قالت: «ماذا تفعل هنا أيها الفتى؟»

«أتيت للاستماع إلى الساعات»، قلتُها.

---

(1) قول مقتبس من كتاب «الدوامة» للشاعر الكولومبي خوسيه أوستاوسيو ريفيرا سالاس الذي عرف بأشعاره القومية. [المترجم]

ثم بدأنا نتمشى ببطء، مثل من يحمل شروق الشمس في حقائب على الدراجة الهوائية.

عندما وصلنا إلى شارع الخبازين، ركبتْ الدراجة.

جلست على مقعدها، وقالت لي: «اصعد هنا».

وركبتُ معها.

نزلنا من شارع الخبازين. أمسكني بذراعيه. كانا قويين، ونحيفين. مرَّ زمن طويل دون أن أشعر بمثل ذلك الأمان.

الأظافر الزرقاء

أتريدين رؤيتها؟
أفضل الاستماع إلى عزفها على أن أفعل ذلك بنفسي. شكوكها، عيوبها، أصابعها، أظافرها الزرقاء، مثل الكلاب الضالة، تبحث عن نغمات تحاكي هرولة الكلاب. ضغطت الطفلة المصابة باستسقاء الرأس على لوحة المفاتيح بقوة. كان عواء الكلاب موسيقى عالية تخرج بقوة من البيانو. كانت مرنة. ابتسمت، وقلت لها: «جيدة جدًا **أغنية الكلاب**، وجيدة جدًا الأصابع الزرقاء، شكرًا على الابتسامة».

أتريدين رؤيتها؟
في المعهد الموسيقي أخبرتني مُعلمة تدعى زيتا، عن تعليم طفلة كانت بحاجة إلى رعاية خاصة. كانت زيتا صديقة أمها، والتي كانت معلمتها الأولى، لكنها انشغلت بعد ذلك في مهن مختلفة، اضطرتها إلى ترك المعهد. ولدت الطفلة بذلك المرض، مرض استسقاء الرأس، لكن مع الرعاية الشديدة تم إنقاذها، وكانت تتحسن وتعيش حياة شبه طبيعية. هناك أمور لم تستطع القيام بها، باستثناء بعضها طبعًا: منها الخروج من المنزل، وإزالة الفقاعة الواقية. سيدفعون لك مبلغًا جيدًا. والداها أغنياء وعندهما من المال الكثير.

لقد جاءت من بيت صغير في بيا بيستا، مثلي أنا، لكنها متيقظة وحذرة، مثلي أيضًا، تعمل في قصر سان مارتن، في الخارج. والدها قبطان بارجة حربية، تعلمين، بارجة غير مبحرة. دائمًا في البيت هناك خادمة. لا داعي للقلق من أي شيء. اهتمي بالموسيقى فقط، فالطفلة مفتونة بها.

«أتريدين رؤيتهم؟ إنهم هناك مجتمعون».

«مَنْ هم؟»

«القادة».

أخذتني من يدي. أزاحت بعض الكتب عن الرف. كان هناك ثقب في الباب، عين زجاجية يمكن من خلالها رؤية غرفة المعيشة بزاوية واسعة.

نحن نستطيع أن نراهم، ولكنهم لا يروننا، ونستطيع أن نسمعهم، ولكنهم لا يسمعوننا.

كانوا يرتدون ملابس مدنية، لكنهم عوملوا وفق رتبهم العسكرية؛ كان كلامهم يدل على التسلسل الهرمي لرتبهم، لكن دون خطب أو شعارات سامية. بالطبع، كان المعنى العام للمحادثة حاسمًا وحازمًا. كان الحديث عن عمل استخباراتي، ومحاسبة بالموت. حذف إجراءات وقتل عناصر. كانت هناك مداخلة من أحد الحاضرين، نشطت غدتي لما فيها من الرعب. وصف «القفزة الاستراتيجية» لتدخل الشرطة وإطلاق النار الحي في تشاكاريتا على المدعوين للمشاركة في جنازة النائب أورتيغا. قال بسخرية «النائب السابق» أورتيغا: عليهم أن يعرفوا أنه لن يبقى لهم حتى وهو ميت. بعد قليل، نهض والد غلوريا، فعدنا على الفور إلى تمرين العزف على البيانو.

«أتريدين أن نلعب معزوفة **الليلة الثانية**؟ إنها سهلة جدًا، أليس كذلك؟»، قلت لها.

أجابت غلوريا: «بالنسبة لك نعم، أما بالنسبة لي فلا».

أحببت قول ذلك على سبيل المزاح. وعانقتها. تعانقنا بقوة لدرجة أنني خشيت أن تتحطم بين ذراعيَّ. إذا كان للقلب حكاية، فإن غلوريا من تلك الأجساد التي اختارت أن تعيشها. ظاهريًا، هي غافلة عن الجميع. منغلقة.

فتاة عمرها أربعة عشر عامًا، وكتب لها عمر جديد. جسد خبأ جسدًا آخر. حدث ذلك في أحد أيام شهر ديسمبر عام 1974. غادرتُ منزل غلوريا، من باب الموظفين، وسألخص ما حدث. لا أطيق الانتظار للذهاب إلى حيي، أو النزول مع غابرييلا لشرب فنجاة قهوة في مقهى فلور دي باراكاس، أو لأكل البيتزا في محل لوس كامبيونيس. أو الذهاب في الليل لمقابلة مونيكا خارج غرفة التحرير في مجلة **ديسكاميسادو**، وتناول شيء ما والتحدث في حانة لا باث، في محافظة كورينيتس، أو في حانة لا بيرلا دي أونثي. أو نقصد حديقة ليثاما، أو نجلس في الحانة البريطانية شمال غرب الحديقة لأنني أحب تلك الزاوية.

«لأنسى كل هذا»، قلت في نفسي.

ينبغي أن أخترع شخصًا في داخلي، يحميني، يكرس نفسه للتفكير، يكون حذرًا طيلة الوقت، ولا يسمح لي بإجراء مكالمة هاتفية خوفًا من التنصت عليها، ولا الذهاب إلى الأسواق، ويبعدني عن الجماعات والاجتماعات التي قد تكون محفوفة بالمخاطر. لخصت كل ذلك. في البيت كان هناك أشخاص من قوات الجيش والبحرية والطيران العسكري. وبحسب الكفاءة في الأداء أعطيت لهم الرتب: نائب قائد الأسطول، عميد بحري، كولونيل، عميد.. وما إلى ذلك. لكن كان هناك استثناء واحد، متمثل في شخص أطلق عليه اسم «الزعيم»، لم يعامل معاملة خاصة، على الرغم من اللقب الذي امتاز به، لأنه كان ضيفًا عرضيًا. كان أحد أكثر أفراد تلك المجموعة حيوية وشبابًا، ما أيقظ البغض ومشاعر الاستفزاز لدى الأشخاص الآخرين لكونه أكثر أناقة ويكسر قواعد الحديث.

قال: «سنواصل وضع علامات التعريف، إنها ليست للزينة، بل سلطة عسكرية ومكانة».

كان في الجيش، وربما لهذا السبب بذل جهدًا لإظهار الصفات القاسية، على الرغم من أن نبرة صوته لا تتناغم مع اندفاعه وقوة حركته؛ الكلمات أنثوية، والأفعال ذكورية.

كنت أعرف جيدًا مَن كان ذلك الساطي، لأنه كان شخصية سيئة السمعة. أدار مجلة اسمها «الزعيم»، نعم، وكانت في الحقيقة، دليلًا لمجرمي منظمة «التحالف الأرجنتيني ضد الشيوعية» Triple A. تتضمن صفحاتها إشارات تحدد أهداف المنظمة. لم يكن كتابها من الصحافيين، وإنما كانوا مخبرين ومستطلعين. إذ لا يقدم العاملون فيها معلومات، وإنما تقارير. وكل الأشخاص الذين أشار إليهم هؤلاء بأسلوب نقدي، وهاجموا مقالًا أو كتابًا أو عملًا مسرحيًا، لم تكن تمضي أيام قليلة إلا ويقعون ضحايا للعصابة، فيتم اختطافهم وتعذيبهم أو حتى قتلهم. أو ينتهي بهم المطاف بتدمير بيوتهم بقنبلة وهم فيها. وفعلوا الأمر نفسه مع نقابيين غير مرتشين أو مع أشخاص لهم مكانة اجتماعية حساسة، مثل كهنة بييروس، ومنهم كارلوس موغيكا، الذي قتل، وفق الشهود، على يد ألميرون، الرجل الغوريلا، الذي زار تيرّانوفا وكان مسلحًا، ويمشي طليقًا في إسبانيا.

لقد بدأت أتبلل هناك، في مساكن الصفيح المبنية على ضفاف نهر رياتشويلو في باراكاس. علَّمنا الأطفال والبالغين، والمهم أننا تعلمنا مما أخبرونا به عن حياتهم. كان هناك رجل تظهر عليه علامات العجز والكِبَر، يتخذ من مقاعد المدرسة مجلسًا دائمًا له، كان يرتدي قبعة من القش، ويمتاز بذكائه وبذاكرته العجيبة، ويحفظ أي معلومة من المرة الأولى، كان نحيلًا جدًا، في أقصى درجات النحالة، مثل خط عمودي. سألته على ماذا يعيش، فأجابني: «أعيش على الجوع». لم يقل ذلك بنبرة شكوى، وإنما بلطف. راقت لي كلماته جدًا، خصوصًا تلك التي تحتوي على مقاطع صوتية كثيرة، مثل: **مذبحة، فاجعة، برتوكول** وغيرها.

كان قد تعاون في نشر مجلة «المسيحية والثورة»[1]. وكان لا بد أن تكون سرية. فمنذ عهد ديكتاتورية أونغانيا، وليفينغستون، ولانوسِّيه، تشكلت القوات العسكرية الثلاث، لأن الإنتاج المكثف للخوف جاء فعليًا، من زمن بعيد. وبعد ذلك أنشئت غرفة تخريبية متطرفة تستهدف قلب النظام، وأطلق عليها الناس اسم «الحرباء». أولئك الذين طبعوا لنا المجلة، وكانوا أيضًا بمثابة مدرسة مميزة، كانوا من الفوضويين الإسبان القدماء المنفيين، الذين أسهموا في إنشاء مطبعة في حي لينيرس. كانوا مضحكين للغاية. أما جدران غرفهم فكانت مغطاة بملصقات لنساء مذهلات. وقال الرجل الأكبر بينهم، وهو ينزع ورقة من أوراق الروزنامة بين يديه: «آه، لقد أمضينا يومنا ونحن نزيل الألغام!»

إن أولئك الذين صوَّتوا للديكتاتورية تحدثوا عن تأسيس رايخ سيستمر لعقود. وكان اتحاد الرايخ النازي والحملة الصليبية الفرانكونية الصيغة الفعلية التي دفعت القوات العسكرية الأرجنتينية إلى الجنون، وليسوا وحدهم. عند نهاية الديكتاتورية عام 1973، غنينا في التظاهرات، وردَّدنا أمام سجن ديبوتو: **غادروا، غادروا، ولن يعودوا أبدًا!** كانت أيامًا، بل شهورًا من الفرح والسعادة في الشوارع. كان هناك حديث عن شباب رائع، وعن الانضمام إلى مسار تشيلي نحو الاشتراكية: **أليندي في تشيلي، بيرون في الأرجنتين، أخرجا الأمريكيين الشماليين من أمريكا اللاتينية!** إلا أنهم، لم يغادروا نهائيًا بالطبع. ذلك ما لم نفهمه على الإطلاق. بينوشيه يضرب، وأليندي يسقط ويموت. لكن في الأرجنتين، فقدوا قوتهم على ما يبدو، وظلوا هناك. بينما كنا نعيش

---

(1) Cristianismo y Revolución مجلة أرجنتينية سياسية دينية نموذجية، أثارت الجدل، نُشرت للمرة الأولى في بوينس آيرس في سبتمبر 1966. ووزعت طبعتها الأخيرة في سبتمبر 1971. [المترجم]

أوهامًا مع عودة بيرون، وكنا نحلم بثورة أرجنتينية. أما أنا فكنت في حيرة شديدة حيال الكتابة على الجدران، والتي كررت شعار «عاريِّ الصدور»: **لص لعين، نريد عودة بيرون.** لا تعرف مقدار السخرية والسفالة والتعصب الذي كان موجودًا. عندما تثار الشكوك، تكون أقوى وأشد مما يظهر، فإن الرفقاء الأكثر صلابة كانوا يقولون إن بيرون أمام معضلة، وسيستمع إلى المشاعر الشعبية. ثم اتخذتُ بعد ذلك الخطوة. لم أكن أرغب بالانخراط في السياسة مثل راهبة في الكنيسة، وإنما أردت أن أكون جزءًا من أولئك الشباب الرائعين، بأن أشارك في تلك المسرحية التي كان الناس يؤدونها على مسرح الحياة.

لقد تحطَّم ذلك الواقع الخادع المضلل في إيزيزا، لم يستطع المخلص بيرون أن يصل في رحلته إلى المكان الذي جرت فيه أكبر تظاهرة شعبية عرفتها الأرجنتين. ما حدث هناك هو قيام الفاشيين، أصحاب الوجوه القبيحة، بوضع بعض الشباب الرائعين في أول غرفة تعذيب في فندق المطار، وعمدوا إلى ضربهم ضربًا مُبرحًا. ذلك كله كان يمثل الجانب الآخر: تمثيل القوة القديمة التي تُظهر مَنْ كان المُسيطر فعليًا، واستعراض القوة القاهرة لآكلي لحوم البشر.

إذا وجدت دودة داخل التفاحة، فهي لا تفسدها وحسب، وإنما تفرِّغها وتأكلها كلها. في أحد اللقاءات، أخبرنا أحد الفاشيين المتورطين عن الدودة، وقال لنا، مشيرًا إلى الهاوية، بعيدًا عن الطاولة: «أنتم هناك، بقايا».

في الطريق إلى إيزيزا كنا بشرًا، وكنا كتفاحة رائعة، مليئة بالأمل، وفي طريق العودة لم نعد كذلك، بل صرنا بقايا. أسناننا أصبحت مكسورة. الأسنان التي تظهر عندما نضحك.

لا نريد أن نكون بقايا. بل قررنا خوض الصراع.

مَن وصلت إلى سدة الرئاسة كانت إيزابيلاتا، أرملة خوان بيرون، إلا أن العالم كله يعرف أن مَنْ كان يُحرِّك كل الخيوط هو لوبيث ريغا الملقب بـ«الساحر».

نعم، لقد تحطم الوهم حين أصبح ريغا وزير «الرفاه» مسؤولًا عن قيادة فرقة الموت الإرهابية Triple A وتوجيهها. وتسلم وزير التربية والتعليم والثقافة منصبه بخطاب جنوني ضد الفن الطلائعي، وباسم الله والوطن، وصف تلك الأعمال بالانحراف البصري والفكري والأخلاقي. بدأت المضايقات، وعادت اللغة النازية عن الفن «المنحط». لكن ذلك النوع من التصريحات والبيانات كان يعني الكثير. كانت أعراضًا. لقد ظهر مشهد طبيعي جديد، ربيع أرجنتيني. وفجأة، ظهرت النظرة القذرة مرة أخرى. بدأ كل شيء يتغير. لم يكن ذلك نكسة أخرى، ولا تمردًا، بل ضربة من الضربات التي اعتدنا عليها. ما حدث هو أن الناس لم تعد ترى ولا تسمع ولا تتكلم. لأنه في البداية، ومع انتشار جرائم فرقة الموت انتشر الموت والرعب، وازدادت وتيرته أكثر فأكثر. وكان للموتى أسماء، وبيوت، وعائلات، ووظائف، ولون للعيون، وشعر طويل أو قصير، منهم مَن كان يرتدي معطفًا أو سترة خضراء. لكن، في النهاية، وصلوا إلى اللحظة التي يكونون فيها بقايا. إنها اللحظة التي سيتوقف فيها الموت عن العد على الأصابع. سيتوقف عن العد، سيتوقف العد.

وبعد ذلك، حدثت تلك الصدفة التي قلبت حياتي رأسًا على عقب. وذلك في دروس الموسيقى التي كنتُ أعطيها للطفلة ذات الأصابع الزرقاء. ولم أكن أعرف على الإطلاق أن ما حدث كان صدفة أم لا. فأنا لم أتحدث مع أمها أبدًا، ولم أرها على الإطلاق. وفي بعض الأحيان، كانت تتملكني الظنون بأنها هي الصدفة نفسها. لا أعرف.

لا، لم أذهب إلى أي مكان. كنتُ قد عثرت عليهم. وعليّ أن أنتظر اللحظة المناسبة للاتصال بديانا. فهي حلقة الوصل بيننا، وهي إحدى بنات إل إتيرنو[1]. هكذا سمينا هيكتور أويستيرهيلد، نسبة إلى اسم عمله، تلك الرسوم الهزلية التي التهمناها، والتي تبيَّن أنها تنبَّأت بكل شيء، باحتلال الأرجنتين من قبل نظام الرعب الذي لم يسبق له مثيل على الإطلاق. يوجد بعض النسخ منها هناك، في منطقة بينومبرا في تيرَّانوفا. طبعة مكونة من ثلاثة مجلدات صادرة مطلع الستينيات. وصلت إلى تيرَّانوفا في تلك الحقائب الكبيرة. يا له من شيء جميل، **إل إيتيرنو** في حقيبة مهاجر. حاولت أن أقلب صفحاتها مرة أخرى. فتحتُ بعض الأجزاء، إلا أنني لم أستطع المتابعة. ما قيل في بعض الرسوم المصورة يحدث الآن في بوينس آيرس. أويستيرهيلد نفسه كان هزيلًا، نحيفًا. وفي المكالمة الأخيرة التي أجريتها من كابينة الهاتف، قالوا لي إن العجوز أويستيرهيلد سقط هو الآخر. إل إيتيرنو القديم.

كان عليّ أن أتحقق أكثر، وذلك ما فعلته. بعد شهر، جاءت غلوريا بطولها الفارع، أخذتني من يدي كي أستمع إلى البوم **أغاني هادئة** بعنوان «من هم» أعدَّته مجموعة من الفنانين، وكانت بمثابة تحية لمؤلف إل إيتيرنو... في ذلك الوقت لم يكن الزعيم حاضرًا، بل كان هناك عدد آخر من المدعوين. وبالنظر إليهم، وجدت شخصًا مألوفًا، وكأنني أعرفه من قبل. نعم إنه خوسيه مارتينيث دي أوث[2]، أحد الأسماء التي أسهمت في

---

(1) **إل إتيرنو** (El Eternauta) سلسلة قصص مصورة من صنف الخيال العلمي، من تأليف الكاتب الأرجنتيني هيكتور جيرمان أويستيرهيلد رفقة مواطِنه فرانسيسكو سولانو لوبيز. نشرت السلسلة للمرة الأولى في الفترة من 1957 إلى 1959. وتعد من الأعمال الأكثر شعبية للكاتب [المترجم].

(2) خوسيه ألفريدو مارتينيز دي هوز (1925–2013) كان وزيرًا للاقتصاد في الأرجنتين بين عامي 1976 و1981، وصاغ سياسة اقتصادية أدت إلى انهيار الصناعة وركود الاقتصاد وأوقع خزينة الدولة تحت ديون طائلة. [المترجم]

جعل مفهوم الأوليغاركية (حكم الأقلية) مطبقًا وبعيدًا عن أن يكون تجريدًا نظريًا في الأرجنتين. بدا أن حضوره مشابه لشخصية الأدميرال ثيرو[1]، وقد أثر تغيير الأجواء في «المجمع المغلق» الجديد. لم يعد هناك حديث عن فرضيات ولا عن تكهنات. وكانت المداخلات التي ألقيت حاسمة، وذات نبرة منتصرة. جرى الحديث عن الانقلاب والاستيلاء على السلطة، ولكن مع المطالبة بالابتعاد دائمًا عن مصطلح «القديم». ما كان سينتج عن ذلك كله هو تأسيس نظام جديد من شأنه أن يُغير تاريخ البلد. ذلك ما أطلقوا عليه اسم **العملية الوطنية لإعادة التنظيم**. وكان الشرط الأول هو إبطال عمليات التخريب. عندها نشطت غدة الخوف عندي. ظننت بأنني لست مناسبة لأكون جاسوسة. كنتُ على وشك الانهيار لولا الطفلة ذات الأصابع الزرقاء. فقد ضغطت على يدي، وأمسكت بي.

أشار الأدميرال ثيرو إلى الجنرال مولا، العقل المُدبر لانقلاب فرانكو العسكري في إسبانيا. قرأ تعليماته السرية. وكان هناك مَنْ قرأ تلك التعليمات، وكأنه يثبت كل مقطع لفظي بالمسامير في الهواء، ما جعل الأمر يبدو وكأن تلك التعليمات والأوامر كُتبت لتُطبق في إسبانيا، نعم، لكنها كانت تهدف أيضًا إلى تحقيق مراد آخر، يتمثل في إعادة تنشيطها في الأرجنتين، بعد أربعين عامًا بالضبط. إذ قال: «من الضروري خلق نظام من الرعب، ولا بُد من التخلي عن مشاعر التردد، واعتماد الهيمنة على كل مَنْ لا يفكر مثلنا...».

بناء على تلك التعليمات، تابع الأدميرال ثيرو قوله: «هناك حديث عن إعدامات، ومن الضروري المحافظة على ذلك الإجراء. لعبت العمليات

---

(1) كتاب يحاكي سيرة الأدميرال الأرجنتيني إميليو ماسيرا، قائد البحرية في ظل الحكم العسكري في البلاد منذ عام 1976. ويتناول سلوكه المهيمن والمتجاهل لمظاهر القانون، مع تشريع القتل والتعذيب في تلك الحقبة الدموية. [المترجم]

المتطورة حتى الآن، مثل تلك التي تقوم بها فرقة الموت دورًا مهمًا؛ علاوة على قتلها للحيوانات البيرونية، فقد جعلت الموت مرئيًا. من الضروري إزالة الموت من المشهد الرئيسي، وجعله غير مرئي».

أعاد القراءة: «الهيمنة دون تردد على كل مَنْ لا يفكر مثلنا...».

قالها ببساطة، دون أن يأتي على ذكر القتل. لم يكن يتمنى إراقة الدماء من دون سبب، وإنما بدا كشخص يعلن، بصورة طبيعية، عن بُعْد جديد للموت. موت من دون أموات.

كيف سيكون شكل الموت من دون موتى؟

لن تكون هناك مواكب. لن تكون هناك جنائز. لن تقرع الأجراس. لن يكون هناك سجون ولا محاكمات ولا أوامر استدعاء. لن تكون هناك مشكلات. لن تكون هناك إضرابات. لن تكون هناك تظاهرات. ولن يكون هناك عدم استقرار.

ولأنه لن يكون هناك موتى، فلن يُصدق العالم شخصًا يتحدث عن وجود ميت.

وعلاوة على ذلك، سيدعمنا العالم. العالم المهم. العالم الغربي. الحضارة.

تعرفين أكثر من اللازم.

لن تعودي أبدًا إلى ذلك المنزل، ولا إلى ذلك الحي.

لن تعودي إلى الكلية.

لن تعودي إلى منزل والديك.

قالت ديانا كل ذلك وهي جالسة في الحديقة النباتية. لطالما أذهلتني قلة الناس التي تأتي إلى تلك الحديقة. إنها هادئة ومقلقة في الوقت نفسه. مَن يكون الآخرون هناك؟ توجد امرأة شابة، لم تتوقف عن النظر إلينا.

ذهبنا إلى محطة الحافلات في ساحة إيطاليا. اقتربت المرأة الشابة منا. تبادلت وديانا التحية كصديقتين. وأنا فعلت الأمر نفسه. قالت: «أنا هيلدا».

وغادرت على متن أول حافلة مرَّت. سنأخذ الخط رقم 60، والذي يوصلنا إلى تيغرا. هناك ينتظرنا شخص يعرف هيلدا. سنذهب إلى إحدى الجُزر الأكثر قربًا إلى المدينة، إنه إحساس بالتوغل في مستنقعات المانغروف، نحو الأرض المخفية.

مع عبور قناة المياه، وسط الطبيعة المتمردة، وصلنا إلى هدفنا. عرَّفتني برجل نحيف كبير في السن، إلا أنه يتحرك برشاقة، ويمسك منظارًا لا يبدو أنه من أجل مساعدته على تحسين الرؤية، وإنما لإشباع فضوله الكبير، فضول عينيه. عرَّف عن نفسه: فرانثيسكو فريري. كان واقفًا أمامي، يستمع إلى حكايتي، وحكاية الطفلة ذات الأصابع الزرقاء، التي علمتها كيف تعزف مقطوعة **عام الكلاب**، للمؤلف الموسيقي إيريك ساتيه. وفجأة، نهض وأمسك بيدي، وأخذني إلى مكان يمكِّننا من رؤية اجتماع قادة «مَن هم» شخصيًا. وفي النهاية، عندما سألته إذا كان يصدق تلك الحكاية المذهلة، قال لي: «لقد صدقتها منذ البداية، منذ أن تحدثتِ عن معزوفة **عام الكلاب**. إنها الدِّقة... الدِّقة».

بقي مُستغرقًا في أفكاره، متأملًا البيانات التي أمامه، وقال:
لدينا «حكم أقلية» بمزاج قاتل.

أخبرني فريري أن منظمة مثل منظمتنا، تتبنى حرب العصابات، تحتاج إلى تطوير خدمات جهازها الاستخباري. في تلك اللحظة لم يقل لي إنه كان عنصرًا في ذلك الجهاز. وقد كلفني بتنفيذ بعض المهام. وانتهى بي المطاف بالانضمام إليه. إلى أن اضطررت للهروب إلى أوروبا.

«أتعرفين لمن كانت تلك الصورة التي وجدناها في مدريد؟ بالتزامن مع جنازة فرانكو، اجتمع رؤساء أجهزة الاستخبارات ورجال شرطة في ديكتاتوريات أمريكا اللاتينية، وعملاء من وكالة الاستخبارات

المركزية وأعضاء من جماعات الفاشيين الجدد، مثل الإيطالي ديلي شياي[1]. من ذلك الحين جرى إطلاق عملية كوندور[2]، وليس لاحقًا. وبدأ تعقب الهاربين والمنفيين من قبل الأجهزة القمعية، بالتعاون مع الشرطة الفرانكونية. هناك جلادون من بلدي تلقوا التدريب في إسبانيا. دورات تعذيب. ما رأيك في هذا؟ وإلى أين أنت ذاهبة يا عزيزتي؟ إلى دورة تعذيب».

لقد عرف ما حدث مع غاروا في مقصورة الهاتف العمومي، وعرف أخبار الإبادة. والسقوط تلو السقوط. والصديق تلو الصديق. كانت المعلومات شحيحة، بصعوبة عرف الاسم، سقطت بياتريث، ديانا، مارينا، إيستيلا. نعم إيستيلا أيضًا. إنهن أخوات أويستيرهيلد الأربع. كان لديه ابن. الطفل على قيد الحياة. يبدو أن يدًا عطَّلت غدة الخوف وحملوه مع مؤلف إل إيتيرنو، إلى زحلوقة الشيراتون من أجل إبعاده. ثم أخذوه إلى الجدة. كان استثناءً. الأطفال يختفون أيضًا. غاروا، وكل الأصدقاء يختفون. لكن الأسوأ أن المجتمع كله مختفٍ.

كنت أذهب معها إلى مقصورة الهاتف في مونتي ألتو، بالقرب من البحر. في بعض الأحيان، كنا نذهب على الدراجة. ومرات كانت تقود دراجتها ببطء، حتى أتمكن من اللحاق بها. لكنها في طريق العودة ذلك اليوم، خرجتْ بنظرات تائهة، وأمسكت الدراجة دون أن تقول شيئًا، وخرجت مسرعة دون أن تنتظرني.

---

(1) ستيفانو ديلي شياي (1936–2019) إرهابي إيطالي من الفاشيين الجدد. كان مطلوبًا في جميع أنحاء العالم، ويشتبه في تورطه في إستراتيجية التوتر الإيطالية. [المترجم]

(2) عملية كوندور، تطلق على حملة القمع السياسي وإرهاب الدولة التي تشمل العمليات الاستخبارية واغتيال المعارضين، والتي بدأت في عام 1968، وعُمل بها رسميًا في عام 1975 من قبل الدكتاتوريات اليمينية في أمريكا الجنوبية.

عندما وصلنا إلى مدريد، في نوفمبر 1975، طلبت مني خدمة. أن أفتح صندوق بريد باسمي. ما يُتيح لها أن ترسل الرسائل باسمي أيضًا. لكن في المقابل، يبقى مفتاح ذلك الصندوق معها وحدها.

بدا الأمر جيدًا بالنسبة لي.

أعجبتني فكرة وصول رسائل مبعوثة إلى بيثينثو فونتانا ويفتحها شخص آخر، يقرأها ويتلفها، دون أن أعرف شيئًا عما تتضمنه.

في ذلك اليوم، سمحت لي أن أقرأ بعض السطور.

كانت عبارة عن تحية من الكاتب رودولفو وولش إلى ابنته ماريا فيكتوريا، فيكي، والمعروفة باسمها الحربي هيلدا. عشية وفاتها، بلغت السادسة والعشرين، يوم 28 سبتمبر عام 1976. نامت مع طفلتها في تلك الليلة، إلا أن مكبرات الصوت الخاصة بالجيش أيقظتها عند السادسة صباحًا. انهمر الرصاص بغزارة على الشرفة، ما جعلها تواجه... مروحية عسكرية. لم أقرأ على الإطلاق رسالة مشابهة لتلك الرسالة. من أب إلى ابنته، المرأة التي ماتت وهي تقاتل. ومثلما يقول أمارو عن بعض الكتب، إنها مطعَّمة بما هو مقدس.

قال: «لن أستطيع القول وداعًا، أنت تعرفين السبب. فنحن نموت مضطهدين في الظلام. المقبرة الحقيقية هي الذاكرة. هناك أرعاك، أهدهدك، أحتفل بك، وربما أحسدك يا عزيزتي».

وفي تيرَّانوفا لدينا طبعة من كتاب رودولفو وولش وعنوانه **عملية المذبحة**. قرأته دون توقف حتى النهاية. **لكمة على الفك**. كيف أتخلى عن قراءة كتاب لا يهتم كاتبه بواقع الحال، إلى أن يقترب منه شخص ما، بينما يتناول شرابًا، ويقول له: هناك رجل نجا من الموعد بعد إعدامه.

قالت غاروا: «كل ما سمعته، كان في الواقع مناجاة؛ حديثًا للذات. كنت أتحدث مع نفسي. أستأنس بعزلتي. ولم أسمع شيئًا، لا شيء، صحيح؟

208

صحيح. لم أسمع شيئًا».

ومهما يكن الأمر، فإنني تخيلت حدوث شيء ما. إن محدلة التاريخ تتحرك دون أن تكون قادرة حتى على تخريبه، بل يضع الحدث عكازًا في طريقها.

«ماذا ستفعلين يا غاروا؟»

«الآن؟ الآن سأطرد الخوف من هذه الغرفة!»

رسمت ابتسامة هزلية على وجهها، مطت فمها بأصابعها. وبعد ذلك فعلت الأمر نفسه معي. كان ذلك كله بهدف المشاركة.

«دعني أقص لك شعرك»، قالتها هي.

«ماذا؟»

«لقد قصصت شعر رجل مرة واحدة فقط. هو مَن طلب مني ذلك. لم يكن قادرًا على الخروج من المنزل وشعره طويل جدًا. هذا ينذر بالخطر. قد تمر سيارة فورد فالكون وتخفيه داخلها بسبب شعره، كان كثيفًا وطويلًا...

من بين ما روى لي، كانت حكاية عن «منطقة الظل» التي كان يعيش فيها، وذلك كان كافيًا لأقول له نعم. لأنني أريد أن أقول نعم».

قال مازحًا:

«يمكنك أن تقصي ما تريدين».

تهاوى الشعر المُجعد الملتف، خصلات الشعر تسقط خلف بعضها راسمة دائرة على شكل حيوان رابض على أرض الغرفة المظلمة.

«لم أكن أتصور أن رأسي سيتحرر من هذا الكم الكبير من الشعر. سجادة من شعر حصان ومن الوقت. حلقت لي شعري. وصارت قادرة على رؤية أفكاري».

هدهدتْ يدا غاروا ذاكرتي.

داء التعلق بالآفاق

غاليثيا، شتاء عام 1979

مكثتْ غاروا اليوم في مقصورة الهاتف وقتًا أطول من أي يوم آخر. تأخروا في الاتصال. وقف أمامها جندي شاب متطوع ينوي إجراء مكالمة. أدارت ظهرها، مدعية بأن محادثتها ما زالت جارية. أظنُّ أنها كانت قلقة بسبب وجود ذلك الشباب بزيه العسكري، على الرغم من أنه، بحسب قولها، فقير مسكين. أحصى المجند بعض القطع النقدية بين يديه. نفد صبره. في البداية، كان يسير جيئة وذهابًا وبخطوات عسكرية. وبعد ذلك راح ينقل رجليه كأنه يرقص على صوت موسيقي، وأخذ يهز يديه محاكيًا آلة ماراكاس. أما أنا فخفت أن يغدر بها، فالفتاة داخل المقصورة لوحدها، عند أطراف الحي، وقد تكون عرضة لغريزة الافتراس. لقد أخافني خوفها. أخافتني الحالة التي تعيشها غاروا داخل مقصورة الهاتف، وهي تشعر بالأسى مع ضياع الوقت، وتشغل الخط الذي من المفترض ألَّا يكون مشغولًا، إلا أنها تمسك بسماعة الهاتف، وتدَّعي أنها تجري محادثتها حتى لا يدخل الجندي. أنت تعرفين بمن تتصلين. آلة ماراكاس تهتز. لقد أحيطت بكمٍّ كبير من المشاق، ولذلك لديها توق كبير للكلام. هناك مَن ينتظرها في مكان ما في أحد أحياء مدريد، في إكستريمادورا، وفي جزر الكناري، من يدري، ربما. في بعض الأحيان، يأتي المجندون إلى المكتبة. كانت خدمتهم العسكرية إجبارية. دخل أحدهم وأطال النظر في الصور، وسألني بلهجة أندلسية: «مَنْ ذلك الشخص؟» أجبته: «إنه جدِّي».

سأل: «كان كاتبًا؟»

قلت: «لا، إنه الصاحب الفعلي للمكتبة».

لم يتعجب من الجواب. كان ذكيًا. ثم سألني الجندي: «أليس همنغواي، هو الرجل الذي بجانبه ومعه غليون؟»

أجبت: «إنه مانويل أنطونيو، الشاعر والبحار. مات في ريعان شبابه».

وسأل: «هل قتلوه؟»

لم يفاجئني سؤاله، ففي هذا البلد يُعد هذا النوع من الأسئلة عاديًا. قلتُ: «كانوا سيقتلونه، إلا أنه مات قبل ذلك». ثم فكرت، وقلتُ: «كانوا سيقتلون بايي إنكلان[1]، إلا أنه هو الآخر مات قبل ذلك، ربما قبل ذلك ببضعة شهور، لذلك ذبحوا كلبًا ودفنوه في مقبرة بويساكا، في سانتياغو، حيث يرقد جثمان الكاتب».

ثم قلت: «من كتب مانويل أنطونيو الشعرية لدينا هذا الكتاب فقط»، وناولته إياه: **من أربعة إلى أربعة.** فتحه عشوائيًا، وقرأ بصوت منخفض: **سرقوا منا ذلك المركب الشراعي أو باعوه.** كم هو جميل أن تقرأ اللغة الغاليثية بلهجة أندلسية. كانت لغة جديدة من جزيرة غير مرئية. «كيف مات؟» سأل هو. كنتُ سأقول له بأنه مات بداء السل، إلا أنني تذكرت ما كتبه الشاعر: داء التعلق بالآفاق. كان تعلقه بالآفاق مَرَضِيًا. قال: «أنا من مدينة قادس، وأعاني بعض الشيء من التعلق بالآفاق. وذهب ومعه الكتاب. كان له. أنا تحررت من الخدمة العسكرية بسبب داء الآفاق ذاك. سقط جسدي عند الأفق. جسدي متمرد. جسدي فكرة ساخطة. إنه في أغنية من أغاني فرقة «القنافذ»، مخبأ في بعض الأسطوانات

(1) رامون ماريا ديل بايي إنكلان (1866-1936)، شاعر وروائي وكاتب مسرحي إسباني. يعد من أهم وأبرز كتاب الأدب الإسباني في القرن العشرين. ينتمي إلى تيار الحداثة الأدبي في إسبانيا. [المترجم]

الموسيقية المخدوشة. جسدي هارب، ملاك مشوَّه من الفيلق العاشر. إبوبي بوبي بوبي. ينبغي لي أن أخرج من هذه الزاوية، وأقف في الطابور عند مقصورة الهاتف، حتى لا تشعر بالوحدة. إلا أن المُجند، بكل بساطة، استدار وغادر.

أغلقت غاروا سماعة الهاتف. انتظرت. رفعتها مجددًا. مع الوميض المنبعث من المنارة، بدت المقصورة مثل حوض ماء شفاف. هي، في حركاتها المضطربة، كانت تمسك سماعة التلفون، والسماعة تمسكها، ليذكرني ذلك بلاعب الخفة والخدع، الذي جلس في صندوق زجاجي مليء بالماء، في حين ظل الجزء العلوي منه بمقدار حجم رأسه فارغًا. كان مُكبلًا، وعليه أن يحدد المفتاح المناسب، ويلتقطه بأسنانه ويفتح القفل. كانت حركاته مفاجئة وغريبة وتبعث على الضيق. من يراه يشعر بأنه يغرق. إنها الرغبة في أن ينفجر كل شيء، كي يتحرر من نكرانه لعامل الوقت.

أنظر إلى غاروا ممسكة بسماعة الهاتف. الكابل مغلف بالألومينيوم. رأسها يتدلى. جسمها ينزلق. تجلس القرفصاء. تواصل الاستماع، وتعض أصابع يدها الثانية. مرَّ حصانان في الليل، ومضيا نحو المنارة. تتوقف سيارة على مسافة قصيرة من المقصورة، إنهما شخصان. كانا زوجين. نزلت امرأة بشعرها الطويل المجعد، كانت تجلس قرب السائق. كان الوقت ليلًا، بدت تنورتها وكأنها امتداد لشعرها. وبحذر، نظرت إلى داخل المقصورة دون أن تفتح الباب. قفزت غاروا مثل النابض. مسحت دموعها. هزت رأسها مبتسمة. وأومأت بيدها. غادرت المرأة، وركبت السيارة.

الأضواء طويلة. وومضات ضوء المنارة تلمع.

في ذلك الوقت، سارت غاروا نحو تقاطع بيردا دي لا تورِّي. لم يغضبها أنها وقفت هناك كالحارسة. حضنتني. كانت نحيفة جدًا وقوية جدًا. حضنتني. عضتني حتى نزفتُ. كنت على يقين بأنها تقول لي وداعًا.

سيدة النار

غاليثيا، شتاء عام 1979

أمر لا يُصدق. دومبودان يبكي. حطمت عيناه التوقعات مع سيلان دموعه. أما أنا فلم أتمكن من تحقيق أمر مشابه. غدة الدمع لديَّ تالفة. أنابيب دموعي تضخ إلى الداخل. تعكِّر الخلايا العصبية. عيناي جافتان.

ينبغي أن أعانقه. أن أقبِّله. أن ألعق تلك الدموع المنهمرة، مع كميات الملح في الحلق. عليَّ أن أقول شيئًا. ليس قولًا سخيفًا، ولكن قولًا تاريخيًا. إنه يطيل النظر إليَّ، كما لو أنه يتوقع مني قول عبارة تاريخية، ليس تعبيرًا عن الورع ولا الخضوع. كان ينظر نظرة مَنْ يتوقع منك القيام بواجبك.

قلت: «ستذهب إلى الحرب يا دومبودان».

إنه حدث تاريخي نوعًا ما. أوقف النشيج المتسلسل. أصيب بالتوتر. جفف كل ينابيع التعبير.

أما أنا فذهبت أبعد من ذلك. أضفتُ ما لم أجرؤ على قوله حتى لنفسي: «من الممكن جدًا أن تموت. ستموت، ولن نستطيع أن نفعل شيئًا».

لم يوافق. وأنا لم أتفق مع نفسي أيضًا. كان يعرف ما يجب فعله. ما يجب أن أقوم به. ولكن أحدًا ما كان ليفعل أي شيء. إنها القصة المشؤومة تأخذ مجراها.

قالت لي غاروا:

«لا أريد مغادرة تيرَّانوفا. لا أريد أن أقول وداعًا. لنذهب إلى تشور، لو سمحت. فسيبحثون عنِّي هناك».

حضر شخصان بسيارة ميني موريس حمراء اللون وسقفها أبيض. نزل السائق ذو اللحية، ملقيًا التحية بيده، وبإيماءة سريعة، ارتدى معطفه الجلدي الذي كان موضوعًا على المقعد الخلفي، مشى بضع خطوات، تمطَّى، أشعل سيجارة، استدار، واتكأ على السيارة، وظل يُحدِّق في الطريق الذي أتى منه. ظل على وضعه إلى أن غادر. أما الآخر، فكان أنحف، ويرتدي سترة وبنطلونًا واسعًا. أومأ برأسه، وتمتم قائلًا: «مرحبًا، كيف حالكم؟» لم يكن شعره الأسود شديد اللمعان، لكنني كنت متأكدًا من أنه تيرو، المصور الفوتوغرافي، الذي يسكن في الشقة في مدريد. على كل حال، لم يلمِّح أحد منا إلى أننا تعرَّفنا على بعض سابقًا. مشى هو وغاروا على الرصيف المحاذي لجدار البيت الكبير، وبعد ذلك عبرا إلى بستان البلوط حتى وصلا إلى النهر. دخلنا أنا ودومبودان البيت بقصد الخروج من الباب الخلفي، والذهاب في اتجاه البستان. ذلك ما فعلناه، ثم أخذنا طريقًا مُختصرًا، مرورًا بقرية بالومار.

كانا هناك، عند ضفة النهر، بالقرب من ممر الحجارة المنشورية. كان خرير الماء يشوش علينا صوت المحادثة. وفي لحظة ما بدآ جدالًا مشحونًا غاضبًا، وسط ذهول الأحراش غير المعتادة على تلك الأصوات. لم نتمكن من سماعهما بوضوح، إلا أنني عرفتُ عما كانا يتحدثان. عن العودة إلى الأحوال السابقة أو لا. عن الانقسام غير المحدود بين مَن يريدون ممارسة السياسة وأولئك المتمسكون بأشد حدود **الصلابة** وبأولويات التسلح. عن أولئك الذين يشاهدون الانتحار، بينما يشاهد آخرون الانتصار. عن الهجوم المُضاد.

توغلا في عمق الطريق نحو الأحراش، كان المكان بمثابة مكبِّر للصوت. ونحن كنا مختبئين خلف صخرة وسمعنا:

«سامحني يا مايك، أنا لستُ خبيرة جيدة بالتخمينات، فأنا أقوم بعملي».

سرعان ما كبحت نشيجها. وضعت وجهها بين بيديها، وهزت رأسها قائلة: «تخلص من غضبك! هناك رحلة طويلة تنتظرنا».

أضافت، وقد غيَّرت نبرتها: «أتعرف أنني تعلمت لغة بريل حتى أقرأ في الظلام. إن الشيء الوحيد الذي أخذته من المكتبة هو كتاب **الأوديسة** المطبوع بلغة برايل. إنه هدية من العجوز. لقد أحضر تلك النسخة من الأرجنتين منذ سنوات».

«أحبك يا بلدًا ألقي بك على الرصيف»[1]، قالها. ثم بدآ بالجري. كان دومبودان متقدمًا عليَّ، وكان حريصًا على الوصول في الوقت المحدد وهذا أمر تعجيزي، أما أنا فلم أعد قادرًا على تسريع خطواتي.

نظرنا إلى الطريق مثل مشردين اثنين مزعجين. ابتعدت سيارة الميني موريس دون أن تترك أثرًا خاصًا، مرافقة حقول الذرة المتجذرة والموحدة الشكل، لكن من بين رؤوس سيقان الذرة تأتي العصافير وتذهب، فتعكر وهم الانضباط المنظَّم في الأرض الزراعية.

جاءت إكسبكتيشن لاهثة:

«والفتاة؟»

نظرت إلى دومبودان: «وأنت لماذا تبكي؟»

«ستذهب إلى الحرب يا أمي! وقد تركها تذهب».

من طريقة كلامها، عرفتُ بأنها لن تغفر لي ذلك هذه المرة.

في تلك الليلة، سُمعت سلسلة من الانفجارات في أنحاء وادي تشور. خرجت الناس مذهولة. ففي كل الليالي، اعتاد الناس على ما تبثه شاشة التلفاز عن الأحوال الكارثية حول العالم. ففي كل مكان يوجد منطقة خوف.

---

(1) عبارة مأخوذة من قصيدة نثرية بعنوان «الوطن» للمفكر الأرجنتيني والكاتب والمترجم خوليو فلورينثيو كورتاثر ديسكوتي (1914-1984). [المترجم]

لكن ما شاهدوه هذه المرة عند خروجهم من منازلهم كان عرضًا للألعاب النارية، لم يروا مثيلًا له على الإطلاق من قبل. زخات من النجوم ونخيل وأفاعٍ مضاءة. وعلى الأرض، كانت سيدة النار تدور وتدور.

هرعت فرق الطوارئ الطبية والأمن والحماية المدنية والإطفاء إلى مكان الحدث، ولكن بحذر، خوفًا من وجود أجسام لم تنفجر بعد. وجاء صاحب الورشة أيضًا. في العادة، لا أحد يعمل في الليل، إلا في الحالات الطارئة فقط. واعترف بأن دومبودان طلب منه يوم إجازة مقابل ساعات العمل الإضافية، وقِبل بذلك.

لذلك، وفي تلك الليلة تحديدًا، ترك الجميع دومبودان ليموت.

تخيلوه مُهشمًا في الجبال، مثل غبار من زخات النجوم.

إلا أن دومبودان كان جالسًا في الصباح الباكر على صخرة، يتأمل خط الأفق.

ثلاث عشرة شجرة إجاص، عشر شجرات تفاح، أربعون شجرة تين
غاليثيا، خريف عام 1990

أرى بأنه لا يمكن الحديث عن أنه انتحر، مهما قالوا. يمكن القول بأنه مات، هكذا نعم، لأنه أراد ذلك. اختار ما أسماه هو في أحد دفاتر ملاحظاته **الموت الجميل**. كان من القليلين الذين كتبوا عنه مع صديقه فيرمين بوثا بري، رجل حكيم من معهد الدراسات. إنها مسألة مُحرمة. دوَّن في الدفتر بسخرية وتهكم: «إن القتل الرحيم في العُرف الغاليثي تقليد مناهض للتقاليد. يوجد في الأغاني الشعبية المعروفة في شمال البرتغال وغاليثيا إشارات إلى ذلك الوداع المُساعد للأشخاص الذين يُعانون من أمراض مميتة لا شفاء منها، مثل حال المرأة العجوز من غيماريش، التي زودوها، وهي تحتضر، بالبخور والعطور، ما منحها موتًا هادئًا. هناك أماكن مختارة أيضًا، يُطلق عليها اسم بيكوتو دو باي؛ حيث يترك العجائز الذين يحتضرون في ذلك الفراغ الأخير، مع غطاء وخبز الذرة».

لكن والدي لم يذهب إلى أي مكان ومعه خبز الذرة. ومع ذلك أحضر الغطاء وحجر البرق. ما فعله هو إعادة الأداة الحجرية المنحوتة من الجانبين إلى مَن وجدها. وفي تلك الليلة الصيفية، ذهب أمارو إلى أرض المقبرة، حيث دُفن صديقه أطلس. استقر هناك. دفن حجر البرق. وحقن نفسه بالأنسولين الخاص بمرضى السكري. ولم يلتزم بالكمية التي وصفها له الطبيب، بل أخذ جرعة مضاعفة. وغطى نفسه بالغطاء. وظل نائمًا، ولم يستيقظ أبدًا.

«عليك أن تبكي»، قالتها كومبا.

بقيت لساعات واقفًا إلى جانب المنارة. أطلق دعواتي للبحر. أتوسل إليه كي يأخذني. أن يساعدني في الوصول إلى خط الأفق.

أن ترمي نفسك في البحر هو شكل من أشكال الأمل، أليس كذلك؟

قالت كومبا: «أمل سلبي. بل عليك أن ترمي نفسك على تلك الكنبة، مثلما فعل هو عندما أراد أن ينام ثلاثمائة عام. هل تذكر؟ ثم استيقظ وقال: ما أحسن النوم ثلاثمائة عام!»

استلقى في الغرفة المظلمة، وأمضى فيها وقتًا طويلًا، فترة طويلة جدًا.

«هل مرَّت الأعوام الثلاثمائة؟» سألتُه عندما استيقظ.

رأيت كومبا العجوز تنفث دخانًا، كانت تدخن سيجارة غولواز. كانت تدخن بين حين وآخر، في الأعياد أو في الظروف القاسية. يعجبني تحكمها بنفسها، وسيلتها لجذب الانتباه، كان مثل وقفة مسرحية تسمح لها بأخذ زمام المبادرة عندما تمر بإحدى الانتكاسات. تصير كومبا باكال، كومبا سيغنوريت، كومبا ماغناني، كومبا بونتي (1). أطلقت نفخة حرة. إلا أنها في هذه المرة، تركت الدخان يبتلع شعرها الرمادي.

قالت:

«مرَّ ثلاثمائة عام وعام، عام واحد إضافي!»

كانت هذه مبارزتي، بكل ما في الكلمة من معنى. في البداية، كنتُ أشعر بحمى شديدة جدًا، أناقش في ذكرى أمارو. وبين حين وآخر، كانت كومبا تمسح عرقي بقطعة قماش دافئة. فتهدئني. ويهدأ هو أيضًا.

---

(1) إيحاء بتقمص شخصيات كل من: الممثلة الأمريكية لورين باكال، والممثلة والكاتبة الفرنسية سيمون سينوريت، والممثلة الإيطالية آنا ماغناني، والممثلة الإسبانية ماريا لويزا بونتي مانشيني. [المترجم]

سألته: «وأنت يا أبي، ما الذي تعرفه عن أوليس ولا يعرفه الآخرون؟»
أجاب: «إن أكثر ما يهم في أوليس، هو معرفة أن لديه كلمة السر. المفتاح الذي يعطي كل المعنى لملحمة **الأوديسة**».

قلت: «ما كلمة السر، هل لي أن أعرفها؟»

«طبعًا، بكل تأكيد! يجب عليك أن تعرفها. تذكرها دائمًا: إنها ثلاث عشرة شجرة إجاص، وعشر شجرات تفاح، وأربعون شجرة تين، وخمسون شجرة عنب. إنها أشجار بساتين مملكة إيتاكا اليونانية. في النهاية، ستكون تلك التفاصيل حاسمة، إنها المفتاح المناسب، للتعرف عليها. ولأن لايتريس، والد أوليس، متحرر من الأوهام رغم أنه ضرير، فعندما كان محدثه يذكر أسماء الأشجار وأعدادها، كان يتيقن بأنه ليس محتالًا وتتبدَّد ظنونه. إنه فم الأرض الذي لا لبس فيه، هو الذي يتحدث في النهاية».

ذلك ما علمني إياه عندما كنتُ طفلًا أمشي وحدي بين البساتين. «أوليس، ذلك المنبوذ الذي قذفه البحر إلى الشاطئ، وتعرف عليه الكلب والراعي والمربية والناس المتواضعون، لأن البقية يذهبون كل في طريقه. إلا أن الاعتراف الحاسم كان يتعلق بالأب الأعمى، وأما المفتاح فكان تذكر الأشجار. إن رحلة **الأوديسة** كلها كانت بمثابة سلسلة من المؤامرات، وتواطؤ لجعل أوليس يفقد ذاكرته. إنه المفتاح، انتبه. كثير من زملائه تناولوا زهرة اللوتس؛ لأنهم يفضلون ذلك النوع من السكينة والراحة، على الرغم من إدراكهم بأنهم سيمحون كل ما يتذكرونه، حتى أسماءهم. وبينما كان أوليس نائمًا، أقدم رفقاء آخرون على قتل أبقار الشمس التي ترعى بالقرب من السفينة. كانوا يعرفون بأنهم ينتهكون طقوس الأضحية، إلا أنهم مضوا قُدُمًا في اختيار أفضلها، بدافع الطمع. وعلى الرغم من فعل الذبح، إلا أن أبقار الشمس تظل خالدة وحيَّة، لكن بطريقة مروعة: تزحف الجلود على الأرض،

والبقايا تزمجر، وتملأ الجزيرة بأنينها المتواصل. وتطلب الشمس العدالة. إذا لم يلق الطلب آذانًا صاغية، وإذا مرَّت الجريمة دون عقاب، فإنها ستترك الأرض وستذهب لإنارة ظلام الموت. وهكذا أغرقت العاصفة السفينة، ومات أفراد طاقمها باستثناء أوليس، فهو الوحيد الذي بقي على قيد الحياة، واحتضن سارية السفينة، ووصل إلى الجزيرة التي لا وجود للزمن فيها. عرضوا عليه الخلود إلا أنه رفض. إن ذلك أمر استثنائي في ذلك الزمان وفي هذا الزمن أيضًا. إنه التخلي عن الخلود! لماذا؟ لأنه رجل يريد العودة إلى وطنه. إنه لا يريد أن يكون إلهًا ولا نصف إله. وهذا سيعني التخلي عن ذاكرته البشرية. وسيفقد مفتاح الأشجار».

أستمع الآن جيدًا لما يقوله أمارو في مذكراته. يكفي ذلك الرتق الخفيف للذاكرة. إن ما أشعر به الآن جيد جدًا. فالكتابة وجدت، كي تقول ما لا يمكن قوله.

قلت: «لماذا كل ذلك الشغف بملحمة **الأوديسة** يا أبي؟»

أجاب: «لأنها تُفسد الأمور. أوليس الفائز والمنتصر في طروادة، حرب الحروب، نراه فجأة، ذلك الرجل الخاسر والتائه. ما معنى تقلبات الظروف والزمن؟ أي أن عليه الآن أن يخوض معركة مع نفسه، أن يقوم برحلة داخلية، ليتخلص من البطل ويبني شخصيته. لذلك نراه يقاتل دون هوادة، كي يحمي جوهر ذاكرته. السر. أسماء أشجار مملكة إيتاكا وأعدادها. دعونا نرى الآن لقاءه مع أخيل، عندما قرر أوليس الذهاب إلى مملكة الموت، إلى الهاوية. تضمن ذلك اللقاء أفضل الحوارات التي يمكن أن نجدها في أمهات الأدب. عظَّم أوليس أمجاد البطل في الحياة، المقاوم والعصي على الاختراق، قال له إنه الآن عند أعلى موقع في إمبراطورية الموت:

لست مدينًا لك يا أخيل، فلا تحزن على الوجود الضائع.

يا لها من محادثة! كانت الإجابة مُقنَّعة، وهي مفارقة كبيرة لا يمكن تصورها لدى المحارب العبثي الذي جعل العدو يرتعد من البصق فقط. هناك تنافس بينهما، وخصومة دائمة. يحب الإغريق الكلمات المُنمَّقة، واستحضار الآلهة، ويمدحون الأعمال البطولية والمآثر، ويتغنون بالأسهم الخارقة التي تصيب أهدافها، لكن من الواضح أنهم يستمتعون أكثر بالوخز واللسع، مع السخرية الفكاهية. من بين موارد التهكم المُدهشة لدى هوميروس، هوميروس الثاني، وربما كانت امرأة، وهي الحفيدة التي أمسكت بيديه ودارت به بين الحانات، ذلك الدوران الذي يجعل البطل السامي يموت على سبيل المزاح. انتبه، إن ذلك جعل أخيل ينهي المحادثة بالرد على الماكر أوليس، الذي لم يأت إليه بأمور تافهة:

«لا تحاول يا أوليس، أن تطلب المواساة من الموت، إنني أفضل أن أكون خادمًا في حقل أي فلاح، لا يملك ثروة ولديه نقص في المحصول، بدل أن أكون حاكمًا على كل الأموات».

ثلاث عشرة شجرة أجاص، وعشر أشجار تفاح، وأربعون شجرة تين....

قالت كومبا: «الآن تتحدث إلى نفسك. فأنت مثل جدتك نينا، إن لم يكن لديها خيط، فإنها تجعل الكلمات خيوطها».

كانت أمي تقرأ.

تيرَّانوفا، 1 أكتوبر 1957

ذهبنا لرؤية بيثينثو في المصحة. كان الأمر كارثيًا بالنسبة لي.

كنت أحتاج إلى تقليد ذلك الرجل الذي دخل للسهر حول الميت، ونظر إلى المتوفى داخل الصندوق، وصرخ قائلًا: «هذا الأسوأ بالنسبة لي!»

أعلم أن من واجبي كأب أن أذهب، لكن جسدي كان يُقاوم، ولم تكن العلاقة فعالة بين دماغي وقلبي. فالأول لا يُصدر الأوامر، والثاني لا يضخ الدم بالقدر الكافي. أنا مدرك أن أزمة إرادتي تغرقني وتعزز غبائي.

إنه مشلول، رأسه إلى أعلى، وجسده داخل الآلة، وينظر عبر المرآة. يُدرك بيثينثو مرارتي وحزني. ماذا أتوقع؟ ما الذي يريحه؟ أنا حقًا لا أعرف. أسدِ لي معروفًا. إنه يسبب الوخز. صدمة كهربائية. دع الدماغ ينشط. دع القلب يضخ.

قال: «لم أكن أريد أن أولد».

يبدو أنها المرة الأولى التي يتحدث فيها.

حاولت كومبا أن تقاوم، أن تنظر من النافذة، لكن بكاءها يغلبها. أظن أن الفريسة، بعد أن لفظتها الحياة بتلك الطريقة، تستحق بعض الدموع. أحب أن أقدمها له. وأجمعها في كفيَّ كي يشربها.

«إنها عبارة رائعة يا بيثينثو!» قلتها مستهزئًا بالموقف المهيب. أمرتني كومبا بالصمت، وطردتني بنظرة غاضبة. كنت أستحق ذلك.

عندما وصل إلى تيرَّانوفا، عدت إلى كتابة مقال إدانة آخر. كنت أعرف أنه يستحيل على المقال أن يرى النور في إسبانيا. فجميع المعلومات المتعلقة بشلل الأطفال يتم التلاعب بها أو حظرها. مع تزايد أعداد المتضررين، جرى التعتيم على واقع آلاف الأشخاص لا سيما الأطفال، اختفوا من الأخبار.

هناك إهمال جنائي من جانب النظام. هناك رفض لفتح سجل رسمي للحالات الموجودة، لأن عددهم غير المحدد بدقة يخالف قانون الصمت. في الولايات المتحدة الأمريكية وفي دول أخرى، بدأوا قبل عامين بوضع برنامج للتطعيم العام، بدأ عدد الإصابات بالوباء، شلل الأطفال، يقل باطراد ملحوظ. أما هنا، في إسبانيا، فالأعداد تزداد أضعافًا مُضاعفةً.

ما الذي يحدث؟ لا يمكن الإجابة عن الغاية من فرض العقاب على السكان، وعن مثل ذلك الجنون الذي لا يمكن تحمله، فالآثار كارثية. حاولت أن أستفسر من الجهات الرسمية ووسائل الإعلام الصحي، إلا أن الجميع تملصوا وراوغوا، سواء كان ذلك بفعل التواطؤ أو الخنوع أو الخوف. في النهاية، استطعت أن أتواصل مع بيرديليت في مدريد، حدثته عما يتملكني من شكوك، فأعرب عن أسفه الشديد لما حدث مع بيثينثو، وقال إنه سيحاول أن يستعلم عن الموضوع بطرق أفضل. وهذه المرة لم يتأخر بالاتصال بي، ولم يبق إلا أن يقول لي لا تُصب بجنون العظمة. لقد كان في حالة انبهار، فقد شعرت بذلك. كان هناك أمر مقلق يحدث. ولا يمكن أن يكون أكثر وضوحًا. اضطررت للسفر إلى أكرونيا، كي نتحدث وجهًا لوجه. وما قاله لي كان يشير إلى حلقة من الرعب. لقد تأجل برنامج التطعيم العام منذ فترة طويلة، بسبب نزاع وخصومة بين فصيلين داخل النظام. كان هناك نوعان من اللقاحات، من شركتين أجنبيتين، ونشب صراع محتدم بسبب آلية العمل. صراع على السلطة، ورشى بين الكتائب والقطاعات العسكرية، بعضهم يحتمي بوزارة العمل، وآخرون يحتمون بوزارة الداخلية.

والصحة والأطفال؟ ماذا سيحدث؟ هذه جريمة ضد السكان. أظن أن قضية الفتيات المحدبات لها علاقة بذلك الإهمال التاريخي أيضًا. وما استطعت التحقق منه، أنهن أصبن بمرض السل في العمود الفقري، ولم تعالج المصابات في ذلك الوقت بالبنسلين. والآن يجري الاستناد إلى حيلة

قانونية بالقول إن الإصابة جسدية ويجري العلاج على... تقويمهن! بماذا يفكرون، بربطهن إلى الأبد؟

لم يرد عليَّ بيرديليت بسخرية ليبرالية، ولو لمرة واحدة، عند الوصول إلى نتيجة مطابقة، ذلك التعبير الساخر الذي يسمح بتجنب المواجهة مع السياسات المنحرفة. لم يكن يتلاعب بالكلمات ولا الكلمات رغبت باللعب. كنت أعرفه من أيام معهد الدراسات. يحب أن يمزح معنا عندما نخرج إلى العمل في الحقل: «أنتم ترعون العشب مثل البقر!» ليتم الإعلان عن أول شاعر متطرف في غاليثيا. ثم تحدى الباقين عبر قراءة قصيدة عن الملاكمة، أرفقها بحركات الملاكمين القتالية. راق له ذلك، فكتب مقالات لها تأثير قنابل الأسهم النارية نفسه. قوبلت بالإعجاب. كان يتمنى أن يقفز قفزة النمر حتى يصل إلى مدريد، وذلك ما فعله. وفي الطريق تخلى عن معطفه اليساري، وسرعان ما لمع مثل قائد مبارز في الصحافة اليمينية، ولكن دون أن يفقد أسلوبه. كان أفضل زمن بالنسبة له. تذمر من ذلك قائلًا: «إن أفضل ما كتبته كان ضد الجمهورية، أما الآن، فأنا ظل نفسي بنفسي. ظل براتب جيد، وفي حالة جيدة، مثل مسؤول رفيع المستوى، ذلك ما لم أكن عليه ولن أكونه، يا صديقي فونتانا، إنها جريمة، قال لي مرةً بأننا سنلتقي بعد الحرب، وكان ذلك في صالة في متحف برادو، وتحديدًا أمام لوحات غويا.

قال: «كنت أذهب إلى هناك مرة واحدة في الأسبوع على الأقل، حتى لا أفقد البصر».

تركته قضية شلل الأطفال عاجزًا عن الكلام.

«ربما يمكنك أن تكتب شيئًا»، قلتُ.

أجاب: «لقد أعجزوني يا فونتانا. لم أعد أملك الشجاعة. لكنني سأخبرك بكل ما أعرف».

سيعود إليسيو الآن إلى المصحة. إنه يفضل أن يذهب وقت الغروب، ليحكي له قصص الأطفال قبل النوم.

أسأله كيف حال بيثينثو، فيقول لي إنهما أمضيا ساعتين وهما يضحكان على شخصيات قصص مخيفة.

طلبت منه أن يروي لي قصة واحدة منها. فالقليل من الخوف يجعلني أضحك.

لقد كان إميل[1] محقًا فيما كتبه في مذكراته الحميمية: في كل يوم نتخلى عن جزء من أنفسنا على الطريق، ولا أعرف كم سأترك منِّي اليوم؛ كثيرًا، بل القدر الأكبر.

كل شيء.

أطفأت المصباح. نظرت نحو المنارة والقطب، وقلت: «مساء الخير يا متعدد الانعطافات».

---

(1) هنري فريدريك إميل (1821-1881) فيلسوف وشاعر وناقد أخلاقي سويسري. [المترجم]

إمبراطورية الفراغ

غاليثيا، شتاء عام 2014

ولدت اليوم ابنة فيانا، الفتاة الخفية. وأول مولودة أبصرت النور في تيرَّانوفا. ولدت في الغرفة المظلمة، بمساعدة إكسبكتيشن وغوا. ولو كان لي أن أولد من جديد، لأودعت نفسي بين أيديهما. وأظن أن عوني لهما كان له تأثيره مع أنه عديم النفع! كنتُ هناك، أشاركهما دهشة الحياة، وفجأة، وضعت إكسبكتيشن بين ذراعي تلك المخلوقة غير الشرعية.

«اسمها إيستيلا. إيستيلا مارينا. هل أحببت الاسم؟»

«كثيرًا. انظري إليها جيدًا، متأكد من أنها ولدت حاملة اسمها على جبينها، مثل الوشم».

لكن فاجأني حجمها، كم هي صغيرة، ومع ذلك ظننت أن حجمها، في المستقبل، سيكون أكبر من حجم أمها. بدا لي أن المكتبة كلها اهتزت، وتقوَّضت أرجاؤها، وأن الكتب أصدرت صريرًا. إلا أن كل شيء الآن صار أفضل. القطط، وباليا، جميعهم في حالة تأهب، كأنهم ملتزمون بالمسؤولية. حتى أنني نسيت أغراضي، أو أنها أعطتني هدنة. وفي المساء، انتقلت الأم ووليدتها إلى سرير كبير في الطابق الأول. ولم يأت طبيب واحد، وإنما جاء ثلاثة أطباء. أو لنقل ثلاث طبيبات، بيغونيا، وأمبارو، ولولا، وجميعهن من قبيلة تيرَّانوفا.

لولا سألت عن الأب، أب الطفلة.

قلت: «الأب ستخلده الذاكرة»، غامزًا فيانا.

قالت أمبارو: «انظر إلى الطفلة. إنها تضحك. عادة، يستغرق الأمر أربعين يومًا حتى يتعلم الضحك. إنها مثل أرسطو».

صرخت إكسبكتيشن: «جاهل أرسطو! عندي طفلة ضحكت من اليوم الأول ما إن رأت أمها، خادمتها الأمينة».

قالت بيغونيا: «زرادشت ولِد والضحكة تملأ فمه. من الواضح أن حكمته الساطعة هذا مصدرها».

وقالت إكسبكتيشن: «انظر كيف أن ضحكة مثل ضحكة طفلي، ستجعله يتجول في البحار، متتبعًا النجوم».

جاءتْ من تشور إلى تيرَّانوفا عندما بدأ القبطان وأديلايدا بإجراءات بيع البيت الكبير. لا يمتلكان أي حق للقيام بذلك: إنهما متدينان منافقان، يتصفان بالبخل والشجع! أما دومبودان، فبعد انفجار مصنع الألعاب النارية وما سببه من انقطاع في التيار الكهربائي، نجح أخيرًا في الصعود إلى متن السفينة، لكنه لم يصعد سفينة تجارية، وإنما سفينة سياحية عابرة للأطلسي.

وقالت إكسبكتيشن: «كما ترى، لم يعد يوجد في الحقل حيوانات لرعايتها والحرص عليها. لقد ضحينا بها، بعد أن صار كبير المسؤولين عن رعاية الحيوانات على متن السفينة **ماري كوين**. والرحلة لن تتوقف إلا عند وصولها إلى أنتوفاغاستا في تشيلي».

قلت: «لقد اتصل بي يا إكسبكتيشن. كان بحاجة إلى مأوى.

وافقته بالطبع، وأبلغني أن بإمكانه الاستعانة به للإشراف والرعاية».

قالت: «هذا مؤكد، فمنذ صغره وهو يحب أن يتولى المهام كالكبار».

لم أرغب في أن أشرح لها وضع المكتبة، وأن أيام تيرَّانوفا باتت معدودة. على العكس من ذلك، فبعد الضحك حِيال شغفي المُبكر بالثدي، أخبرتها أنني أحتاج إلى مساعدتها، فمع مرور الوقت، ستصبح بائعة كتب جيدة.

لكن بمرور الوقت، نعم، بمرور الوقت، سيقام للمكتبة مأتم من الدرجة الأولى، يا للسخرية. إلا أنني أصررت. وبينما كنت أحدثها كانت تهزُّ رأسها، موحية بأنها تصدق ما أقوله.

قالت غاروا: «منذ أن تعلَّمت في الأرجنتين، قرأتُ كتابًا واحدًا فقط».
أحببت ذلك جدًّا، وقلت في نفسي: «والآن لماذا سأقرأ كتابًا آخر؟ سأقرأ هذا الكتاب وحده طوال حياتي. وينبغي لي أن أعيد قراءة رواية بيدرو بارامو[1] عشر أو خمس عشرة مرة. كُتب هذا الكتاب ببطء، حتى اختمرت أحداثه. اتركه ليلة واحدة ويختمر. إنه مليء بما هو جديد».

«إنني متأكد بأنك الشخص الأكثر معرفة عن عالم بيدرو بارامو».

«لن أقول لك لا».

«سأراك. لقاؤنا القادم سيكون مع بعض الأصدقاء في المكتبة: إكسبكتيشن وبيدرو بارامو. سيأتي اليوم الذي يجيء فيه الأساتذة الجامعيون بل الجميع».

«سأفعل ما تقوله لي».

كم كانت إكسبكتيشن محظوظة، لأنها حضرت مولد الفتاة الخفية. إن تعاوني عديم النفع والمؤثر معًا، جعلني أقضي الليلة الفائتة وأنا أتحدث مع فيانا.

لم يستطع أحد منا أن ينام. كانت على وشك الولادة. شعرت بحركة الجنين. يشق طريقه للخروج. لم نغفُ، لقد سهرت بضع ليال مثل البومة، بسبب إنذارات الولادة. كانت خائفة من خروج الطفل فجأة. كان ذلك يحصل في أماكن كثيرة. لم تحترم شيخوخة المستأجر، ولا حالته الحرجة،

---

[1] بيدرو بارامو، رواية للأديب المكسيكي خوان رولفو (1917-1986)، ترجمت إلى أكثر من 30 لغة مختلفة، وبيع من النسخة الإنجليزية أكثر من مليون نسخة في الولايات المتحدة.

ولا حتى إعاقته. مَن أنا أصلًا؟ ماذا يعني أن تغلق مكتبة، إغلاق آخر؟ هوَّة، فراغ، حفرة عميقة. إن الفراغ يتقدم، بحكم طبيعته، ولا أحد يُدرك قيمة تلك الإمبراطورية إلا عند التقائهم في الفراغ. إخلاء الروح، رخص الدماغ، فقدان الأكسجين. بذور المكتبات والورش التي تعج بالحيوية والغناء، والمجلات الفنية المتمردة، كلها أجسام مضادة للثقافة الحرة التي تطرد الفراغ. نحن أنفسنا أهداف الحرب غير المعلنة. أين رئتي الحديدية؟ هكذا أرى الأشياء. وهكذا أتحدث مع نفسي. والبث الآن على الموجة القصيرة في **ليلة تيرَّانوفا**. لا، لن أذرف الدمع، ولن أجاري فيانا. إنها تقاوم الفراغ. إنها الجسم المضاد ضد الفراغ.

«لماذا أتيت إلى هنا يا فيانا؟»

«ظننت أنه المكان الأكثر أمانًا بالنسبة لي. تحدثت مع ثاس واتفقنا على ذلك. هل مِنْ مكان أكثر أمنًا من مكتبة؟ أنا، على سبيل المثال، أمكث للمرة الأولى في مكتبة. لم يكن المروِّج ليبحث عني في المكتبة. لن يخطر على باله أن أقوم بذلك أصلًا».

«أين كنت تعيشين حتى الآن؟»

«في السجن، في سجن قديم. كان أيضًا مكانًا آمنًا. وكان موقعه جميلًا جدًا. فمَن سيبحث عنك في سجن مهجور؟ لقد لجأنا إلى هناك عندما جاءت المروحية، أتذكر؟ لا أحد يعرف من أين وصلنا. حسنًا، هناك قناة تستخدم، ممر من الشاطئ، في نظام الصرف الصحي. نحن نعرف ذلك المكان جيدًا. الآن لم يعد آمنًا. فهناك خائن رتب القصة مع المروِّج. كان علينا أن نهرب. يا للأسف. كان في السجن القديم زنزانة مرتبة. فيها سرير وكل ما يلزم. وموقد حطب أحضره ثاس. أما المطبخ فكان للجميع، ووقت الطعام كنا

نتقابل وجهًا لوجه. في الليل نخرج إلى الفناء، لرؤية المنارة وسماع صوت البحر. إنه من أفضل المناطق في المدينة. هذا لا يعني أن المكتبة سيئة يا فونتانا».

«ما الذي يبحث عنه المروِّج؟ قلتِ إنه طارد ثاس!»

«إنه يريدنا نحن الاثنين، ثاس وأنا. لكنه يريد ثاس تحديدًا ليضعه بديلًا في السجن، ولكن في سجن حقيقي، وتحت حراسة مُشددة أيضًا. وذلك كي يحل محل ضابط بحري. قد يستغرق الأمر عشر سنوات. فهم لديهم الدعوى والسجل والأدلة الكاذبة. لقد فعلوا ذلك من قبل، أليس كذلك؟ حتى لا يذهبوا إلى الحرب في المغرب. فقد ذهب الفقراء إلى تلك الحرب باسم الأغنياء».

«نعم، ذلك ما حدث فعلًا، وأنتِ؟»

«بداية، عندما ذهبتُ لإيصال المال يدًا بيد إلى ثاس، لم يكن المروِّج مُهتمًا. فأنا كنتُ مُرسلةً في مهمة. وفي إحدى المرات قال لي ثاس: أنت صبيتي المفضلة. لقد أولع بي حقيقة عندما لاحظ أنني صرت أتطلع إلى رؤيته. لقد جعلني كلامه جميلة، كنت أسرح شعري وأتأنق من أجله. وشعرت بعد ذلك بالتحسن. وقال لي ذات يوم: أنت الدم الذي يجري في عروقي. وبالنسبة لي بدا شابًا لطيفًا. شخص يصفني بأنني دمه. وعندما أدى واجبه المتفق عليه صمم على الهروب منهم. فهم لم يشتروا له حتى غيتارًا. والآن، نحن نعيش قرب البحر ونخوض معاركنا مع المروِّجين. لعب ثاس دور المحارب في مهرجان كاتويرا، ودور الروماني في مهرجان النسيان، أتعرف تلك الأغنية؟ إنها تتحدث عن جنود الإمبراطورية الذين لم يرغبوا في عبور نهر ليما غرب غاليثيا؛ لأنهم، فيما يبدو، فقدوا الذاكرة.

بعد ذلك، مضى قدمًا، وبعد دور مفوض مجلس الممالك، لعب دور بيلاطس البنطي. وتبرع بأداء دور إضافي، كان دور حاكم المقاطعة، فقد كان الدور الأخير قصيرًا جدًا، ولم يكن قادرًا على عبور النهر. ولعب أيضًا أدوار المغاربة في الأندلس، والمسيحيين في أستورغا. وفي أحد الأيام لعب دور مغاربي ودور مسيحي معًا. وبعد الانتهاء من العرض، تفاجأ لأنه حصل على نفس الأجر الذي تقاضاه أثناء تأديته لدور المغربي وحده. والآن، فهو يحضر لمعركة إيلبينيا، في ذكراها السنوية. هو المساعد للجنرال البريطاني السير جون موري، الذي يحمله عند مقتله. إنه يتعلم الكلمات السيئة كي يصرخ على الفرنسيين. لا، ليس بالإنجليزية. بل بالفرنسية. حتى يفهموا ما يقوله. **تبًا لك**. أو شيء من هذا القبيل، ولكن مع عبارات إضافية أخرى».

لم يكن للمروِّج أي مكانة اجتماعية أو اقتصادية. ونال اللقب لأنه بدأ التدخين منذ صغره، كي يبدو رجلًا قبل الأوان. كان يتجول بين بوابات المدارس وعند جدرانها، يبيع لفافات المخدرات. وذات يوم، ابتسم له الحظ صدفة، إذ عمل نادلًا في حفلة، في بيت ريفي جميل. ضمت الحفلة مجموعة من الأثرياء. أحد زملائه كان يعمل في خدمات المطاعم وأصيب بالمرض، وكان أن حلَّ محله. كانت معه نبتة جيدة. تحدث إلى صاحب الحفل. دردش معه قليلًا. وجد أن خيط التواصل يمتد بينهما. إنه ساحر الأفاعي. يستطيع أن يكون في الأعلى وفي الأسفل. في غضون دقيقة يجعلك متوحشًا، وزميلًا، وتاجرًا. ويروي لك أفضل النكات. وبتلك الطريقة وصل إلى الرئيس. عبر النكات. كان يقدم له شرابًا، فمرَّر له نكتة. ضحك الجميع، وقال الرئيس: أتعرف المزيد؟ وكان على أتم الاستعداد. كان في جعبته قائمة كاملة من النكات.

وهكذا علِق الرئيس في الصنارة. بإمكانه أن يفعل أي شيء، يمكنه أن يبيع أمه، لكن ما لا يستطيع أن يفعله هو أن يعض يد رئيسه. إنه أمله. يخاف من الضوضاء. ولا يتسبب في إثارة الفوضى التي تظهر في الحوادث.

روت لي فيانا أن الرئيس كان يزرع الحشيش. في الواقع، هي لا تعرف إن سبق لها أن رأته في مناسبة ما أم لا. قالت لي بأنها أحيانًا تظن أن هناك نصف دزينة من الرجال. وأن المروِّج بصعوبة يبوح بما يعرفه، حتى من أجل التباهي والتفاخر. إن التواصل مع الرئيس أمر يخصه وحده، ولا يُشارك فيه أحدًا. ذات يوم، أخبرني عن أمر يتعلق بالرئيس، وبأنه تسبب في إغضابه. كان يتبع نظامًا غذائيًا معينًا، فسألته عن ذلك النظام. فقال بغرور، إنه النظام ذاته الذي يتبعه الرئيس. وقال إنه رجل رائع. ذهب إلى طبيب مختص في برشلونة، وكانت معاينته مكلفة، ثم نقل إليه كل المعلومات التي أخذها من الطبيب. وقال: «ضحكتُ كثيرًا، جعلني رفيقي في النظام الغذائي أضحك. ماذا؟ الزعيم خاصتنا نباتي؟ لقد جن جنونه، واستدعاني ألف مرة ومرة، وكل ذلك من أجل نكتة». بالنسبة له إن الرئيس ليس رئيسًا، بل كان إلى حد ما المعلم أو المرشد الحكيم. كان محاميًا، ويعرف القوانين جيدًا، وكان يستطيع أن يكسرها ويتحايل عليها كلها. أصبت بالصدمة. اتضح له أن ذلك النذل الكبير، الذي يسرق من الأرض والبحر والسماء دون أي وازع، كان بطل الحياة الصحية. كان عاشقًا للرياضة، وللطبيعة، ولسيارات «بويك». إنه جامع للسيارات. أخبره بعض التفاصيل بعد أن أطفأ سيجارته. مثل فيلم سينمائي. كانوا في البيت الريفي، الرئيس وعائلته، الشهية مفتوحة، المروِّج ورفيقه الخفاش على طاولة أخرى، جاهزان للخدمة. وبعد ذلك، دخن الخفاش سيجارة، ثم رمى عقبها على العشب. عقب سيجارة «لاكي».

نهض الرئيس شخصيًا، ولم يكلف أحدًا غيره، ونادى الخفاش بإيماءة، وقال له: «اجمع الأعقاب اللعينة التي رميتها على العشب، وضعها في جيبك،

وبعد ذلك، خذ منشفة المسبح ولوِّح بها في الهواء، حتى لا يبقى أي أثر للدخان في المكان». أما المروِّج فانفجر ضاحكًا، كما لو أنه يتابع فيلمًا تاريخيًا. وبالفعل حرَّك الخفاش الهواء، وطرد سحابة الدخان عبر السقف. لم يهدر الرئيس المال على الأمور التافهة. سافر إلى مناطق كثيرة حول العالم. قال المروِّج: «كان ينبغي لك أن تسمعيه وهو يتحدث عن المشاهد الطبيعية، وعن الفن المعماري، وعن السينما، وعن الفن. إنه جامع كبير للفن. مجنون بالفن. الجسد بالنسبة إليه فن أيضًا. وبالنسبة لي أيضًا. وسألته منذ متى وأنت تهتم جدًا بالفن؟ غضب مرة أخرى. أنا جاهل، ولكنني لست ثاس يا آنستي. فلن ينتهي بي المطاف مشردًا مع غيتار من دون أوتار».

«هذا هو الفن إذًا. أن تفعل ما تريده»، قلتُها أنا.

«سنرى ما الذي ستفعلينه أنت».

رئيس، رئيس، رئيس. لم يغب عن بالي ذلك اللقب منذ أن سمعته من نيكولاس، ابن العجوز نايك، عندما هددوني بالإخلاء. وقصة فيانا حركت ذاكرتي البائسة أيضًا، حتى أنني تعاطفت مع أعقاب السجائر الملقاة على العشب. في الحقيقة، أحتاج إلى معرفة مَنْ هو القرش الذي يوشك على الاستيلاء على تيرَّانوفا.

اتصلت بالصحفي ثيثيليو. كان قد أجرى عملية جراحية في حنجرته قبل عام، وتعلم التحدث من جديد. لم يكن يريد ذلك، لكنه تعلم. وهو الآن يتحدث بصوت رنان وكأنه داخل كهف.

«أعطني ما لديك من أخبار سيئة يا فونتانا»، قالها هو.

«دعنا نرى إن كان بإمكانك أن تحل لي هذا اللغز: رجل غني، غني جدًا، محام لا يمارس المحاماة، يكرس وقته للشؤون العقارية وربما لبعض النشاطات الآسرة الأخرى، مثل كمال الأجسام. يجمع

القطع الفنية والتحف وسيارات «بويك». وفي مناسبات معينة، يَحضر بوصفه الرئيس».

لاحظت أن صوته متحرك. يغلق فتحة الحنجرة بإصبعه، ويدفع الهواء من صدره بقوة. يقول إن الكلام يهزم الفراغ.

«تبًا يا رجل! لقد أُنهِيتْ للتو سرقة لوحة رائعة لصالح حقير يدعى فيرناندو لاماريلا».

«أنا أحتاج للتواصل معك يا ثيثيليو، الأمر مستعجل!»

«الأمر متعذر. بالنسبة لي، الأمر متعذر».

«لم يتبق من الوقت المتاح الكثير، إذ عليَّ أن أجد مفتاح القفل. سأتحدث إليه شخصيًا. سأقنعه بالتوقف عن العمل. مثل الحال في صيد الحيتان يا سيد لاماريلا. إذا كانت لديه موارد، وكان من الواضح بأنه يمتلكها، وإذا كان مهتمًا بالفن... يمكننا أن نجعل من تيرَّانوفا فضاء فنيًا. فيها الأدب والفن والطعام الصحي. يمكننا أن نتحدث. ماذا سينجز؟ شققًا؟ المدينة مليئة بالشقق الفارغة».

آه. نسيتُ الفراغ. نسيت إمبراطورية الفراغ.

«حددتُ بعض أرقام الهواتف. مركز الاستعلام. من المستحيل الحديث مع السيد لاماريلا. يمكنك أن تطلب التواصل معه في وقت محدد، وسيرد عليك أحد الموظفين لديه. هل المسألة شخصية، شخصية جدًا؟ اترك رسالةً».

«أقول له إنني أتصل من تيرَّانوفا».

«تيرَّانوفا؟» يسأل بدهشة محترف.

«نعم، تيرَّانوفا».

«وهل هناك شيء آخر؟»

«لا شيء».

«سيغلقون الخط. لا ينبغي تحديد موضوع الاتصال».

«هل يمكن التواصل مع العجوز نايك».

«مستحيل. إنه في اجتماع».

«وابنه؟»

«في اجتماع أيضًا».

«إلى متى؟»

«لا أعرف إلى متى».

«إنه أمر مستعجل!»

«لا أحد يُجيب. السكرتيرة تعرف صوتي. لديها تعليمات على ما يبدو».

«من فضلك يا ريبيكا!»

خاطبتها باسمها علّها توشك على تليين موقفها. إنها غير قابلة لكسر جمودها المحكم، لذلك صارت عنيفة. وأنهت المكالمة.

هناك شيء ما ينبئني بأن العودة إلى الوراء غير ممكنة. القضية لم تقفل، بل ما تزال عالقة. لقد وُضع قانون التأجير لأصحاب العقارات. يمكن إنهاء أي عقد موقع من قبل شخص طبيعي، حتى أولئك الذين انتقلت إليهم عقود الإيجار من عائلاتهم، بناء على طلب المالكين. كان هذا ما فعلوه. رفضتُ التخلي الطوعي. رُفعت القضية إلى المحكمة بصورة عاجلة، ليصدر الأمر بالإخلاء. مضت عشرة أيام على استسلام الأمر. أزلت الإعلان، وقدمت استئنافًا إلى المحكمة. وقال لي محامٍ صديق:

«لا توجد هناك أية فرصة، وفوق ذلك كله عليك أن تدفع التكاليف المستحقة. من فضلك تقدم بالادعاء. اكتب الادعاء، فإنني أتطلع إلى قراءته. ولكن، قبل كل شيء، دع القاضي يقرأه».

كتبتُ:

سيدي القاضي: قبل سبعين عامًا، كان جدي لأمي، أنطون بونتي، في عرض البحر مسافرًا من تيرَّانوفا إلى إسكتلندا الجديدة، يخِز أطراف أصابعه بإبرة فيمنع تدفق الحرارة في دمه تجمُّد يديه. كان لذلك الرجل حلم. وأنا عشت حُلمه. أكتب لك من عمق ذلك الحلم. لكنني على وشك أن أتجمد لأسباب أخرى لا ترحم: الفراغ، وإمبراطورية الظلم...

«إمبراطورية الظلم؟ ألن يغضب؟»

«لا أعرف، لكن عليَّ أن أقول ذلك!»

لم أعد أذكر تمامًا عدد الأيام التي مرَّت منذ أن قدمتُ إشعار الاعتراض ذاك. اتصلت بالمحامي الصديق. قال: «صحيح أن الإجراء عاجل، ولكن في هذه الحالة، لم يتم الاتفاق على التنفيذ القضائي. سيسقط. إلا أن القاضي غاضب من محامي المالكين. فهو في كل يوم، يتقدم بمطالب».

«والقاضي؟»

قال لي القاضي في إحدى الأيام: «سأقرأ أغنية البجعة تلك من جديد».

مع حلول المساء، عاد كل من راميرو وسيبيليوس من قتالهم ضد الفراغ. كم هي رائعة، الطريقة التي عزف فيها معزوفة باخ على لوحة مفاتيح ياماها، كانت لعبة أطفال نوعًا ما، رائعة. إذا توقفت حركة المرور، وإذا صمتت المدينة للحظة واحدة، ستُسمع معزوفة باخ على لوحة المفاتيح الصغيرة.

جاءت غوا لاستقباله. جلبت له شرابًا في فنجان، كي يدفئ يديه وروحه. ذلك ما قالته. فرد عليها قائلًا: «من الأفضل أن يكون الجسد دافئًا».

تلتهم غوا الكتب بشراهة. تشم رائحتها. ترقص معها. تبكي. تُقبِّلها. تغضب. نعم، تغضب من الكتب.

آه، تعالي وتمسكي بها.

اذهب وانظر من أي اتجاه تهبُّ الرياح.

تقرأها مرات عدة في وقت واحد، وتضع فيها علامات من ملاعق القهوة أو ورق الغار أو عود كبريت ورأسه الأحمر إلى الخارج.

أظن أن سيبيليوس وغوا يحبان بعضهما، ويفهمان بعضهما بكلمات قليلة. جاء سيبيليوس إلى تيرَّانوفا من أجل غوا. قالت لي من قبل: «هناك رجل نبيل رسمي جدًا...».

«يمكنك إحضاره يا غوا! لا ينبغي لك أن تشرحي».

قالت شيئًا غير مريح إلى حدٍّ ما.

كان يظهر عليها شيء من الريبة. ندوب من الماضي. سيحلُّ ضيفًا، وسيدفع أجرة إقامته.

إنه ليس متشردًا، فالرجل كان كاهنًا.

«كاهنًا؟»

«بل خوري!»

تبادلنا النظرات. تلك هي اللحظات عندما تجعلك حياة شخص آخر تفكر وتتأمل في حياتك. كانت غوا أول من ضحك.

كنت أرغب في التحدث لفترة طويلة، واليوم أنا منفعل، وأحتاج إلى شريكة.

«أكمل شرابك يا سيبيليوس».

«لا، منذ فترة تخليت عن الشراب. وصارت الصلاة ملجئي...» أضاف سيبيليوس: «لقد اعتدت المجيء إلى هنا عندما كنتُ صغيرًا. أتذكر ما كان يباع من كرات يدوية وعوالم مشهورة».

أمي كانت ملتصقة بذلك النوع من الفن. وكانت تصنع «عوالمها» الخاصة بها. بالأسلاك والورق الملون. وتلوِّن الكُرات أيضًا. أراقبها وهي

237

ترسم جزر بولنيزيا، جزيرة تلو الجزيرة، كم هو صعب رسم الجُزُر. بعد ذلك، صار الرسم أكثف عندما كانت الفرشاة بخطواتها الواسعة تحول الزنك الأبيض إلى ثلج سيبيريا. كان شراع السفينة محشوًّا، والجميع كانت لديهم أشياء في الداخل. جوز، وكستناء، وكرز، وبعض الأشياء من كومبا.

قال سيبيليوس: «كانت تيرَّانوفا أفضل ذكرى حملتها معي عند ذهابي إلى المدرسة الثانوية في سانتياغو؛ جئنا إلى تيرَّانوفا عشية مغادرتنا بالضبط. اشتريت واحدة من تلك الكُرات، واشتريت أيضًا رواية **روبنسون كروزو**. كانت سنتي الأولى. صادروا مني الكتب والكرات. فقد حذروني من قبل من حمل ذلك الكتاب، إلا أنني لم أهتم للأمر، ولم أفهم على الإطلاق سبب أخذ الكرات مني».

«لأنها تدور واتجاهها غير محدد».

ظننت أنه سيبتسم، إلا أنني لاحظتُ أن تلك الحادثة لم تتلاش مع مرور الزمن. كان حاملًا هم الكرة الأرضية. يشكو من القرحة بين الحين والآخر. إنها كالحفرة في الأرض.

إنه منتصف الليل، كنت منغمسًا في قراءة كتاب منيموزين في هسبانيا[1]، وكان أمارو يتابع عمليات طرد اليهود من إسبانيا عام 1492، في رواية عنوانها: **عملية الطفل المُقدس في لاغواردیا**. توثق الرواية أحداثًا قمعية ودعائية مركبة، مبنية على اختراع جريمة لم تحدث على الإطلاق، وقد اختلقتها محاكم التفتيش، أحد أقوى الأجهزة السرية وأكثرها فعالية في التاريخ. وبناءً على كل الوسائل والتقنيات والنتائج التي جرى استخلاصها مما كتب عن نهب ممتلكات اليهود الإسبان وطردهم، رأى أمادو أنها سابقة خطيرة في العمليات الإجرامية التي شنتها الدول الشمولية في القرن العشرين. لم تنته

---

(1) إلهة الذاكرة والحفظ في الأساطير الإغريقية. [المترجم]

قضية الضحية المُزيفة عند هذا الحد، بل كان النجاح كبيرًا مع الاستمرار في اجترار ذلك الادعاء الكاذب، بالتعاون الفكري مع بعض الشخصيات المشهورة، من بينهم لوبي دي بيغا[1]، الذي سلط الضوء على هذا الموضوع في عمل له بعنوان **الطفل البريء في لاغوارديا،** وتأسيس الأسطورة الوطنية: «للمرة الألف إسبانيا سعيدة.. وتستحق هذا الشهيد... الطفل هو أبو وطنك...». يكتب أمارو، بأن ذلك الطفل لم يكن له وجود، ولا تلك الجريمة، بل هناك ملاذ خُصِّص له، وكل عام يستسلم رجال الثقافة لتلك الأكذوبة المهولة.

يمضي أمارو الآن في السرد عن الجدال الديني والتاريخي والثقافي الكبير الذي شغل تلك الشخصيات العظيمة في القرن السابع عشر: فمن يجب أن يكون راعي إسبانيا، أهي تيريزا أم يعقوب الكبير؟ كان تدخل فرانثيسكو دي كيفيدو حاسمًا في هذا الصدد، الذي رفض حتى الحل السليماني المتمثل في رعايتهما المشتركة، وذلك في ديباجة **فرسان سانتياغو**...

رائع، إنها مؤامرة، لإغلاق الباب على المعلومات.

مَن هناك؟

لقد فات الأوان على استيقاظ الناس من سباتهم، حتى يطرقوا باب الغرفة المظلمة.

إنها إكسبكتيشن. مع نظرة شخص أتى بعد شجار في الفراش.

قالت: «المعذرة، أتيت في وقت غير مناسب. صحوة ضميري جاءت بي إلى هنا».

(1) فيليكس لوبي دي فيغا إي كاربيو (1562-1635) شاعر وكاتب مسرحي إسباني. وجعله الكم الهائل لإنتاجه أحد أغزر الكتاب في الأدب العالمي. عاش حياة مليئة بالمغامرات والمتاعب، إلى أن دخل الكنيسة عام 1614. [المترجم]

«من المستحيل أن يصحو الضمير في وقت غير مناسب. إنه مصدر الإلهام».

«قد يكون ذلك. لكنه لا يدعني أنام. فأنا لم يحالفني حظ الآخرين، حظ أولئك الأغبياء الذي يظهرون على شاشات التلفاز ويقولون إنهم ينامون دائمًا بضمير مرتاح. مَنْ في هذا العالم اليوم يمكنه أن ينام وضميره مرتاح؟»

«أنا، لا يمكن ذلك».

«ولا أنا أيضًا»، قالتها. وبقيت صامتة.

«ما الأمر يا إكسبكتيشن؟»

«لوحة العذراء في حوزتنا».

في البداية لم أفهمها.

«عندنا عذراء غرابيدا، سيدتنا في تشور، التي قال عنها أمارو، إنها جوهرة».

قلت: «سرقوها. فقد أبلغت عمتي أديلايدا والقبطان عن السرقة، لكن لم يكن هناك أثر للفعل. فهناك مافيا متخصصة للقيام بمثل تلك الأشياء. لصوص لوحات. محترفون. قاموا بتبديل الرسوم طوال سنوات...».

تركتني إكسبكتيشن أتكلم. لم يبد لي مظهرها، في تلك الساعة، مظهر مدبرة المنزل التي أعرفها، بل مظهر تمثال هندي منحوت بضربة فأس.

قالت أخيرًا: «إن الرواية التي تحكيها أعرفها. لكن لوحة العذراء عندي».

«ماذا تقولين؟»

كانت تضع رداءً فوق ملابس النوم. كنت مهتمًا بما يعود إلى القرن السابع عشر، فلم أعط الكثير من الاهتمام لمنحنيات إكسبكتيشن. فتحتْ رداءها، وسحبت من تحته حزمة من الملابس، وبدأت تحلُّها

بعناية فائقة حتى ظهرت لوحة ماريا أنونثيادو رقيقة وجميلة ومشرقة، بعينين عجوزتين متيقظتين.

«ماذا تفعل هذه هنا؟ إنها ليست لنا!»

كنت غاضبًا ومرتبكًا. انزعجت.

إلا أن إكسبكتيشن صرخت بصوت طغى على صراخي.

«كيف لا تكون لنا؟ لمن هي إذًا؟ لعمتك وزوجها الأحمقين؟ لتلك المافيا التي تحدثت عنها قبل قليل؟ إن لم تكن لنا، لي أنا ودومبودان، فلن يكون هناك أي عذراء. نحن مَن قمنا بوضع اللوحة البديلة مكانها. وبالمناسبة، كروتو جعلها مطابقة للأصل بمهارة عالية. ذلك ما قمنا به لنحميها. مَن يدري أين كانت ستكون ماريا الحقيقية لو لم تكن لنا نحن!»

«لا تتركيها يا إكسبكتيشن!»

«سأنام معها».

أصل العالم

نبحت باليا.

العجوز باليا لم تنبح. والآن نبحت باليا الصغرى من الدهشة.

لم أذكر بأنني سمعت ذلك النباح على الإطلاق، وفي عزلة الليل، شعرت بالدهشة في أثناء القراءة، وظننت بأن النباح قادم من هناك، من هوامش النص، من الأرصفة، من الأشجار في المساحات البيضاء.

كان ذلك نباحًا تاريخيًا، مثل برقيات التلغراف التي تنقل المعلومات الأساسية.

خرجت من الغرفة المظلمة، فأعماني نور المصباح اليدوي.

«والآن، ماذا علينا أن نفعل؟» قالها صوت ما.

«ما علينا فعله!»

شعرت بضربة قوية على مؤخرة رأسي، لم أر ولم أسمع شيئًا لمدة.

واجهتني صعوبة كبيرة في الاستيقاظ بعد فقداني للوعي، بسبب الألم الذي تركته تلك الضربة القوية، وحالة الارتياب والدوار والإذلال من رؤية نفسي عاجزًا على الأرض، وبسبب صعوبة فهم الحالة المشوِّشة التي تتصاعد في تيرَّانوفا أيضًا. الجو مليء بالدخان وتخرقه صافرات الإنذار.

في منطقة الظل داخل الغرفة المظلمة، أطفأ ثاس وإكسبكتيشن وغوا، باستخدام مطفأة حريق وبطانيات، ألسنة النار التي حاولت التسلق من الأرض إلى الرفوف. لا بد أن المعتدين قد سكبوا البنزين. لحسن الحظ، كانت الأرضية مُبلَّطة، ويبدو أن الدفاع عن تيرَّانوفا يتقدم بنجاح. وفي هذه الأثناء، ومن الدرج الحلزوني، صوَّب سيبيليوس البندقية، فأبقى اثنين من المهاجمين

بوضعية الثبات. بدا لي الأمر وكأنه جوقة سريالية، حتى أنني أقنعت نفسي بأنها قالت من قبل: «الأمر يتعلق بقتل الفيلة! الأمر يتعلق بقتل الفيلة!»

لا شك أن ذلك السلاح خطير، ومن يعرفه يعلم ذلك، لأن المجرمين وقفوا مكتوفي الأيدي، مشلولين، وأيديهم مرفوعة.

«بحق الله، لا تطلقوا النار!»

«لن يسعفك التوسل!» صرخ سيبيليوس. قال له ذلك والسلاح في يديه، كان مقنعًا للغاية.

«من فضلك أيها الكاهن!»

«كاهن؟ ما الذي تعرفه أنت؟» سأله سيبيليوس حائرًا.

«أعرف كل شيء عن تيرَّانوفا!»

ظهر ثاس من الداخل مُلطَّخًا بالسخام، يلهث من جراء انشغاله بإخماد النيران.

تجاهل الثرثرة، ولم يُلقِ بالًا للكلام الدائر. إن المروِّج يصوِّب نظره على المالِك دائمًا، أليس كذلك؟ مع كل حقيقة يتلفظ بها يسقط سن من أسنانه، ولذلك ما زال يمتلكها جميعها. وهنا الزميل باتي، يأكل كل شيء مثل الجميع، لكنَّ أكثر ما يحبه نخاع العظام.

تسبب الدخان المنبعث من تيرَّانوفا في دق ناقوس الخطر في شارع أطلس. فقد سُمعت الأصوات. أناس مذهولون يطلون من النوافذ. اقترب عويل صافرة الإنذار الأولى.

«مَن أرسلكم؟»

سؤال غير مفيد، لكن كان لا بد من طرحه. فطرحته أنا.

كانت الإجابة محاولة للهروب. ركضا باتجاه الباب، لكنهما توقفا فور سماعهما صوت الطلقات من فوهة بندقية سيبيليوس. ذهلا وذهلنا نحن أيضًا.

إلا أن أكثر من ذهل بيننا كان سيبيليوس نفسه. لقد اصطدمت الطلقات المباشرة بساعة الحائط.

«لقد قتلت الوقت للتو!» صرخ بها.

«لقد أوقفته بالفعل»، قلتُها أنا.

في الطريق إلى مركز الشرطة، للإدلاء بالشهادة، أخبرني سيبيليوس عن مصدر البندقية. في الوقت الذي كنت فيه أتدرب على الاستماع للاعترافات، بإيمان مطلق، تلقيت اعتراف عجوز من أبناء الأبرشية، رجل غني وصاحب مصرف مالي.

قال سيبيليوس: «نتج عن الاعتراف الأخير، ما يسمى **تثبيت المهمازين**. إلا أن الرجل العجوز كان واضحًا بطريقته. وبعد ذلك، أمرته أن يطلب الصفح من الله».

«فقط الصفح؟» سأل متعجبًا.

قلتُ له: «نعم يكفي. الله يسمعك، ولا يجب أن تشعر بالإحراج». عندها سألني إن كان معي سلاح.

«أنا معي سلاح؟» أنكرت ذلك، وقلت: «أنا معي الإيمان!»

«نعم، ولكن إلى أين يتوجه الإيمان من دون سلاح»، قالها بثقة شديدة. أضاف: «ماذا يفعل الرجل من دون سلاح؟ بندقية قصيرة المدى، بندقية بعيدة المدى، بندقية رشاشة. أو أي شيء من هذا القبيل. ها هي الحكاية. أنا رجل دين! لقد وعظته. كأنه لم يسمعني. أو كأنني خيبت أمله، فقال: لديَّ شيء لك. نهض بصعوبة، وفتح الخزانة وأخرج منها شيئًا، وعاد. قال: خذ. بندقية صيد للمحترفين؛ لقتل الفيلة».

«لكن، هل قتلت فيلة؟»

«أنا طلبت الغفران من ربي. طابت ليلتك».

قرع الجرس. أقبلت مدبرة المنزل، ورافقتني حتى الباب بابتسامة.

إن ما حدث في تيرَّانوفا لم يكن هجومًا، مثل الماضي، ولا عملًا انتقاميًا. للعملية هدف واضح، ووافق نائب المفتش الذي سجل إفادتنا على ذلك. كان الأمر يتعلَّق بإشعال حريق، لينتج عنه إخلاء المبنى على الفور، والإعلان الصريح بأنه صار خرابًا. لن تُنظَّف المساحة الخالية وحسب، وإنما سيهدم البناء المعماري نفسه الذي كان من المقرر الحفاظ عليه. أما النفقات فهي قليلة من أجل بناء جديد. إنها استراتيجية تقليل القيمة. قيمة الحياة وقيمة المنتجات أيضًا.

«نعم، تقليل القيمة». همس نائب المفتش بعد أن استمع إلى ما عبرت عنه.

قال الشرطي: «هذا ما حدث. إن الأخطر من هذه الحالة، هو أن هناك أرواحًا على المحك».

وماذا يقول المهاجمون؟

«يقول المهرِّجان، الآن، إنهما دخلا من أجل إخماد النيران، وليس بهدف إشعالها. وإنهما كانا على وشك أن يُقتلا ببندقية صيد كبيرة».

قال سيبيليوس: «كانت الساعة الشيء الوحيد الذي قُتل فقط. ساعة الجمهورية المسكينة».

كانت إشراقة الصباح جميلة على الخليج. بحثت في السماء عن طيور الزرزور المتباهية. تخيلت سربًا من تلك الطيور قد رسمت شكل فيل في السماء. توقفنا لنشرب القهوة في أتالايا، في حدائق ريلينو، مقابل مقر الشرطة مباشرة. اقتربت امرأة من طاولتنا. أرادت أن تتحدث معنا للحظات قليلة. قدمتْ نفسها بأنها المفتشة آنا مونتيس.

«هل من الممكن أن أجلس؟» سألت هي.

«بالطبع، لقد جلستِ بالفعل»، قلتها أنا.

ابتسمت. على الأقل لم تظهر عليها ملامح الوقاحة، وإنما العمل. تعابير وجهها وجسمها ونظراتها الفضولية الصامتة الصافية، تذكِّر بالطريقة التي أشرق فيها الصباح من الجانب الآخر من الخليج.

«لا، لا أريد قهوة. أريد شايًا أسود».

«أقود مجموعة البحث عن سارق اللوحات الدينية في غاليثيا. في محاولة لاستعادتها بالطبع». قالتها دون زيادة ولا نقصان.

«هذا مثير للاهتمام»، قلتُها أنا!

ابتسمت مرة أخرى. تغلغلت نظراتها فيَّ، مستكشفة إمكانية وجود شق في قشرة دماغي.

قال سيبيليوس بسوداوية: «إن اللوحات، هي الشيء الوحيد الأكثر جمالًا وأصالة ما زال موجودًا في الكنيسة».

ردت المفتشة: «إنها ليست ملكًا للكنيسة فقط، بل هي إرث عام، وثروة فنية نتشاركها جميعنا، المؤمنون وغير المؤمنين. أتعرفون كم عدد اللوحات والكؤوس والصحون الرخامية الكبيرة وحتى صنابير الغرغول الثمينة، التي تختفي كل عام؟ تستشري سرقتها مثل الطاعون. صفقة تجارية كبيرة. يوجد مافيات منظمة وأشخاص مهمون متورطون في ذلك كله. ولم تكن تلك السرقات لتحصل، لو لم يكن هناك أثرياء يشترون تلك المقتنيات».

«إنها إمبراطورية الفراغ»، قلتُها أنا.

«نعم، إنه توصيف جيد للحالة، يا سيد فونتانا. فهم يُفرِّغونها مما لا يتكرر».

«حدث شيء مثل هذا في المكتبات، لتوفير المساحات»، تجرأت على القول. تملكني انطباع بأن آنا مونتيس لم تكن موجودة لتثرثر ثرثرة بسيطة فقط.

نظرتْ في عينيَّ مباشرة. لم تتذوق الشاي.

«سيد فونتانا، أعرف أن ذلك ليس أسلوبك، ولا أسلوبي أنا أيضًا، من الأفضل أخذ الأمور بروية، لكن لا يمكننا أن نخسر المزيد من الوقت».

«لا».

«يوجد في تيرَّانوفا شيء ثمين للغاية لا يجب أن يكون موجودًا فيها».

«لا أعرف عمَّا تتحدثين».

«بلا، أنت تعرف».

كانت نظرة آنا مونتيس قد اخترقت قشرة دماغي الأمامية. وفي هذه الحالة، من العبث محاولة خداعها.

قلت: «إن ما تعرضت له ماريا أنونشيادو ليست سرقة. فنحن نحميها».

قالت بغضب: «إن هذه فكرة شائعة أكثر من اللازم. في البداية، تكون نية الناس طيبة، ولكن بعد ذلك، يتبيَّن أن عددًا كبيرًا من اللوحات لا تعود إلى مكانها أبدًا».

قلت لها، بغضب أيضًا:

«ماذا تريدين منهم أن يفعلوا أيتها المفتشة؟ التخلي عن العذراء الحامل أو تركها في متناول يد الحيوانات المتوحشة، المستعدة لبيعها ما إن تضع يديها على اللوحة؟ ستعود العذراء إلى تشور، أو إلى المتحف. القرار يعود إليكم».

قالت: «لا». ردَّت شعرها الأشقر النحاسي إلى الخلف، وتابعت: «لنفعل خيرًا، لنفعل شيئًا إعجازيًا. لنعمل على إسقاط أحد أكبر زعماء المافيا. لنقم بمسألة مذهلة أخرى. أنت تعرف جيدًا عمَّا أتحدث. لو أنهم نجحوا

في ضربتهم الليلة، فإن كل شيء كان سيضيع. كنا سنخسر ماريا أنونثيادو، سنخسر تيرَّانوفا».

«هل يمكننا أن ننصب كمينًا للمدعو ماريلا؟ أظن أنكم مكثتم سنوات وأنتم تطاردونه».

وقفت آنا مونتيس، وانتظرت، حتى نهضنا.

«تعاليا إلى مكتبي، من فضلكما. هناك في مقر الشرطة. يوجد أمر مهم جدًا قد تغيَّر. والآن لدينا الخطاف والصنارة والطُّعم».

عادت إلى حماسها مرة أخرى. في الطريق، اعترفت لي قائلةً: «أتعرف أنني سرقتُ كتابًا من تيرَّانوفا عندما كنت صغيرة؟»

«نعم، أعرف. كتاب **ترانيم الليل** للفيلسوف الألماني نوفاليس. كان المطر غزيرًا يومها، أتذكر جيدًا. من المؤسف أن الفتاة لم تعد لسرقة المزيد من الكتب».

لقد صُدمت. بهتت. ظننت أن اللون النحاسي لشعرها سيتلاشى.

«لقد رافقني ذلك الكتاب طيلة تلك السنوات. وما يزال حتى الآن على الطاولة الصغيرة. لا بد لي أن أعيده».

«دعيه، إنه في المكان الجيد».

كان لدى فيرناندو لاماريلا، الرئيس، خبير في الفن الديني يجري أبحاثه في هذا المجال بوصفه صائد كنوز. كان لديه الكثير من المتعاونين، لكنَّ ذلك الخبير، كان أستاذ كرسي متقاعدًا، يتمتع بصورة اجتماعية مشرفة، وبحياة متقدة، وهو متدين، ويثق به لاماريلا كثيرًا، لا سيما في أثناء تقييم القطع الفنية المهمة واتخاذ القرارات بشأنها، لجهة شرائها أو نقلها في السوق السوداء. لماذا يفعل ذلك؟ وفق ما قالته لي آنا مونتيس، أنه لم يفعل ذلك من أجل المال، على وجه التحديد، على الرغم من أنه حصل على ما يريده.

إلا أن أكثر ما يهمه، هو الاستمتاع بلمس تلك القطع، وامتلاكها، حتى لو بيعت بسرعة، وقبل كل شيء وضع السعر عليها!

كانت لديه نقطة ضعف، وظن خطأ بأنها نقطة قوة: الغرور. في الوثائق التي كانت في حوزة عصابة لصوص اللوحات وجرى ضبطها، ظهر تقرير يتعلق بعدة منحوتات في منطقة ديثا، وكانت أعمالًا فنية في حد ذاتها. تضمنت تلك الوثائق نظرة متخصص، وحكمة خبير في الأيقونات، ولكنها احتوت أيضًا نظرة متفردة جعلتها مختلفة عن أي وثائق أخرى، والتي عادة ما تكون منسوخة من كُتب وكتالوجات وصحف أو مطبوعات من الإنترنت. إن التقرير الذي أشارت إليه، لم يكن موقعًا بالطبع، إلا أن آنا مونتيس وصلت إلى نتيجة مفادها أنه تقرير صحيح وأصلي. وبعد مقارنته مع غيره من الوثائق والنصوص المكتوبة حول الفن الديني، توصلتْ إلى أنها عثرت على الرجل. كان الغرور هو الذي قادها إليه، والغرور الذي جعله يعترف دون أن يعرف أنه يبلِّغ عن نفسه.

«إن تاريخ الثقافة عبارة عن سلسلة سوداء»، همستُ أنا.

قالت المفتشة مونتيس: «إن ما يستحق الاهتمام هو ذلك الفارق البسيط. إن ما يرجح التوازن، هي تلك الفروق الدقيقة. والتورع. وذلك ما وجدته في الرجل. لقد كلفني هذا الأمر كثيرًا، ولكنني في النهاية وجدته».

لم تمانع إكسبكتيشن في قبول العملية، فقد فهمت جيدًا ما قالته آنا مونتيس، وكلاهما كانتا مذهلتين بطريقتهما الخاصة. لم يكن من الصعب على الخبير أن يُقنع لاماريلا. كانت لوحة ماريا أنونثيادو مميزة، وواحدة من اللوحات التي تبرعت بها القديسة إليزابيث البرتغالية، وذلك في أثناء رحلتها لأداء الحج في سانتياغو في القرن الرابع عشر. أما النسخة التي عرضها الخبير على الرئيس، فكان قد وصل إليها عبر صدفة شبه خارقة.

احتفظت إكسبكتيشن باللوحة الأصلية سرًا، بعد أن احتلت نسختها البديلة مكانها. في البداية، كان القصد من ذلك هو الحفاظ عليها من التردي ومن خطر السرقات التي تضاعفت في المنطقة. لكنها ومع مرور السنوات، قررت بيعها بحكم الضرورة. وكما لو أن كل ما يجري صحيحًا، تحدثت بكل شغف. لم تكن المرأة غبية، لكنها، تجاهلت القيمة الحقيقية للوحة بالطبع. من الممكن أن تكون صفقة رابحة. فسعرها سيتضاعف ألف ضعف في السوق السوداء. إلا أن إكسبكتيشن، وضعت شرطًا واحدًا فقط. لا تريد وسطاء. تريد أن تعرف اليد التي ستحافظ على لوحة ماريا أونثيادو وترعاها.

وهكذا دخلت لوحة ماريا أونثيادو إلى بيت الرئيس، ملفوفة ببطانية، مثل طفلة في حضن إكسبكتيشن.

وتركتها هناك مع شريحة تعقب مموهة جيدًا.

تصدر فيرناندو لاماريلا عناوين الصحف، ولكن هذه المرة، ليس بوصفه نموذجًا لرجال الأعمال. وفي الصورة التي نشرتها الصحف، بعد أن ألقي القبض عليه، ظهر متجهمًا، ومحوِّلًا نظره عن لوحة «العذراء الحامل».

لم يكن ذلك الاكتشاف الوحيد. فقد تسببت لوحة دينية صغيرة، للعذراء الحامل، في سقوط إمبراطورية الرئيس. وبتعريف آنا مونتيس، فإن تلك الإمبراطورية جيولوجيا عظيمة من الأموال القذرة مغطاة بالعشب الصناعي.

ومن بين الشركات التي تم الاستيلاء عليها، شركة العقارات من الطراز القديم «هدال». وتوقفت عملية الإخلاء في تيرَّانوفا.

استدعاني ثيثيليو. كان كلامه يُفهم بصعوبة، يضع الإصبع في فتحة الحنجرة، فيخرج الصوت من جسمه كله.

«أسعدني كثيرًا أن تيرَّانوفا لم تُغلق. أريد أن أدفن هناك! ما البيض المسلوق الذي توصيني به؟»

وأضاف: «أنا مريض، نعم مريض، ولكن لا تعطيني أدوية. أريد شيئًا يؤرقني».

لا يمكن التنبؤ بالعلاقة بين الحياة والقراءة عند بعض الناس. فقد قيل دائمًا: نحن ما نقرأه. لكن، في كثير من الأحيان، نحن ما لا نقرأه.

وفي تيرَّانوفا، تدخل امرأة ما وتقول لك: «زوجي تركني، وغادر مع امرأة أخرى».

أنا دعمتها، وقلت لها: «من الأفضل أنه ذهب».

قالت: «نحن متحضرون، نحن أوغاد، أليس كذلك؟ أريد الآن موضوعًا قويًا. كتابًا مثيرًا، ولكنه حقيقي. من دون لف أو دوران، ودون خضوع أو تبعية. أريد النص الذي يجعلني ألتصق بالكتاب».

قلت لها: «إنه سفر **نشيد الأنشاد**»(1). أو الكتاب المقدس ذاته. أو ذلك الزوج، لا يزال كما كان. عرفت أن زوجته توفيت أخيرًا. وعرفت أيضًا أنهما عضوان في مؤسسة «أوبوس داي». باختصار قالت: «أرغب في الحصول على كتاب **الأحضان** للكاتب غوميث دي لا سيرنا». كما لو أنها طلبت العمل الأكثر تحررًا في التاريخ.

قلت: «لحظة، لدينا طبعة رائعة ومصورة، أحضرناها من بوينس آيرس عندما كانت محظورة هنا».

رأيت مرة طرف الكتاب في خزانة مقفلة. في كل مرة، كنت أفتح كتابًا آخر، أفكر في ذلك الكتاب. وأفكر بالمفتاح، خصوصًا مفتاح الخزانة.

قال ثيثيليو إننا نحتاج إلى بيضة مسلوقة كي نقرأ؛ إنه شيء خطير. ليس تافهًا.

---

(1) **سفر نشيد الأنشاد** أحد أسفار العهد القديم، وأقصر الأسفار في الكتاب المقدس. ويعرف بنشيد أنشاد سليمان بالعبرية. [المترجم]

اقرأ رواية فيرديدوركه. سيكون من الجيد لك أن تشق طريقك إلى عالم الطلاب الطفولي.

في كل مرة أفتح فيها كتاب فيتولد ماريان غومبروفيتش، يخرج لي من داخله خالي إليسيو، ليذكرني بأنه ترجم فصلًا واحدًا منه. قال بجرأة: «أنجزنا ذلك أنا وإيبا، في جلسة واحدة. نعم فعلنا ذلك في يوم واحد، بنهاره وليله. كانت إيبا عجيبة!» عيَّن غومبروفيتش الكوبي بيرخيليو بينيرا رئيسًا للجنة الترجمة. كان هناك خمسون منهم، يترجمون النسخة الفرنسية إلى النسخة الإسبانية، أخذوا الوقت الكافي. إلا أن الجزء الخاص بنا فقد ترجمناه في جلسة واحدة. ذاك المشهد الذي يقول: «وهكذا، بالنسبة للناضجين، كنت ناضجًا، ولكن بالنسبة لغير الناضجين، فأنا غير ناضج...».

كانت إيبا نموذج الصداقة والأنوثة واستعان بها إليسيو لترجمة عمل إدواردو بلانكو أمور. بعد ذلك بسنوات قليلة، ترجمت إيبا وهي في بوينس آيرس رواية إسمورغا. وصل المخطوط إلى غاليثيا في حقيبة إسحق دياث باردو[1]. يا لها من رواية في تلك الحقيبة! تحدث خالي بأسلوب ملغز. بالفعل، كانت مثل سفينة نوح. جرت محاولة لنشر الرواية هنا، إلا أن الرقابة تعاملت معها كأنها قمامة. تباحثوا بشأنها بعد قراءة ثلاثة أسطر أو أربعة منها. كتب الرقيب، بأن الرواية، إلى حد ما، عبارة عن حكاية للسكارى والساقطات. «لا ينبغي السماح بنشرها». نُشرت في بوينس آيرس عام 1959 باللغة الغاليثية. وبعد ذلك بعام واحد فقط، نُشرت باللغة الإسبانية، بعنوان **حفلة صاخبة**، عن دار فابريل للنشر. وفي تيرَّانوفا، في أرضها السريَّة كانت لدينا شحنة من النسختين، أحضرهما القبطان كانثاني عند عودته من رحلة عام 1961.

---

[1] إسحق دياز باردو (1920-2012)، كاتب إسباني وناقد وفنان ومصمم ورسام ورجل أعمال. [المترجم]

وبعد ذلك بسنوات كثيرة، ستكون تلك الكتب من اكتشافات غاروا. التي قامت بنقلها. وبعينيها الحمراوين، تابعت المشهد الأخير لمكنسة تكنس القطع الصغيرة المتبقية من دماغ الراوي، الذي مات تحت التعذيب. «بضع قطع من مواد بيضاء».

قال ثيثيليو: «لقد طحنت عظم **فيرديدوركه**. فأنا بحاجة إلى مزيد من الراحة».

ينقل تخميناته وتوقعاته عن الكتب. أسمع أنفاسه، كأنها أزيز غواصة في أعماق البحار.

«أنا في إجازة يا فونتانا!»

«أنت لم تُخلق لتموت»، قلتها له.

تعال واقضِ عطلة الصيف في تيرَّانوفا. فقد زرعت إكسبتيشن حديقة على شرفة العليَّة. يجب أن ترى سقف القرميد المزين بنبتة القمعية!

في غاليثيا هناك الكثير من الأسطح المموجة بالقرميد العربي، حيث تبرعمت الأعشاب والورود نتيجة مياه الأمطار، والبذر المحمول مع هبَّات الرياح، ومناقير الطيور. لكن ما كان على أسطح تيرَّانوفا، في الصيف، حقلًا سماويًا مزروعًا بنبات القمعية. بدا ذلك المرج من القناديل الوردية الإنجاز الأخير للعمارة التي تحلم مادتها بطبيعة ثانية، فتتسلق بفرح على جدران البيوت. إن مَن صمم تيرَّانوفا كان يفكر في نبتة القمعية، وفي النهاية، خرج منتصرًا. في المرة الأولى التي نمت فيها تلك النباتات، دُهشتُ، لكن، مع ذلك، اتصلت بالمالك نايك العجوز، لأخبره بما هو جديد. قمعية؟ نعم، نبات عشبي، يطلق عليه اسم **قفازات الثعلب**. بالفعل، لقد كان الوقت الذي بدأ فيه حصار تيرَّانوفا.

قال بنبرة جادة: «أنا أعرف جيدًا نبتة القمعية يا فونتانا!»

وأضاف كلامًا يثير الشبهات: «لا أريده أن يلمس السطح، ولا أريده أن يلمس شيئًا».

ظننت أنه سيسبب لي الإزعاج، إلا أنه منحني البهجة. كل ما في الأمر أن إكسبكتيشن زرعت بستانًا صغيرًا على الشرفة. بالإضافة إلى وجود نبتة القمعية، أتذكر **الفن الحديث** من الفلفل والطماطم. وفيما يتعلق بالفلفل، حدثته أنني وجدت في كتاب ما إشارة إلى ضريح تاريخي في منطقة بادرون، كتب عليه: **قضم في النهاية**.

قالت إكسبكتيشن: «كُن مستعدًا إذًا، فكل هذا سيفرم. أمامك البحر العميق!»

يجب أن ألتقط صورة كي أوزعها حول العالم مثل البطاقة البريدية: **حقل قفازات الثعلب في مكتبة تيرَّانوفا**. علقت صور المكتبة التي أرسلها لي الخال إليسيو قبل سنوات على جدران الغرفة المظلمة. لقد فهمت الآن سبب إعجابه بشخصية الأرنب باغز باني الخيالية، بطل فرقة شيكاغو السريالية. بالنسبة له، إن كل مكتبة بمثابة حفرة من آلاف الحفر لجحور ذلك الأرنب العالمي. يستطيع أن يتنقل عبر الممرات، حتى لو كانت تحت الماء، وإذا أغلقوا واحدة، يخرج من فتحة ممر آخر. لا تستطيع أي قوة أن تعكر مزاجه، ولا يمكن لأي صياد من أمثال إلمر فاد المتذمر، أن يقبض عليه. كانت معظم الصور من بوينس آيرس ومونتيفيديو. وبعضها من أماكن مختلفة كثيرة، مثل إسطنبول. أُلقي عليها نظرة كل صباح، وأحيي صورًا لألبومات الأغاني **إلى الأمام، قلوب محلِّقة، هيا، أطفال!** هناك صورة لمكتبة روفيان ميلانكوليكو في سان تيلمو أقدم حي في بيونس آيريس، **تعال إلى روفيان!**

في البداية، أرسل إليسيو رسائل فيها بعض الغرابة بسبب التزامه الدقيق بالشكليات عند كتابتها. الرسائل كانت كوميدية باعترافه: «**أبلغكم أني بخير الحمد لله، وأرسل لكم جميعًا وللحيوانات في المنزل ذكرى حنونة**».

أشياء من هذا القبيل. جعلتنا نضحك، إلا أن أمارو قال: «إنه يمر بوقت عصيب، فكثير من الموضوعات تبدو وكأنها رسالة استغاثة». اتصل والدي بالمصحة قلقًا، لكنه حصل على إجابة مهدئة فقط.

«كان إليسيو بونتي يستجيب للعلاج استجابة جيدة للغاية».

«أي علاج؟»

«العلاج اللازم لمشكلته. قالوا إن سلوكه نموذجي».

«هل من الممكن الحديث معه؟»

«بالطبع، يمكنك الحديث معه. لكن، كان يتعين عليه الاتصال ببدالة الهاتف في ساعات محددة، عندما يأتي النزلاء إلى غرف الزيارة».

لكن خط البدالة مشغول دائمًا.

قال أمارو لتهدئة كومبا: «ربما نحن نتصل كثيرًا». لكنه كان أكثر قلقًا منها: «ألم يعالجونه بالصدمة الكهربائية؟»

كان والداي يزورانه في أواخر سبعينيات القرن العشرين. لم يكن إليسيو الذي نعرفه، كان جديًا، قليل الكلام، بل كان غامضًا، لكنه كان يبدو بخير.

وذات يوم، في ربيع عام 1980، تلقيا اتصالًا من العيادة. وأبلغوهما أن المريض الداخلي إليسيو بونتي كان غائبًا عن المصحة دون إذن، واستغل الجدول الزمني للنزهة في الغابة. ويبدو أنه غادر بالتواطؤ مع شخص آخر كان ينتظره في سيارة. لا، لم يتمكنوا من إعطائهما المزيد من المعلومات. لا، لم نبلغ الشرطة بما حدث، فهو ليس شخصًا خطيرًا. والإبلاغ عن اختفائه قرار عائلي.

مضت بضعة أشهر دون أن تصلنا أي أخبار عنه. والشخص الوحيد الذي لم يظهر عليه الكرب أو القلق كان أمارو. لقد بدا الأمر كما لو أن هناك خيطًا غير مرئي يربطهما معًا. إلى أن وصلت في أحد الأيام بطاقة بريدية في مظروف.

ها هو هناك، عند الجدار، في صورة له أمام مكتبة ليلو وإيرمان في أبورتو البرتغالية. ولم تتوقف الرسائل، كانت تصل بانتظام، فصلية أو على نحو ذلك. واحدة من كل محطة من محطاته، كانت كالعلامات على رحلته.

كانت جميع المراسلات من دون عنوان إرجاع، وقد خُتمت في باريس. ففي نصوص البطاقات البريدية أو في الملاحظات القصيرة المكتوبة، لم يتحدث على الإطلاق عن مشاعره أو حالته المزاجية. كانت المعلومات موجزة للغاية، مثل التعليقات على الصور، وقد كتبت بصيغة جمع مهيبة، مثل: ذهبنا إلى لندن، وفي المعرض الوطني ركعنا أمام لوحة رامبرنت المعروفة **لوحة شخصية في سن 63**. وأشار في إحدى الرسائل إلى **صديقي بيير**. ومنذ ذلك الحين، بدت صيغة الجمع واضحة للجميع.

بدأت الرسائل تتباعد في أواخر الثمانينيات. كانت الأخيرة في ربيع عام 1989. بطاقة بريدية قديمة، من ثلاثينيات القرن الماضي، من مكتبة **القصيدة الحديثة** في هافانا. ولم يكن هناك المزيد. ولاحقًا، في مايو عام 1990، وصل طرد كبير بحجم حقيبة يحتوي على... حقيبة سفر. كان المرسِل من باريس، لكن لم يُكتب اسم إليسيو عليها. وكان العنوان: بيت التقاعد، 24-26، شارع ريمي دومونسيل 75014، باريس، فرنسا. أرفق الطرد برسالة من إدارة اللجوء، تعلن عن وفاة إليسيو بونتي، ومعها شهادة طبية، أشارت إلى حرق جثته وفقًا لرغبته التي عبَّر عنها في حياته، وإلى تسليم الرماد لأشخاص يثق بهم، كي ينثروه في **نقطة معينة في العقل**[1]، كان ذلك هو التعبير الحرفي. كانت الحقيبة من الجلد، مع ملصقات السفر من أماكن كثيرة في العالم، بدت فارغة،

---

[1] اقتباس من أندريه بروتون (1896-1966)، كاتب وشاعر فرنسي مناهض للفاشية. أحد مؤسسي السريالية وقائدها ومنظرها الرئيسي. تضمنت كتاباته أول بيان سريالي في عام 1924، والذي عرَّف فيه السريالية على أنها «حركة عفوية نفسية نقية». [المترجم]

لكن عند فتحها، وجدتُ ديوان «وردة بلاستيكية» للشاعر البرتغالي بيدرو أووم، وقصيدة **كيف أقولها** للشاعر الإيرلندي صاموئيل بيكيت، موقعة بخط يده.

كيف أقولها.

لا أعرف ما الذي حدث بالضبط للحيز الخاص والحميم في تفكيره، لكن أمارو فسر كل ذلك على أنه رسالة. وبصمت، على مدى أيام، تحضَّر لوداعه. فقد كان آخر رجال المطر[1] الذين يحبون الشمس. لقد تحقق الفأل بأن حجر البرق سيحمي كل مَنْ يمسك به، ولم يظن على الإطلاق أن تأثيره سيضر كثيرًا.

في شهر يوليو من عام 1980، عُثر في مدريد على إحدى مؤسِّسات جمعية «أمهات ساحة مايو» ميتة. وقد عرفتُ ذلك من خبر منشور في الصحف، خبر صغير. عرَّفوها بأنها السيدة دي مولفينو. وكان عمال النظافة قد عثروا على جثتها، بعد أن دلتهم إليها رائحة التحلل. دخلتْ ناعومي خيناوتي دي مولفينو من مطار باراخاس يوم الثامن عشر من شهر يوليو، بحراسة شخصين، تبين لاحقًا أنهما ينتميان إلى القيادة العسكرية الديكتاتورية. وفي ذلك الوقت، لم يكن هناك أي معلومات إضافية حول القضية. أغلق القاضي الملف دون تحقيق. لم يمض وقت طويل على الحادثة، أي بعد بضعة شهور، منذ أن غادرت غاروا في طريقها إلى الحرب الخاسرة. قررتُ الذهاب إلى مدريد، دون أن أعرف السبب حقًا، لكنني كنتُ مدفوعًا بألم التمرد. عُثر على الجثة في غرفة إحدى الفنادق الصغيرة، وكانت عبارة عن شقق سكنية في شارع توتور. وفي أحد اللقاءات في فندق أوليفييه، قابلت صحفيًا صديقًا لثيثيليو، واسمه أنطونيو نوبياس، يعمل مراسلًا لصحيفة أجنبية.

(1) Hombres de Lluvia عنوان رواية للكاتبة والصحفية الإسبانية ماروخا توريس صدرت عام 2004. [المترجم]

خرجت إلى متحف برادو، فقد اتفقنا أن يكون الموعد في قاعة غويا هناك. كنت سألتقي بيرديليت، صديق أمارو القديم، ومسؤولًا رفيع المستوى. وقد أشار إليه والدي، بكل ثقة، باسم أوراكولو. لكن هذه المرة لم أصل في الوقت المناسب لاستشارته.

في الطريق إلى المتحف، في شارع ماركيز دي كوباس، وجدت نفسي فجأة محاطًا برجلين ضخمين، دفعاني إلى المدخل، ولم يعيرا أي اهتمام لعباراتي اللطيفة معهما.

«ما الذي يحدث؟ ماذا تريدان؟»

«ما الذي تريد أن تعرفه أيها الأعرج؟»

«أعرف ماذا؟ لقد أتيت إلى مدريد بهدف رؤية المعارض...».

«معارض الرسم انتهت. وقضية المرأة الأرجنتينية أغلقت. لقد قتلتْ نفسها».

كنت سأقول شيئًا، إلا أن الآخر سبقني:

«لو أنها لم تقتل نفسها، كانوا سيقتلونها. وماذا؟ الذين قتلوها هربوا. إنهم يرقصون التانغو. لماذا تتجول لتسأل عن قتلى آخرين؟ لم يحدث شيء هنا، لا شيء آخر الآن. من أين أتيت لتسأل عن الأموات الآخرين؟ هل تظن نفسك الملازم كولومبو الأعرج؟»

حاولت التسلل بعيدًا، فذلك الشارع كان شبه مهجور. يُصدر الجسد إشارات لا لبس فيها في الحالات الطارئة: أسناني تصطك بلا حول ولا وقوة، وقرع لا إرادي يهز هيكلي العظمي كله. كان الجو في مدريد حارًا جدًا. كنت أتصبب عرقًا وأرتجف في الوقت نفسه.

أمسك الشخص الذي أمامي بيدي، دون أن ينظر حوله، كأنه مُشتت. شعرت بأنه كسر أصبعًا. أصبعي. ولأن خوفي كان عظيمًا، لم أشعر بأنني

أصبت بأذى في تلك اللحظة. ولكن بعد ذلك، نعم، تألمت جدًّا. كأن كل الألم الذي عرفه التاريخ حلَّ في ذلك الأصبع الصغير.

«لا تجرؤ على تقديم شكوى، فنحن شرطة. وسنكون هناك، في مركز الشرطة الذي تصل إليه. نعم، نحن شرطة. وأنت إسباني أيضًا، أليس كذلك؟ حسنًا، نحن هنا لنقدم لك معروفًا. اخرج من هنا اليوم. خذ القطار أو الطائرة، وغادر إلى مكتبتك اللعينة. مفهوم؟»

في ذلك الوقت لم أكن أعرف كيف تجري الأمور. في البداية، ظننت أن بإمكاني أن أعارض العالم. وأنني خرجت مُحصَّنا من جهاز الرئة الحديدية، من تلك الأسطوانة، حيث كنتُ طفلًا. لكن في ثوانٍ، دارت كل الحقيقة حول أصبعي المكسور.

وفي هدوء جليٍّ، كانت مدريد بمثابة مرجل يلتهم النار.

لن يمر وقت طويل قبل وقوع محاولة الانقلاب بتاريخ 23 فبراير. بعد ذلك بسنتين سقطت الديكتاتورية الأرجنتينية. لكن، مثلما حدث في إسبانيا، جرت محاولة لختم الماضي، وإضفاء الشرعية على الإفلات من العقاب، من خلال قانون إنهاء محاكمة العسكريين.

لم يكن من السهل التقدم في الكشف عن الحقيقة.

كان هناك المزيد من الأشخاص المكرسين لإخفائها وتغطيتها أكثر من الكشف عنها.

ومع اقتراب نهاية الديكتاتورية، تحدثتُ في ذلك الوقت مع أحد الأشخاص عن مصير غاروا المحتمل. قال لي إنهم لا يعرفون إن كانت قد دخلت فعلًا إلى الأرجنتين، أم أنها سقطت على الحدود، مثل الغالبية العظمى، في ذلك المكان الذي أصبح بمثابة فخ قاتل. وإذا فكرنا في مسيرها منطقيًا، فإنها ربما قد تكون عبرت إلى ليما، ومن الممكن أيضًا أن تكون سلكت طريقًا عبر كوبا.

لكن مَن الذي أخذها من غاليثيا؟ ومَن الذي ذهب للبحث عنها؟ وصفت له الأشخاص، وحدثته عن عودة الرجل نفسه الذي كشف، في إحدى الشقق في مدريد، عن صور الفاشيين الجدد الذين شاركوا في جنازة فرانكو. شَعْر ذلك الرجل أسود فاحم، فكانت تناديه «تيرو الأسود».

«تيرو الأسود؟ أي واحد منا يمكن أن يكون، وفي أية لحظة، تيرو الأسود. وأنت أيضًا».

اعترف لي بأن الأمر برمته المتعلق بالهجوم المُضاد، كان هذيانًا كبيرًا، وأن المنظمة تشتتت وانهارت. إنها نهاية حلم الشباب الرائع.

وعدني بإعطائي المزيد من المعلومات، في حال حصل عليها. لم أعرف عنه شيئًا بعد ذلك.

ذلك ما يحدث معي دائمًا. عندما أفتح الغرفة المُظلمة كل صباح، أظن بأنها هناك. أراها. يدوم وجودها إلى أن تشتعل خيوط المصباح الكهربائي.

بعد تفكير طويل، قررتُ أن أضع الحاسوب في الغرفة المُظلمة. أستخدمه من أجل التصفح والاستكشاف فقط. أنظر إلى أين ذهبت غاروا. أقلب الصفحات التي تتحدث عن ساتيه[1]، وأقرأ التعليقات، وأستخدم محركات البحث لأنظر في أسمائهم، الأسماء التي سمعتها منها، والأسماء التي استخدمها تيرو: تانا، تشينيتا، وفي اليوم الذي غادرت فيه أطلقت على نفسها اسم ميكا. قادني ذلك الاسم المستعار إلى ميكا فيلدمان، قائدة أرجنتينية، كانت قائدة في الجيش الجمهوري الإسباني. واسمها في جواز السفر الإيطالي غيوليانا ميليس. إنها إشارة واحدة. شابة تمثل في فيلم بيير باولو بازوليني. قد يكون ذلك صدفة أو انتحال شخصية. إنها ليست هي،

(1) إيريك ألفريد لايزلي ساتيه (1866–1925) عازف بيانو ومؤلف موسيقي فرنسي. عمل كمبشر بالحركات الفنية مثل التبسيطية والموسيقى التكرارية ومسرح العبث. [المترجم]

إلا أنني أحب **رؤيتها** في الفيلم. فيلم **سالو**، تمامًا مثلما أحب أن أشعر بها على حافة الهاوية، إلى جانبي، بينما نشاهد فيلم **الأطلنطي**.

أما ما أشاهده على الدوام، فهو فيديو عن أسراب طيور **الزرزور** في سماء روما: **هذا هو المشهد الذي يطل علينا من سماء روما مع حلول الليل، بعد غروب الشمس.**

مع غروب الشمس. عند الغسق. تمر أيام يدخل فيها أحد ما إلى المكتبة، أعرف ذلك عند رنين الجرس مع فتح الباب، أواصل عملي، وأكون مشغولًا أو مستمتعًا في أداء أمر ما. وفجأة يضطرب قلبي، لأنني أرفع نظري فأجد أحدًا في الخلف، أراها مرتدية قبعة صوفية ملونة، ومعطفًا من الفرو، وتنورة واسعة، لا أتلفظ بكلمة واحدة، أترقب حركاتها، أراها تقف على رؤوس أصابعها، تمد ذراعها، وتأخذ كتابًا مما تبقى من مجموعة كتب ميراسول. نعم، هذا الكتاب فقط، **الصياد الخفي**. إنه الكتاب الأخير.

«هذا الكتاب هو رواية **الحارس في حقل الشوفان** نفسها، أليس كذلك؟»

قلت: «نعم، هنا يترجمون العنوان ترجمة حرفية. إنه الكتاب نفسه، ولنفس المؤلف، لكن عنوان **الصياد الخفي** أفضل روائيًا من عنوان **الحارس في حقل الشوفان**».

للأسف لم تضحك، وتقول لي غاروا بعد ذلك: «ما قلته الآن مزاح أم ركلة؟»

«هل لي أن أسأل لم اخترتِ هذا الكتاب؟»

«إنه هدية»، قالتها هي.

«يا لسعيد الحظ!»

عندما أرى مقصورة هاتف، تتولد لديَّ رغبة ملحة لالتقاط السماعة. والتنصت. أن أقضي بعض الوقت هناك، بمفردي، فأشعر بأزيز الفراغ. تجرأت على القيام بذلك في بعض الأحيان. أطلب المفتاح الدولي، مفتاح الأرجنتين،

ثم مفتاح العاصمة، وبعد ذلك أطلب رقمًا عشوائيًا. ويؤدي معظمها إلى مكالمات بلا ردود، ولكن مع وجود رد، يكون هناك شخص على الجانب الآخر. كان صوت امرأة، صوتًا أجش إلى حد ما، ولكنه غنائي. لم أكن أريد أن أكون شريرًا، وأن أتنفس، وألهث، لذا، فإن السؤال الوحيد الذي خطر لي إن كان المكان دار فابريل للنشر أم لا، فقالت لي المرأة: «لا، أخطأت».

تذكرتُ كتاب كامويس من إليسيو، فقلت:
معذرة، لقد فاتني كل الكلام طوال سنيني!
فقال الصوت:
أنا مقيد أيها العجوز.
وأغلق الهاتف.

أتوقف عن النظر إلى إعلانات التصفية.
وفي مونتي ألتو، ثمة كتابات على الجدران عند رصيف البرج: **لا أعرف ما رأيك، فأنت مثالي بالنسبة لي.**

يسعدني ناتشو كثيرًا في اليوم الذي يغني فيه: إبوبي بوبي بوبي!
فأرد عليه: بوبي بوبي!

ما زالت كابينة الهاتف على طريق المنارة محطمة. النبات الشوكي يتجسس من خلال زجاجها المكسورة. الأرقام على اللوحة المعدنية أخفاها الصدأ. والغريب أن سماعة الهاتف بقيت كما هي، دون أن يمسها أي ضرر. معلقة أمام ذهول تلك الأجهزة المهجورة وما زالت تنبض بالحياة. وصلت بعض الفتيات الصغيرات على متن دراجات هوائية. دخلن إلى المقصورة. تظاهرن بالحديث. تصنعن محادثة ما. وتحدثن.
أنت هناك؟

......

لا، الجو ليس باردًا، ولكن هناك هبوب للرياح.

هناك المنارة.

عليَّ أن أصعد يومًا حتى مصباح المنارة العلوي. كنت وإياها في المرة الأخيرة. لا يمكنني فعل ذلك يا غاروا. بل يمكنك ذلك. لكنها 234 درجة! لا تعدهم، وهذا كل ما في الأمر. سأحتاج إلى جهاز رئة حديدية يا غاروا. في الأعلى، يوجد واحد، يمكنك رؤيته. نعم، إنه ضوء المنارة. إنه المكان الأفضل للمعانقة، وللشعور بأن اليد تسعى، وتقود، وتداعب، وتضيء شمعة في أصل العالم.

لنرى مَن سيمشي اليوم عند خط الأفق.